folio junior

1. Montmorency

2. Montmorency et le mystère de l'île maudite

3. Montmorency au cœur du complot

Carte : Vincent Brunot

Titre original : *Montmorency's Revenge*

Publié initialement en Grande-Bretagne par Scholastic Ltd, 2006

Eleanor Updale

La vengeance de Montmorency

Illustrations de Chloé Bureau du Colombier

Traduit de l'anglais
par Vanessa Rubio

GALLIMARD JEUNESSE

Centre de Londres au temps de Montmorency

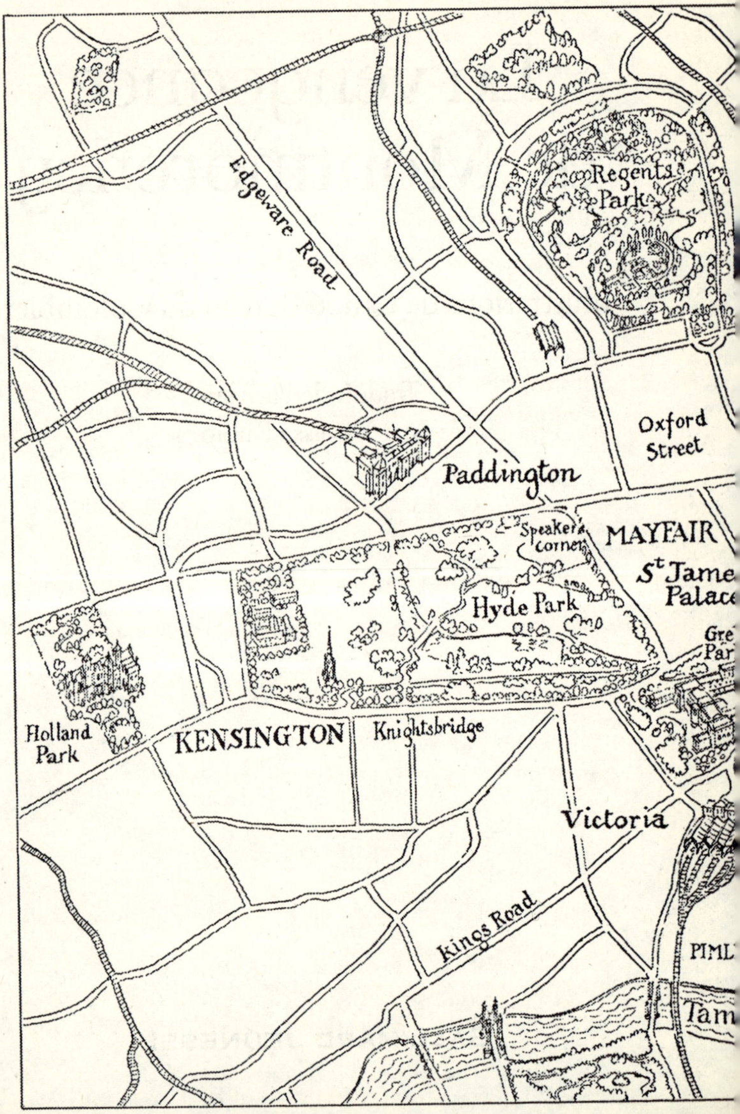

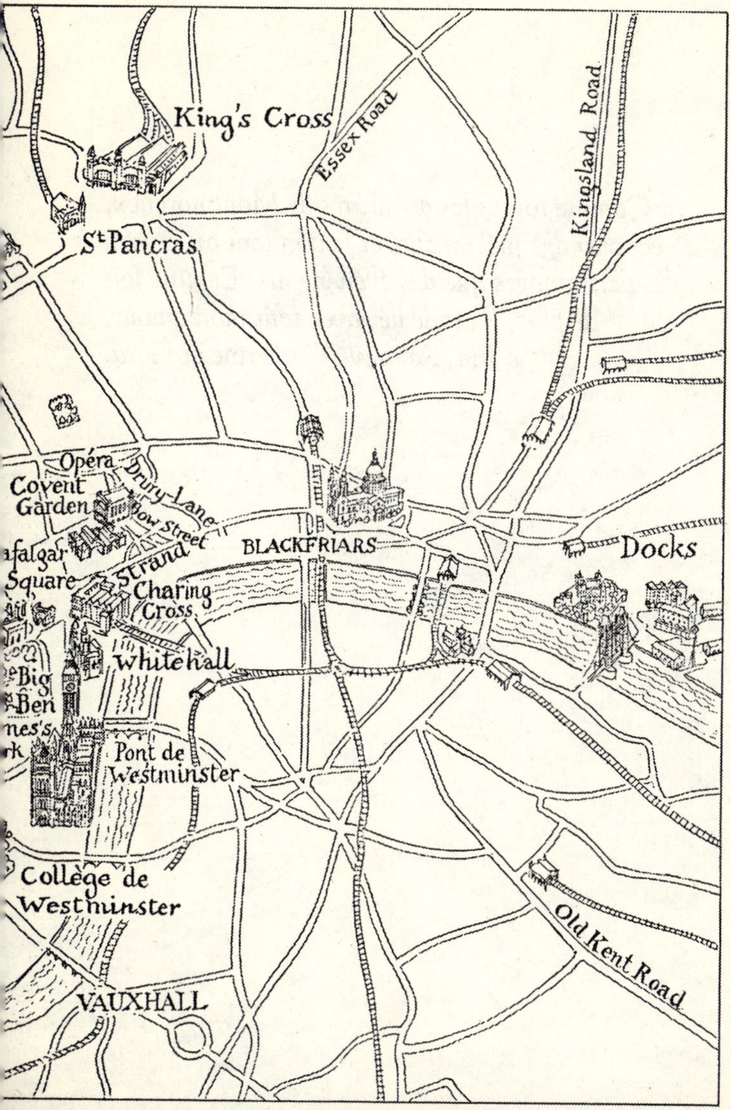

Carte : Vincent Brunot

*Comme toutes les aventures de Montmorency,
cet ouvrage mêle réalité et fiction tant au niveau
des personnages que des événements. Et, une fois
de plus, il est dédié, avec tout mon amour,
à Jim, Andrew, Catherine et Flora.*

1
Château de Glendarvie, Écosse, janvier 1901

Lord Francis Fox-Selwyn sentit la pression de la lame contre sa peau. Fermant les yeux, il se cramponna aux accoudoirs de son fauteuil.

– Allez, vas-y ! dit-il en rassemblant son courage.

Il y eut un temps mort, puis il éprouva comme une brûlure au sommet du crâne. Il saignait.

– Espèce d'idiot !

– C'est pas ma faute, protesta Tom en jetant le rasoir dans un bol d'eau savonneuse. J'ai pas l'habitude, moi ! T'as qu'à le faire toi-même !

– Parce que tu crois que j'ai des yeux derrière la tête ?

Tom rit.

– Peut-être. Qui sait ce qu'on va découvrir sous tes cheveux…

– Bon, recommence, ordonna Frank d'une voix plus douce. Mais attention, ça fait mal.

Tom se remit à l'ouvrage, avec plus de précautions cette fois. Essuyant sa lame sur son tablier de cuir, il rasa jusqu'à la dernière mèche de cheveux. La peau ainsi mise à nue était pâle, grisâtre. Frank examina son reflet, satisfait.

– Tu vois. Je t'avais dit que je serais méconnaissable. Je pourrais me balader n'importe où sans me faire repérer.

Dans le miroir, il vit la porte s'ouvrir et le sourire de Montmorency se figer pour se changer en grimace d'horreur devant son crâne chauve et ses mèches rousses éparpillées sur le sol.

– Mais que diable se passe-t-il, ici ? Frank ! Qu'est-ce que tu as fait à tes cheveux ?

– C'est une couverture. Vous voulez tous que je reste caché alors que je pourrais vous aider à retrouver les assassins d'oncle George. La question est réglée, je suis métamorphosé !

Montmorency répliqua d'un ton ferme :

– Non, Frank. Pas du tout. Tu as une drôle d'allure, certes. Mais tu ne pourras jamais te travestir complètement. On ne peut pas aller contre la nature. Tes cheveux roux transparaîtront toujours.

Il se posta derrière Frank et orienta le miroir qu'il avait à la main afin qu'ils puissent tous les deux s'y voir.

– Regarde tes sourcils. Et la pâleur de tes cils.

– Je n'ai qu'à les teindre. L'une des femmes de chambre doit avoir du produit. On voit bien que ses cheveux ne sont pas vraiment bruns. Hier, lorsqu'elle s'est penchée pour nettoyer la cheminée, j'ai aperçu une légère démarcation au niveau des racines.

– C'est bien ce que je dis ! s'exclama Montmorency. Et ça serait pareil pour toi. Mais pire, ta peau claire et tes taches de rousseur te trahiront immédiatement.

– Je pourrais les dissimuler avec du fond de teint, une écharpe, ou je ne sais quoi, répliqua Frank au moment où son père, Gus, duc de Monaburn, entrait dans la pièce.

Il fut encore plus choqué que Montmorency. Il était hors de lui.

– Frank ! Espèce d'idiot ! À quoi joues-tu ?

– Ce n'est pas un jeu, père. C'est tout à fait sérieux. Je me déguise pour pouvoir venger oncle George.

– Ne sois pas ridicule. Tu dois à tout prix te faire oublier un moment.

Le duc jeta un regard agacé à Tom, qui avait toujours le rasoir à la main.

– C'est toi qui as fait ça ? Qui l'as défiguré ?

Frank prit aussitôt sa défense.

– Je lui ai demandé de le faire.

– Et il t'a obéi bêtement parce qu'il n'a pas deux sous de jugeote.

– Bien sûr que si ! répliqua Tom. Mais je trouvais que c'était une bonne idée.

– Imbécile ! Tu veux donc qu'il mette à nouveau sa vie en danger ?

Frank lui prit le rasoir des mains.

– Tom n'a rien à voir là-dedans. C'est mon choix. Il faut que je m'occupe ou je vais devenir fou.

Il trempa la lame dans l'eau et entreprit de se raser les sourcils.

– Arrête ! hurla le duc.

Il se tourna vers Tom et vociféra de plus belle :

– Tu trouvais que c'était une bonne idée, hein ? Tu vois ce que tu as fait ! Regarde le résultat !

– Cessez de vous en prendre à Tom ! intervint Frank. Vous lui mettez toujours tout sur le dos, père. Vous le critiquez sans arrêt.

Privé de sourcils, son visage rond et joufflu lui donnait un air dément, incontrôlable. Sous l'effet de la colère, il devint écarlate. Tom se faufila hors de la pièce.

– Je voulais simplement rendre service, cria-t-il en claquant la porte.

Et il sortit avec fracas dans la cour où les domestiques, gênés, avaient entendu des éclats de voix malgré les fenêtres fermées. Tom courut à l'écurie qui était presque vide, car le reste de la famille était parti faire un tour à cheval. Mais ils avaient laissé son préféré, un jeune étalon gris. Il sauta sur son dos, sans selle ni rênes. Il traversa la propriété au grand galop, caressant vaguement l'idée de fuir pour ne plus jamais revenir afin de retrouver la vie simple de Tarimond, son île natale. Mais il fit ralentir sa monture en arrivant aux abords de la route. De l'autre côté de la haie, il aperçut une silhouette sombre, drapée dans une lourde cape, qui se dirigeait vers le portail en boitant.

– C'est bien le château de Glendarvie ? lui cria l'homme, dont l'haleine se figea en un épais nuage blanc dans l'air glacé.

– Oui, confirma-t-il.

– Il s'agit de la propriété des Fox-Selwyn ?

– Oui, c'est leur nom de famille, fit Tom, encore échauffé par la dispute. Mais ça ne leur suffit pas. Suivant le protocole, il faudrait dire « Sa Grâce le duc de Monaburn », « le marquis de Rosseley », « votre Lord ceci et votre très cher cela ».

– Tu travailles pour eux ? le questionna l'inconnu.

Tom s'aperçut qu'avec son air échevelé, ses manches roulées et son tablier de cuir volant au vent, il avait plus l'air d'un palefrenier débraillé que d'un noble héritier. Alors qu'en réalité, il faisait partie de la famille : il avait reçu une très grosse somme de l'oncle de Frank, Lord George Fox-Selwyn, sauvagement assassiné six mois plus tôt.

Mais l'homme reprit la parole sans lui laisser le temps de rectifier :

– Et Lord Francis Fox-Selwyn, il ressemble à quoi ? Il doit avoir à peu près ton âge, non ?

– Non, plus vieux.

Encore aveuglé par la colère, Tom ne se rendait pas compte qu'il n'avait aucune raison de répondre aux questions indiscrètes de cet étranger.

– Il est plus âgé. Et franchement, à ce moment précis, il a l'air complètement malade. Un fou furieux.

Tom s'interrompit, reprenant soudain conscience du danger qui les menaçait, lui et ses amis. Qui était cet homme ? Et pourquoi se soumettait-il à son interrogatoire ?

Un aboiement leur fit lever la tête, puis ils entendirent

une cavalcade de sabots et de roues. Une voiture apparut au tournant, passa le portail et fila vers le château.

– C'est bizarre, murmura Tom, on n'attend pourtant personne.

Il se retourna, mais l'étranger trop curieux avait disparu

2
L'inspecteur

Tom coupa à travers champs pour atteindre le château avant la voiture. Les domestiques s'affairaient dans la cour de l'écurie. Harvey, le majordome, avait vu de loin l'attelage serpenter dans les méandres de la route et s'était empressé de préparer l'accueil de ce visiteur inattendu. Tom voulut lui parler de l'homme à la cape.

– Je n'ai pas le temps, monsieur. Il y a quelqu'un qui arrive.

– Mais il m'a posé des tas de questions. Je pense qu'on devrait essayer de savoir de qui il s'agit.

– J'enverrai quelqu'un au village demander si on l'a vu là-bas. Et je m'assurerai que tout le monde reste sur ses gardes. Maintenant montez vous changer. Le déjeuner sera bientôt servi et j'ai l'impression que vous avez un invité. Le duc n'apprécierait pas que vous vous présentiez dans cet état.

– Le duc ne m'apprécie pas quoi que je fasse, répliqua Tom.

Harvey savait rester à sa place, aussi ne répondit-il pas mais, d'un sourire chaleureux, il lui montra sa sollicitude. Tom fila dans sa chambre au moment où on faisait entrer le mystérieux attelage dans la cour.

Il se rafraîchit et enfila une tenue plus présentable. C'était sa mère qui gérait l'argent dont il avait hérité et ce pour six années encore, jusqu'à ses vingt et un ans, mais elle en avait utilisé une partie pour lui acheter le genre de vêtements que portaient les jeunes Fox-Selwyn. Tom avait dû s'habituer aux cols amidonnés et aux chaussures cirées, si différents de ce qu'il portait pour vaquer à ses occupations dehors sur la petite île de Tarimond.

Il entendait des voix monter de la bibliothèque. Les exclamations courroucées avaient cédé la place à un ton plus poli, mais grave tout de même. De sa fenêtre, il voyait les vrais palefreniers s'occuper des chevaux qui avaient amené ce visiteur surprise à Glendarvie. Il ne connaissait pas la voiture dont on les avait détachés. Ce n'était pas un voisin qui avait interrompu la dispute familiale.

Tom descendit et s'arrêta un instant sur le seuil de la bibliothèque. Il distinguait les voix de Montmorency, du duc et d'un autre homme au fort accent anglais. Alors qu'une femme de chambre se présentait avec un plateau, le duc aperçut Tom par la porte entrouverte. Il lui jeta un regard un peu penaud avant de lui faire signe de se joindre à eux.

– Tom, fit-il d'une voix bien plus posée que précédemment. Je te présente l'inspecteur Howard de Scotland Yard. Inspecteur Howard, Tom Evans.

Tom serra la main du policier, dont le visage lui semblait familier.

L'inspecteur s'adressa à lui avec la déférence due à son rang apparent, et non avec la désinvolture habituellement réservée aux jeunes gens.

– Nous nous sommes déjà rencontrés, monsieur. L'été dernier, à Londres. Suite à cette malencontreuse affaire.

– Oh oui ! fit Tom. Vous êtes venu interroger Frank.

La police avait passé des journées entières à essayer d'obtenir des informations du jeune homme après la fusillade de l'Hippodrome, qui avait permis de déjouer un complot anarchiste.

– Effectivement. La coopération de Lord Francis Fox-Selwyn nous a été des plus précieuses à l'époque, reprit l'inspecteur, et j'espère qu'il va de nouveau pouvoir nous aider.

– Je suis sûr qu'il sera ravi..., répondit Tom mais le duc lui coupa la parole.

– Inspecteur, vous êtes certainement conscient que mon fils a subi une terrible épreuve. Nous avons tout mis en œuvre pour le soustraire à la curiosité du public et le protéger de ceux qui pourraient lui vouloir du mal. L'assassinat de mon frère signifie que nous courons tous un danger potentiel. La prudence recommande que nous menions une vie discrète, en retrait du monde.

– Je comprends, fit Howard, mais je crains que la collaboration de votre fils ne nous soit indispensable.

L'inspecteur s'interrompit. Il ne put cacher sa surprise lorsque Frank entra dans la pièce. Ce dernier s'était changé mais malgré son beau costume, son rasage intégral lui conférait une allure des plus curieuses.

Surpris de voir le policier, Frank en avait oublié son crâne chauve et sans sourcils. Il revivait brutalement les terribles événements de l'été dernier, où il avait frôlé la mort.

– Enchanté de vous revoir, inspecteur. Qu'est-ce qui vous amène à Glendarvie ? J'ai cru entendre que vous comptiez sur mon aide.

– Oui, c'est ce que j'étais en train d'expliquer à Sa Grâce et à M. Montmorency.

Le duc intervint à nouveau.

– Si vous ne voulez pas avoir à vous répéter, je vous suggère de garder votre histoire pour le déjeuner où la famille sera réunie. Nous sommes tous impliqués dans cette affaire. Je tiens à ce qu'il n'y ait de secrets pour personne. Pas même pour le jeune Tom ici présent.

Montmorency vit que cette précision allait droit au cœur du garçon, lui reconnaissant une place au sein de la famille Fox-Selwyn. Ils étaient tous intimement persuadés que Tom était le fils de George. Montmorency avait encore du mal à assumer sa paternité et, comme toujours, le moment semblait mal choisi. De plus, Tom avait quelque chose à leur apprendre :

– J'ai vu un homme bizarre rôder autour de la propriété.

Il leur fit alors le récit de son étrange rencontre.

– C'est inquiétant, commenta l'inspecteur. Nous allons devoir redoubler de prudence.

– Je vais faire fouiller les alentours, décida le duc. Franchement, Tom, tu aurais dû nous avertir plus tôt.

– Ne soyez pas si dur avec lui, Gus, plaida Montmorency. On ne l'a pas laissé placer un mot jusqu'à maintenant.

– Harvey est déjà à sa recherche, expliqua Tom. Je l'ai prévenu tout de suite.

À cet instant, une goutte d'eau tomba du plafond et vint s'écraser sur le crâne chauve de Frank. Le plic-ploc se changea vite en déluge et tout le monde s'éparpilla pour trouver un récipient. Montmorency vida la panière à charbon dans la cheminée pour la traîner en dessous de la fuite, et envoya Tom à la cuisine chercher une femme de chambre avec un seau et une serpillière. Puis il se rua à l'étage.

– C'est Robert, cria-t-il en quittant la pièce. Il a encore laissé les robinets ouverts.

3
La douche

Montmorency fit irruption dans la chambre de Robert Farcett sans frapper. Par chance, la porte n'était pas fermée à clé. Il avait dû la forcer une semaine plus tôt, dans des circonstances similaires. Une fois de plus, la pièce disparaissait dans les vapeurs échappées de la salle de bains adjacente. À travers le brouillard, Montmorency distingua la grande baignoire. Une pomme de douche en cuivre de la taille d'une assiette déversait un jet torrentiel. Comme il s'y attendait, son vieil ami était debout sous l'eau cinglante. Il devait être là depuis des heures car la baignoire débordait. Montmorency s'arma d'une serviette et approcha.

– Robert ! Robert ! C'est moi. Fermez le robinet et sortez de là, Robert.

Le docteur Farcett ne bougea pas. Sa voix faible couvrait à peine le grondement de l'eau.

– J'ai fait tomber le savon. Je ne peux pas me laver. J'ai fait tomber le savon.

Montmorency enleva sa veste, remonta sa manche droite puis il tendit le bras sous le jet afin de couper l'eau et d'ôter le bouchon de la baignoire.

– C'est bon, Robert, affirma-t-il en lui tendant la serviette. Sortez de là, maintenant, vous allez vous sécher.

Il aida son ami à poser les pieds sur le tapis de bain trempé et enroula la serviette autour de sa taille.

– Voilà, tout va bien. Il faut juste éponger, d'accord ?

Et sur ces mots, il tira le couvre-lit pour absorber la flaque.

Farcett reprit la parole, d'un ton monocorde :

– Mais je ne suis pas propre, Montmorency. Je ne suis pas propre.

– Si, Robert. Il n'y a pas plus propre que vous dans cette maison. Allons, habillez-vous. Le déjeuner va bientôt être servi.

Le docteur obéit, enfilant avec un soin méticuleux ses vêtements de ville. Montmorency observait en silence la silhouette pathétique qui se tenait devant lui. Robert n'était plus le même depuis la mort de Maggie Goudie.

Maggie était l'infirmière de Tarimond, une petite île au large de la côte ouest de l'Écosse. Farcett s'était épris d'elle, mais elle était morte sans qu'il ait eu le temps de lui avouer son amour, après lui avoir servi de cobaye pour ses expériences sur les rayons X. Ces recherches devaient apporter au médecin une ultime reconnaissance professionnelle. Dévasté, il avait décidé de s'exiler sur Tarimond et, pour se racheter, de consacrer sa vie à une médecine plus humble et quotidienne. Mais à cette tragédie en avait succédé une autre. Lord George Fox-Selwyn, le frère jumeau du duc, ami très cher de Montmorency et de Farcett, avait été assassiné de la plus grotesque manière. Montmorency et les Fox-Selwyn, anéantis, avaient tous trouvé refuge à Tarimond, dans l'espoir d'oublier ces horreurs.

Dans leur douleur, ils n'avaient pas immédiatement remarqué les répercussions que ces événements avaient eues sur le médecin. L'hygiène avait toujours été son obsession. Ils avaient l'habitude de le voir se laver longuement et méticuleusement les mains. Mais peu avant Noël, ils s'étaient rendu compte que cette obsession était devenue incontrôlable. Il passait son temps à se laver et se sécher, recommençant sans cesse ses ablutions, même quand l'eau était glacée, même quand il était déjà propre. Cette activité de nettoyage l'accaparait entièrement. Il lavait et rangeait, occupant ses journées à remettre en ordre le petit dispensaire de Tarimond : rouler les bandes avant de les dérouler aussitôt pour les faire bouillir et tuer les microbes qu'il avait dû y déposer en les touchant. Les flacons de son armoire à pharmacie étincelaient. Mais il n'avait pas reçu un patient depuis des mois. Même son corps avait changé. Jadis athlétique et musclé, il paraissait maintenant plus chétif, plus jeune et vulnérable.

C'était en partie pour lui qu'ils avaient préféré quitter Tarimond et regagner Glendarvie, propriété de la famille Fox-Selwyn, au cœur du comté luxuriant du

Banffshire. Sans vraiment mentir, ils avaient dit au docteur Farcett qu'ils avaient envie de changer de cadre pour les fêtes et il avait accepté de les accompagner. Mais en réalité, Montmorency et le duc espéraient que ce retour sur le continent lui permettrait de retrouver ses esprits. À certains moments, il paraissait presque normal, capable de tenir une conversation et de respecter toutes les règles de la vie en société. Mais en s'asseyant sur le lit, au milieu du déluge qui s'infiltrait entre les lames de plancher pour goutter dans la salle à manger, Montmorency fut bien obligé de se rendre à l'évidence : leur plan n'avait pas fonctionné. C'était déjà la deuxième inondation depuis leur arrivée, il était temps de confier Robert aux soins d'un spécialiste. Tandis que le médecin s'acharnait sur ses ongles, tentant de déloger une crasse imaginaire, Montmorency rassembla son courage et se lança :

– Robert, ça ne peut pas continuer comme ça. Vous avez besoin d'aide.

– Non, ça va, je vais nettoyer ça tout seul.

– Je ne parle pas de l'eau, Robert, et vous le savez très bien.

Le docteur Farcett restait le regard perdu dans le vide, sans réaction.

Son ami poursuivit :

– Robert, je vais être honnête avec vous. Entre ces mêmes murs, vous m'avez aidé alors que j'étais au plus bas. Vous m'avez tendu la main lorsque j'étais sous l'emprise de la drogue, accablé de désespoir, et vous m'avez permis de me relever. Maintenant, c'est à mon tour de vous secourir. Vous allez consulter un médecin.

– Mais je suis médecin, Montmorency. Et je ne peux pas supporter l'idée que je suis malade. En tout cas, pas de ce genre de maladie. Je sais ce dont je souffre. J'ai déjà eu des patients qui perdaient la raison. Je les envie. Ils n'étaient absolument pas conscients du processus ; certains n'avaient plus aucun contact avec la réalité et ne se rendaient pas compte que quelque chose clochait. Alors que moi, j'ai des instants – des jours entiers, même – de lucidité. C'est une véritable malédiction que de voir ce qui m'arrive sans être capable de me contrôler. Je sais qu'il faut que je consulte un spécialiste, mais je sais également quelles en seront les conséquences. Croyez-moi, Montmorency, le traitement et la stigmatisation qui en résultent risquent d'être pires que la maladie elle-même.

– Mais vous savez que l'on peut en guérir. Vous pouvez vous en sortir.

– Pourquoi ? Pourquoi en aurais-je la moindre envie ?

– Parce que vous êtes mon ami et que vous pouvez m'aider à venger la mort de George.

– Et la mort de Maggie, alors ? Cette affection dont je souffre n'est-elle pas sa vengeance à elle ?

– Ne dites pas de bêtises. Maggie voudrait que vous soyez heureux. Que vous continuiez votre œuvre.

– Le problème, c'est que si je reconnais être atteint d'une maladie mentale, personne ne voudra plus de moi comme médecin. Il faut que j'aille consulter dans un hôpital digne de ce nom, Montmorency. Mais alors la rumeur se propagera et je ne pourrai plus jamais reprendre mes anciennes activités. Il n'y a pas d'issue. Je suis obligé de vivre avec cette pathologie. Et c'est tout ce que je mérite.

– Alors nous ferons venir un médecin ici. Vous connaissez quelqu'un de valable ? Il doit bien y avoir ce genre de spécialiste dans la région.

Farcett soupira et, à contrecœur, suggéra un nom :

– J'ai lu des articles du professeur Frost. Il dirige le nouvel hôpital pour malades mentaux de Strathgillon. Je ne le connais pas personnellement, je sais juste qu'il est censé être très doué dans son domaine.

Ils entendirent soudain un grand remue-ménage au rez-de-chaussée, des portes claquaient et des rires de femmes s'élevaient par instants. Le reste de la famille était rentré de sa promenade à cheval. Il était temps de descendre déjeuner.

Le docteur Farcett s'approcha du lavabo et entreprit de se laver et relaver les mains.

4
Le déjeuner

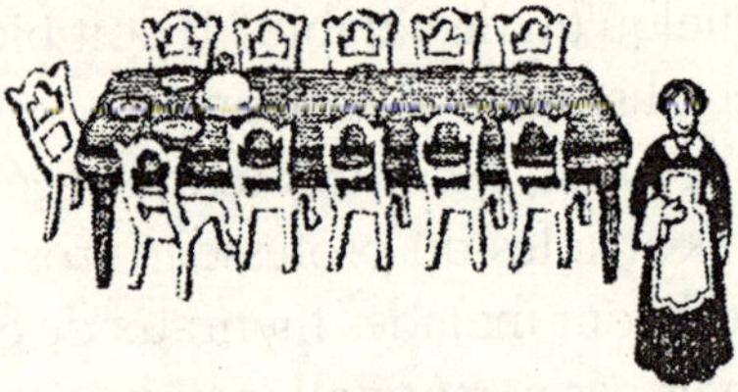

L'inspecteur Howard fut convié à partager le repas familial. Il prit place entre le duc, qui présidait la tablée, et la marquise de Rosseley, Angelica (la jeune épouse italienne d'Alexander, le frère de Frank). Venaient ensuite Montmorency, puis Tom. La duchesse (Béatrice, la nouvelle femme de Gus) trônait à l'autre bout de la table, face à son mari. Alexander était à sa droite, puis Vi, la mère de Tom, le docteur Farcett et enfin Frank, qu'on avait assis à côté de son père et en face de l'inspecteur afin qu'il puisse pleinement prendre part à ce qui promettait d'être une conversation fort sérieuse. Pendant que l'on servait les entrées, la famille se cantonna à échanger des plaisanteries sur un ton léger, puis lorsque tous les domestiques eurent quitté la pièce, le duc se tourna vers le policier et prit la parole d'une voix assez forte pour couper court aux bavardages :

– Bien, inspecteur, peut-être devriez-vous reprendre du début. Dites-nous exactement pourquoi vous êtes là.

L'inspecteur posa sa cuillère à potage.

– Tout d'abord, je voudrais vous présenter mes excuses pour ne pas vous avoir avertis de ma visite. J'ai hésité à vous joindre par téléphone ou à vous envoyer un télégramme, au risque de voir la conversation surprise par l'opérateur, le message intercepté par le préposé aux postes. Or la raison de ma visite doit impérativement rester secrète. Il est primordial que personne ne sache que je vous ai demandé votre aide.

La duchesse le rassura :

– Nous comprenons tout à fait, inspecteur. Sous-entendez-vous que notre sécurité est en jeu ?

– Pas directement, madame. En revanche, d'autres vies sont menacées. Et je dois reconnaître que, si vous m'aidez à les protéger, vous risquez de vous mettre en danger.

Alexander intervint alors :

– Notre famille a déjà enduré assez d'épreuves, inspecteur. Mon oncle est mort pour sauver la vie d'autrui. Êtes-vous sûr que nous sommes les seuls susceptibles de vous apporter cette aide ?

– J'en ai bien peur, répondit le policier en jetant un regard circulaire dans la pièce pour vérifier que tous les domestiques étaient sortis. J'aurais particulièrement besoin de la collaboration de Lord Francis Fox-Selwyn.

– Parfait, répondit Frank. Je dois revenir à Londres, alors ? Peut-être pourrai-je retrouver ceux qui ont tué oncle George. Avez-vous une piste, inspecteur Howard ?

– Non, milord. Je crains que cette affaire ne concerne pas Scotland Yard. Votre oncle a été tué en

Italie, l'enquête est entre les mains des Italiens et de notre ambassadeur.

– Mais, inspecteur, la police italienne n'a pas réussi à arrêter Moretti. Il a disparu le jour même où il a expédié le corps d'oncle George de Florence. C'est lui qui est derrière tout ça, c'est certain. Ils l'ont laissé s'échapper, alors qu'il tentait de protéger celui qui a assassiné leur roi !

– Je comprends que cela vous affecte beaucoup, milord, mais cette affaire n'est pas de mon ressort.

– De plus, Moretti n'a pas pu agir seul, reprit Frank. Comme tout leur groupe d'anarchistes, il était sous les ordres de Malpensa, cela ne fait aucun doute. Cet homme n'a jamais eu le courage de faire le sale boulot lui-même, mais c'est lui qui tirait les ficelles. Il est raisonnable de penser qu'ils ont tous deux quitté l'Italie. Je sais que Malpensa avait des contacts à Londres. J'aimerais voir si je peux le retrouver là-bas.

Le duc le coupa :

– Non, Frank, nous avons déjà été assez imprudents en te laissant nous accompagner ici. Nous ne pouvons pas prendre le risque que tu sois reconnu. Alexander pourrait peut-être les aider. Il doit se rendre à Londres de toute façon. Mon autre fils entre en poste aux Affaires étrangères au printemps, inspecteur. Cela vous conviendrait-il ?

– J'ai bien peur que non, Votre Grâce. Il n'y a que Lord Francis qui puisse nous aider et nous avons besoin de lui immédiatement. Il vient en quelque sorte de vous dire pourquoi. Je vais vous expliquer.

Il baissa la voix avant de reprendre :

– Sa Majesté est gravement malade.

– Je ne vois pas en quoi nous pouvons vous être d'une quelconque utilité, alors, répliqua le duc. Je suis sûr que les meilleurs spécialistes sont à son chevet.

– Je crains qu'aucun médecin ne puisse la sauver. Si choquant que cela puisse paraître, il faut anticiper. Nous préparons déjà ses funérailles.

Frank comprit alors où l'inspecteur voulait en venir.

– Et vous vous êtes souvenu de ce que je vous avais dit, c'est cela ? Que les anarchistes préparaient un attentat contre le cortège funéraire.

– Qu'est-ce que c'est que cette histoire ? s'étonna le duc.

L'inspecteur Howard répondit :

– Quand j'ai interrogé votre fils après l'affaire de l'Hippodrome, il m'a confié ce qu'il avait entendu au sein du groupe anarchiste, aux États-Unis. Malpensa envisageait de prendre la famille royale pour cible à l'occasion de la cérémonie funéraire de la reine Victoria.

– Donc Frank vous a déjà apporté son aide, conclut le duc. Vous savez ce que vous devez déjouer. Je suis sûr que vous avez de nombreux agents pour vous assister dans cette tâche.

– Hélas, non. Pour être honnête, nous disposons de peu de sources d'information. Nous n'avons pas trouvé de preuves tangibles qu'un complot se préparait ; ça ne veut pas dire qu'il n'existe pas, mais plutôt que nos équipes sont trop réduites. Il se trame sans doute quelque chose que nous ignorons complètement. Comme vous le savez, nos forces ont été gravement affaiblies par la guerre des Boers. Et je suis au regret de vous le rappeler, mais la seule personne qui connaissait la plupart de ces anarchistes pour les avoir traqués à travers l'Europe entière…

– … était oncle George, et il est mort, compléta Frank.

– Effectivement, confirma l'inspecteur. Nous disposons de la description de Malpensa et même d'un cliché photographique de Moretti, pris lorsqu'il était conservateur du musée de La Specola à Florence…

– L'ignoble personnage ! lâcha le duc en entendant mentionner le nom de l'assassin de son frère.

Le policier poursuivit :

– Mais il nous semble évident que la personne qui connaît le mieux Malpensa et qui serait susceptible d'identifier les sympathisants anarchistes dans les rues de Londres est Lord Francis Fox-Selwyn.

– Je vous en prie, appelez-moi Francis. Vous avez raison. J'ai vu Malpensa comme je vous vois. Et j'ai travaillé parmi les ouvriers italiens au sein de la fabrique de crème glacée. Je sais comment ces hommes pensent et agissent. Je veux vous aider à les traquer.

La mère de Tom, Vi, prit alors la parole :

– Moi aussi, j'ai vu Malpensa, ne l'oubliez pas. À Noël dernier, à Paterson. Je saurais le reconnaître, je peux vous être utile.

– Inspecteur, intervint Angelica, j'ignore si vous êtes au courant, mais mon père, Mario Baldo, dirige les services de police de la ville de Florence. Je pourrais le contacter pour vous.

– Je vous en remercie, madame. Comme je vous l'ai dit, le gouvernement est déjà en contact avec les autorités italiennes par les circuits habituels mais, qui sait, cela pourrait nous servir. Cependant, madame, puis-je me permettre de vous recommander d'observer la plus grande prudence lorsque vous lui écrirez ? Je suis convaincu que votre père est on ne peut plus digne de confiance, mais le courrier pourrait être intercepté. Au risque de me répéter, cette opération doit s'effectuer dans la plus grande discrétion.

Montmorency acquiesça.

– Bien entendu, inspecteur. Nous comprenons parfaitement. Et je peux vous assurer que nous ferons tout notre possible pour vous aider. Je n'ai peut-être pas vu Malpensa, mais j'ai régulièrement croisé Moretti, comme nous tous à Florence. Et j'ai travaillé avec Frank à la fabrique de crème glacée de Londres. Je serais en mesure de repérer les fauteurs de troubles. Je pourrais vous accompagner.

Le duc était exaspéré que nul ne tienne compte de son avis.

– Et ils pourraient également vous repérer, Montmorency ! Moretti vous reconnaîtrait dans votre costume de ville et les ouvriers dans votre tenue de travail.

– Alors que moi, ils me croient mort, fit valoir Frank. Pour les anarchistes, je suis l'homme qui a été abattu au cours de la fusillade de l'Hippodrome. Ils ignorent qu'il était aussi… enfin, que je suis Lord Francis Fox-Selwyn.

– Mais ils savent que Lord Francis Fox-Selwyn existe,

répliqua son père. Ils savent qu'ils ont tué son oncle. Ils doivent s'attendre à ce que nous cherchions à nous venger. Peut-être nous surveillent-ils en ce moment même, qui sait ? Ils ont peut-être lancé des hommes à nos trousses.

Tom voulut dire quelque chose mais le duc ne lui en laissa pas le loisir, et enchaîna :

– Il faut qu'on vive avec cette menace. Je ne peux pas changer d'identité. Tout le monde sait qui je suis, qui est Béatrice, qui est Alex. Moretti a peut-être même communiqué aux autres ce qu'il sait sur Montmorency. En revanche, nous pouvons protéger Frank. Même s'ils trouvent son nom dans un bottin mondain, ils ne savent pas où le chercher. Ils ignorent que c'était le jeune homme qui accompagnait Montmorency et George à Florence. Ils ignorent qu'il les a trahis et qu'il a déjoué leur attentat contre l'Hippodrome.

– C'est justement pour ça que je peux me rendre utile, père, insista Frank. C'est pour cette raison que je dois aller à Londres !

Tom essaya à nouveau d'intervenir, mais le duc le coupa :

– Tais-toi, Tom. C'est une affaire de famille.

– Je suis désolé, mais c'est important, insista le jeune garçon. L'homme dont je vous ai parlé…

– Oui, fit l'inspecteur. J'aimerais en savoir un peu plus. Peux-tu me le décrire ?

– Difficile d'être précis. Il était emmitouflé dans une grande cape. Et il boitait.

Frank manqua s'étrangler.

– Quoi ? Pourquoi tu ne l'as pas dit plus tôt ? Enfin, Tom ! C'est Malpensa ! Il avait une jambe invalide. Parlait-il avec l'accent italien ?

– Je ne sais pas. On n'a pas beaucoup discuté. Il m'a posé des questions sur la famille. Et sur toi, Frank. Il voulait savoir à quoi tu ressemblais.

– Et tu lui as répondu, évidemment, remarqua le duc d'un ton amer.

– Non. Enfin, j'ai répondu, oui, mais je n'ai pas donné de détails.

– Qu'est-ce que tu lui as dit exactement ? demanda Montmorency. Réfléchis, Tom, c'est important.

Le garçon rougit.

– J'ai dit qu'il était plus vieux que moi… et un peu dérangé.

– Oh, bonté divine ! s'exclama le duc. Quel idiot !

La soupe était froide. La duchesse sonna et tout le monde se tut pendant qu'on débarrassait la table. Le duc haletait, contenant à grand-peine sa fureur.

Lorsque les serviteurs eurent quitté la pièce et refermé la porte, Montmorency prit aussitôt la parole :

– Bien joué, Tom. Je crois que grâce à toi, Frank va pouvoir aider l'inspecteur. Excusez-moi, je réfléchis tout en parlant. Mais il me semble, Tom, que tu viens de nous donner les fondements d'un plan qui peut fonctionner.

5

Le plan de Montmorency

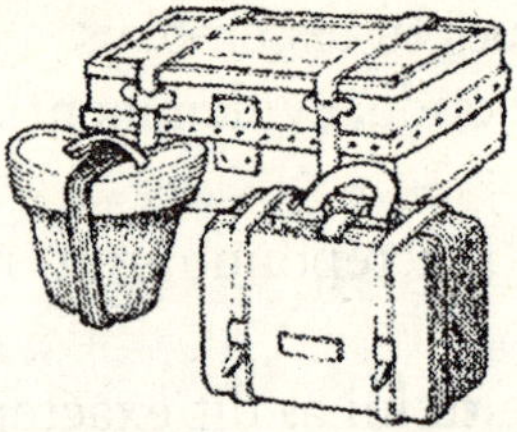

Béatrice s'efforça de faire la conversation pendant que l'on servait la viande et les légumes. Elle changea complètement de sujet et évita d'appeler l'inspecteur par son titre officiel devant les domestiques.

– Avez-vous eu du verglas sur la route en venant, monsieur Howard ?

– Seulement par endroits. Mon cocher m'a dit que nous avions eu de la chance. Il sentait qu'il allait bientôt neiger.

– Oui, nous avons eu la même impression en nous promenant à cheval, n'est-ce pas, Angelica ?

– Tout à fait, d'après Alex, confirma Angelica. Mais j'ai toujours vécu en Italie, c'est mon premier hiver ici. Je ne connais pas encore le temps écossais.

– Qu'en pensez-vous, Robert ? demanda la duchesse.

Le médecin n'avait pas ouvert la bouche depuis qu'ils étaient à table, tout occupé qu'il était à astiquer ses couverts parfaitement propres avec sa serviette.

– Moi ? fit-il sans même relever la tête. Comment pourrais-je le savoir ? On dirait qu'il fait un peu plus doux, aujourd'hui. Cette semaine, il faisait trop froid pour qu'il neige.

On finit de servir la sauce, puis Harvey fit le tour de la table pour remplir les verres d'eau et de vin. Béatrice le remercia avant de congédier les domestiques.

– Laissez les plats sur la desserte, je vous prie. Nous nous resservirons nous-mêmes si besoin. Je sonnerai quand nous serons prêts à prendre le dessert.

– Très bien, madame, fit Harvey en poussant les femmes de chambre vers la porte, qu'il referma soigneusement derrière lui.

Il devinait que ses maîtres allaient avoir une discussion sérieuse dès qu'ils auraient quitté les lieux.

– Allez-y, Montmorency, exposez-nous votre plan, fit le duc. J'espère qu'il est valable.

– Eh bien, je vous ai prévenus, il faudra peaufiner les détails mais mon instinct me dit que cela pourrait fonctionner.

Montmorency jeta un regard au docteur Farcett qui était en train de couper ses pommes de terre en petits dés parfaitement cubiques.

– Robert, vous tenez un rôle important dans mon plan. Voyez-vous un inconvénient à ce que j'aborde devant tout le monde le sujet dont nous venons de discuter dans votre chambre ?

– Pas du tout, répliqua le médecin, les yeux rivés sur son assiette. Bien que je ne voie vraiment pas comment je pourrais aider quiconque.

Il releva enfin la tête pour fixer le policier.

– Je suis sûr que vous avez remarqué à quel point j'ai changé depuis la dernière fois que nous nous sommes vus, inspecteur.

L'inspecteur Howard tenta de nier poliment, mais Farcett le coupa et, avec un sourire forcé qui mit tout le monde mal à l'aise, déclara :

– Je sais que je suis malade. Vous pouvez parler de moi autant que vous voulez.

Montmorency enchaîna donc :

– Merci, Robert. C'est très aimable à vous.

Il se tourna vers l'inspecteur Howard.

– Les derniers événements ont mis les nerfs du docteur Farcett à rude épreuve. Il a besoin de soins – que malheureusement nous ne pouvons lui prodiguer ici, à Glendarvie. J'en ai discuté avec lui. Il se rend compte qu'il doit être hospitalisé.

Le duc le coupa, paniqué à l'idée qu'un de ses proches soit interné :

– Mais c'est impossible ! Ce serait la fin de sa carrière. Quel intérêt de le soigner si c'est pour qu'il soit ensuite mis au ban de la société ?

– Gus ! s'écria la duchesse, choquée par sa franchise.

Montmorency intervint :

– J'y viens. Les asiles ne sont pas forcément des endroits infréquentables, Gus. Autrefois, George et moi, nous nous sommes cachés dans un de ces établissements, en Autriche, pour échapper à des bandits lancés à nos trousses. C'était un lieu calme et paisible.

– Je ne veux pas aller en Autriche ! protesta Robert

en trempant sa serviette dans son verre pour nettoyer une tache de sauce invisible sur sa chemise.

– Non, non, il n'en est pas question, le rassura Montmorency. Je pense que vous pourriez aller tout près d'ici, Robert. Vous avez évoqué l'hôpital de Strathgillon, il me semble.

– J'en ai entendu parler, affirma Gus. J'ai même fait un don au moment de la construction, je crois. L'un des médecins m'a écrit pour me vanter son projet et récolter des fonds. Il y a une ferme, des ateliers, et je ne sais quoi d'autre pour occuper les fous.

– Gus ! s'indigna la duchesse. Robert n'est pas fou !

Le médecin regardait dans le vide sans répondre, glaçant tous ceux qui se trouvaient autour de la table. Le duc haussa les sourcils pour souligner qu'il avait raison.

– Enfin bref, reprit-il, quel est le rapport avec la demande de collaboration de l'inspecteur ?

Montmorency but une gorgée de vin avant de reprendre :

– Je pensais que Robert pourrait aller à Strathgillon, mais sous un faux nom. Pour eux, il serait Lord Francis Fox-Selwyn.

– Quoi ? hurla le duc. Mon fils dans un asile d'aliénés ? Mais vous êtes fou !

Frank ne put s'empêcher de rire de ce jeu de mots involontaire.

– Je crois que je comprends, père. Cela me semble tout à fait sensé au contraire.

Montmorency poursuivit :

– Robert irait donc à Strathgillon où il pourrait recevoir les soins appropriés et redevenir le merveilleux homme que nous connaissons. Personne n'aura besoin de savoir qu'il est passé par là. Du coup, si nous inscrivons Frank en tant que patient, les gens qui le cherchent le croiront enfermé bien au chaud à l'asile et, de fait, dans l'incapacité de traquer les assassins de George. Pendant ce temps, le vrai Frank pourra venir à Londres avec moi pour aider l'inspecteur Howard. Le reste de la famille vaquera à ses occupations comme si de rien n'était. Rien ne laisse croire que les anarchistes ont réellement l'intention de s'en prendre à l'un d'entre nous. Je pense au contraire qu'ils nous craignent davantage que nous ne les craignons. Ils veulent probablement juste s'assurer que nous ne sommes pas à leurs trousses. S'ils croient Frank à l'asile, ils s'imagineront qu'ils sont tranquilles.

– Mais Robert a deux fois l'âge de Frank, remarqua le duc, cherchant les failles du plan. Je sais qu'il paraît jeune, mais pas si jeune que ça, tout de même.

– C'est en cela que Tom nous a bien aidés, affirma Montmorency. Vous vous rappelez ce qu'il a dit à l'étranger, ce matin ? Que Frank était plus vieux et un peu dérangé ? Si cet homme était bien Malpensa, il n'aura aucun mal à croire la nouvelle lorsqu'il apprendra que Lord Francis Fox-Selwyn a été interné à Strathgillon. Et s'il se rend sur place pour vérifier, Robert correspondra à la description.

– Donc, vous proposez que nous impliquions un hôpital tout entier dans cette imposture ? soupira Gus, guère convaincu.

– Non, ce ne sera pas la peine. Les employés de l'hôpital garderont d'autant mieux le secret s'ils pensent que c'est la réalité. Je propose que l'on inscrive Robert sous le nom de Frank et que l'on ne fasse rien pour étouffer la rumeur. Tant mieux si le bruit se propage que Lord Francis Fox-Selwyn a été interné.

– N'avez-vous donc aucune considération à l'égard de notre nom ? s'emporta Gus. Après tout ce que nous avons traversé, maintenant les gens vont penser que nous avons un fou dans la famille !

Alexander prit alors la parole, d'une voix calme et posée, à la grande surprise de tous.

– Père, tous ceux qui portent notre nom sont réunis autour de cette table. Chacun peut donc exprimer son sentiment au sujet de ce plan. Vous savez tous que l'ordre et l'honneur sont des valeurs très chères à mes yeux.

Il regarda Frank, puis Tom.

– Je sais que cela en fait rire certains. Vous me jugez assommant et trop sérieux. Trop soucieux des formes et du protocole. Je serai à la tête de cette famille un jour. Je pense donc que mon point de vue pèse un certain poids. Et je dis : « Allons-y ! » La réputation de notre famille doit-elle passer avant la sécurité de nos souverains ? N'oubliez pas que l'inspecteur Howard nous demande de l'aider pour les protéger – et non pour satisfaire notre soif de vengeance ! Et si le prix à payer pour sauver le prince de Galles et sa famille est de faire croire autour de nous que Frank a perdu la tête, j'accepte sans hésiter !

– Et toi, Frank ? demanda Montmorency. Tu es le premier concerné. Qu'en penses-tu ?

– Je n'ai aucun état d'âme. À choisir, je préfère que mon nom soit enfermé dans une institution et moi libre, plutôt qu'être tout entier coincé entre ces murs ou exilé à Tarimond. Je veux me rendre utile, je veux servir la famille royale, servir mon pays ! Mais je ne peux nier que je veux également venger oncle George. Peu m'importe que les gens pensent que je suis dérangé. Si je reste ici sans rien faire, je vais vraiment devenir fou !

Le duc se tourna vers les dames.

– Angelica ?

– Je suis d'accord avec mon mari. Et si mon beau-frère n'y voit pas d'inconvénient alors je ne vois pas en quoi cela me gênerait.

– Béatrice ?

La duchesse répondit avec douceur :

– Gus, je comprends que cela te brise le cœur. Tu as raison de t'inquiéter de l'honneur de la famille et, soyons réalistes, cette rumeur nuira à notre image. Mais enfin, Gus, nous n'avons que faire de l'avis de ces personnes ! Notre réputation passe-t-elle avant la sécurité du royaume ? Non, bien entendu. Mon chéri, je sais que ce n'est pas cette histoire d'asile qui te dérange dans ce plan.

Elle se tourna vers Frank, assis à côté de son mari.

– Frank, crois-moi, ton père s'inquiète pour toi. Nous avons failli te perdre il y a quelques mois. Il ne supporte pas l'idée que tu mettes à nouveau ta vie en danger. Et il en va de même pour moi. Mais je sais que tu es aussi obstiné que lui et, si c'est ce que tu veux, je pense que nous ne devons pas t'en empêcher.

– L'affaire est donc conclue, trancha le duc. Je vois bien que je suis en minorité. Vous pouvez mettre votre plan à exécution, Montmorency.

La duchesse intervint alors :

– Mais il faudrait peut-être demander son avis à l'intéressé. Robert, êtes-vous prêt à vous rendre à l'hôpital et à faire cela pour Frank ?

– Je vous suis très reconnaissant de me faciliter les choses, répondit le médecin.

– Serez-vous capable de jouer le jeu ? Vous n'oublierez pas que vous êtes Lord Francis Fox-Selwyn et non le docteur Robert Farcett ?

– Le docteur Farcett n'existe plus, affirma-t-il. Je suis Lord Francis Fox-Selwyn.

L'inspecteur Howard s'éclaircit la gorge.

– Eh bien, je ne sais comment vous exprimer ma gratitude. J'aimerais passer à l'action le plus vite possible. Peut-être pourrions-nous régler les détails dès aujourd'hui ?

– J'appellerai Strathgillon après le déjeuner, décida le duc. Dans ce cas précis, il est peut-être souhaitable que l'opérateur surprenne la conversation ?

– Effectivement, Votre Grâce. Mais ensuite, je vous recommande de limiter l'usage du téléphone au strict minimum.

La duchesse agita sa clochette pour faire servir le dessert.

6
Rumeurs en cuisine

Au sous-sol, la cuisinière était aux abois.

– Ils ont à peine touché à leurs assiettes. Pourtant j'avais soigné le menu. Quel gâchis !

Elle trempa un doigt dans la sauce pour goûter.

– Je me demande ce qui ne leur a pas plu…

– Ce n'est pas le rôti qui cloche, à mon avis, la rassura Harvey. C'est ce visiteur qui est arrivé à l'improviste. Il leur a appris de mauvaises nouvelles, je parie.

– Qui est-ce donc, ce bonhomme, pour débarquer comme ça sans prévenir en plein hiver ?

– Je ne sais pas. Un Anglais. M'a tout l'air d'un notable. Il ne s'est même pas présenté en arrivant, il m'a juste tendu une enveloppe cachetée à remettre au duc.

– Mais visiblement, ils le connaissaient, non ? fit l'une des femmes de chambre.

– J'ai entendu la duchesse l'appeler « monsieur Howard », précisa une autre.

– Il est quoi, d'après vous ? Avocat ? Médecin ?

– Vous avez demandé au cocher ?

– Il n'a pas décroché un mot. Très sec et guindé. Peut-être qu'on en tirera quelque chose lorsqu'il sortira de l'écurie pour déjeuner. Si vous voulez mon avis, il y a du secret dans l'air.

– Une affaire politique, peut-être, suggéra la cuisinière. Le jeune Alex va aller travailler pour le gouvernement à Londres, après tout.

– Vous devriez arrêter de l'appeler « le jeune Alex », remarqua Harvey. Il est marquis de Rosseley, désormais. Il a plus de vingt ans et il est marié, bonté divine !

– Je le revois encore venir me piquer des morceaux de sucre avec le petit Frank, comme si c'était hier ! soupira-t-elle. C'était le bon vieux temps. Avant la mort de leur maman. Avant qu'ils perdent leur oncle George.

Les femmes de chambre essayaient encore de deviner les raisons de la visite de ce mystérieux inconnu.

– C'est peut-être en rapport avec George, justement.

– Ou alors il est là pour ce malheureux docteur Farcett. Ils ont dû remarquer que le chagrin l'avait rendu fou.

– Oh oui ! Aucun doute là-dessus, affirma la cuisinière. Mais ils font comme si tout allait bien quand on est là. Je pense que c'est pour ça qu'ils sont revenus de Tarimond si soudainement.

Harvey garda le silence pendant que la cuisinière et les jeunes femmes continuaient leurs suppositions.

– Mais il est médecin, quand même ! Il doit avoir

l'habitude de la mort. En plus, il n'était pas aussi proche de George que M. Montmorency.

– Non, mais il n'y a pas que George, figurez-vous. C'est le petit Tom qui m'a raconté. Le docteur avait une bonne amie sur l'île. Une jeune dame qui s'appelait Maggie. Elle est décédée pendant qu'ils étaient tous en voyage l'an dernier. Et il se sent responsable de sa mort. Ne me demandez pas pourquoi…

– Le pauvre. Pas étonnant qu'il ait perdu la tête.

– Ça suffit ! les coupa brusquement le majordome, mettant fin aux bavardages.

Il ne voulait pas entendre parler de la mort de Maggie. La famille qu'il avait encore sur Tarimond la lui avait apprise dans ses lettres. Mais il avait perdu Maggie des années auparavant lorsqu'elle avait refusé de l'épouser et de le suivre pour venir vivre à Glendarvie. Depuis lors, il s'était entièrement dévoué à son travail, ce qui ne lui avait pas laissé le loisir de perdre la tête, et c'était tant mieux.

Il jeta les petits cubes de pomme de terre du docteur à la poubelle. Quelle journée ! Une querelle familiale, une inondation et un invité surprise. Il avait complètement oublié l'étranger que Tom avait vu à proximité de la propriété.

7
L'appel téléphonique

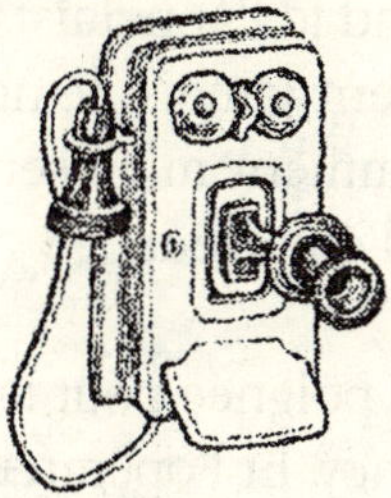

Après le repas, Gus, Montmorency, Frank et l'inspecteur Howard se retrouvèrent dans la bibliothèque. Gus s'approcha de la fenêtre et souleva l'épais drap qui couvrait le téléphone. C'était une caisse en bois avec un récepteur au milieu, un écouteur séparé suspendu à un crochet d'un côté et une petite poignée noire de l'autre.

– La gouvernante tient absolument à ce qu'on le protège. Elle dit que cette machine biscornue est un vrai nid à poussière. En plus, les femmes de chambre n'aiment pas tellement avoir à la nettoyer. Je les comprends. Je ne suis pas très à l'aise non plus avec ces engins électriques.

– C'est absolument sans danger, assura Montmorency. George l'a fait fabriquer par les meilleurs techniciens. Il s'agissait du modèle le plus perfectionné à l'époque. Il y en a un similaire à Londres et il ne fait de mal à personne !

– Eh bien, moi, ça ne me plaît pas, répliqua Gus en se débattant avec le récepteur. D'abord, il y a cet affreux câble qui défigure la propriété. George pensait que ce serait un bon moyen de rester en contact, mais il était toujours absent quand je l'appelais. Quant à celui-ci, il ne sonne pratiquement jamais. Je ne suis même pas sûr de savoir encore comment m'en servir.

Il se pencha vers l'émetteur.

– Allô ! Allô ?

– Il faut tourner la poignée pour le mettre en marche, expliqua Montmorency. Et l'opérateur devrait répondre.

– L'opérateur, tu penses ! s'esclaffa Frank. C'est Mme McDuff du bureau de poste. Espérons qu'elle va écouter la conversation.

– Ça me revient, maintenant ! fit Gus. Il faut trois mains pour faire fonctionner cet engin.

Il approcha le récepteur de son oreille gauche, tourna la poignée et attendit. Rien ne se produisit. Il recommença la manœuvre à deux ou trois reprises.

– Maudite machine ! grogna-t-il. Ça ne marche jamais ! Où est cette satanée bonne femme ?

Il adopta soudain un ton que Montmorency ne lui connaissait pas – à la fois grandiloquent et doucereux, très posé, détachant chaque syllabe comme s'il faisait un discours en public. Il s'adressa à Mme McDuff en employant son titre officiel.

– Opératrice ? Ah, madame l'opératrice ! Ici le duc de Monaburn. Je désirerais passer un appel téléphonique. Veuillez me mettre en relation avec le directeur de l'hôpital pour malades mentaux de Strathgillon, je vous prie.

Il y eut un silence. Montmorency et les autres distinguèrent l'écho d'une voix de femme montant du récepteur que Gus tenait à quelques centimètres de son oreille. Puis le duc reprit son ton forcé :

– Non, je ne suis pas en possession du numéro d'appel.

Après un nouveau silence, Gus ajouta :

– Fort bien. Je vais attendre.

Il lâcha le récepteur et se tourna vers les autres.

– Elle établit la communication et elle me rappelle. On pourra alors parler au docteur.

Une petite voix aiguë s'échappait encore du récepteur qui pendait le long du mur.

– Père, je crois que l'opératrice a encore quelque chose à vous dire.

Le duc approcha le récepteur de sa bouche.

– Allô ? hurla-t-il. Allô ?

– Non, elle n'entend pas comme ça. Il faut parler dans le micro.

Embarrassé, Gus s'emporta après son fils juste au moment où il se tournait vers l'émetteur.

– Je ne t'ai rien demandé, imbécile. Je sais très bien ce que je fais.

La femme haussa le ton. Même Montmorency, à un mètre de distance, sentit poindre une note de surprise et d'indignation dans son « Abonné ? Abonné ? ». Calmement, il guida la main de Gus afin d'approcher le récepteur de son oreille.

Entendant de nouveau l'opératrice, celui-ci reprit instantanément sa « voix téléphonique » :

– Oui, le duc de Monaburn à l'appareil.

Montmorency ne distingua qu'un murmure étouffé tandis que le duc écoutait la réponse.

Il pendit soigneusement le récepteur à son crochet avant de dire :

– Au revoir, au revoir.

– On est censé dire « au revoir » avant de couper la communication, père, lui fit remarquer Frank.

– Mais elle m'a dit de raccrocher. Il faut que je raccroche pour qu'elle puisse me rappeler.

– Ce n'est pas grave, le rassura Montmorency. Nous n'avons plus qu'à attendre d'avoir l'hôpital en ligne.

– Et alors je ruinerai ta réputation, Frank, soupira Gus. Tu es sûr que tu veux poursuivre ?

– Certain, père. Allez-y. Pour oncle George et pour le docteur Farcett.

Ils sursautèrent tous lorsque la sonnerie retentit avec force. Paniqué, Gus voulut à nouveau actionner la manivelle, mais Frank le retint juste à temps.

– Non, pas la peine, cette fois-ci. Dites juste : « Allô. »

– Allô ? fit Gus, le duc de Monaburn à l'appareil.

Ils reconnurent la petite voix aiguë.

– Oui, je vous en prie, passez-le-moi, répondit-il.

Une voix d'homme plus grave et plus posée se fit entendre. Gus se mit à parler très fort :

– Le duc de Monaburn à l'appareil. Bonjour, professeur Frost ! Je souhaiterais m'entretenir avec vous d'un sujet de la plus haute importance, requérant la plus grande discrétion.

Tassée derrière son central d'appels, au bureau de poste, Mme McDuff savait qu'elle n'aurait pas dû écouter. Mais elle ne put s'en empêcher. Après tout, il fallait qu'elle vérifie que la communication n'était pas coupée. À la fin de l'appel, elle était consciente qu'elle ne devait en aucun cas répéter ce qu'elle avait entendu. Après sa journée à la poste, elle prit son service au bar de l'hôtel du village. Il n'y avait pas grand monde. Juste un voyageur peu loquace et sa vieille amie Betty Cameron, qui était passée pour discuter de la décoration florale de l'église. Mme McDuff se surprit à lui confier la nouvelle, en lui faisant promettre de garder le secret, bien entendu. Le soir même, tout le comité chargé de décorer l'église était au courant. Et le voyageur solitaire était dans sa chambre en train de chercher Strathgillon sur sa carte.

8
La neige

Ce soir-là, au château, tout le monde se coucha de bonne heure, afin de prendre un peu de repos avant la rude journée qui les attendait. Les bagages du docteur Farcett étaient bouclés et on avait indiqué au cocher de l'inspecteur Howard la meilleure route pour se rendre à Strathgillon. La cuisinière leur avait prévu un petit encas pour le voyage. Quant à Montmorency et Frank, ils se tenaient prêts à partir à Londres avec l'inspecteur dès que sa voiture serait de retour. Mais le lendemain matin, rien ne se passa comme prévu. Peu après six heures, la sonnerie du téléphone retentit, terrifiant la femme de chambre qui était en train d'allumer un feu dans la bibliothèque. Frank dévala les escaliers en pyjama pour répondre. Ce fut l'occasion de tester le plan de Montmorency : Frank ne pouvait en aucun cas dévoiler sa véritable identité.

– Allô ? fit la voix à l'autre bout du fil. Ici le professeur Frost de Strathgillon. À qui ai-je l'honneur, je vous prie ?

Pris d'une soudaine inspiration, Frank donna le nom de son frère :

– Le marquis de Rosseley à l'appareil. Que puis-je pour vous, docteur ? Vous appelez au sujet de mon frère, je suppose…

– Oui, tout à fait, monsieur. Je suis désolé de vous déranger de si bonne heure, mais j'espère qu'il n'est pas déjà parti. Une terrible tempête de neige s'est abattue sur la région, toutes les routes sont bloquées.

Frank essuya la vitre embuée avec sa manche. Il faisait encore noir, mais il constata qu'il avait dû neiger toute la nuit. L'allée menant au château avait disparu et de gros flocons tombaient encore, de biais, déviés par un fort vent du nord.

– C'est pareil ici, annonça-t-il. On dirait qu'il ne sera pas possible de faire le trajet aujourd'hui. Peut-être pouvons-nous vous rappeler lorsque le temps leur permettra de partir ?

– Oui, restons en contact, je vous dirai ce qu'il en est ici. Arrivez-vous à gérer le patient ?

– Cela ira, espérons simplement que la situation ne s'éternise pas, répondit Frank.

En prononçant ces mots, il entendit les tuyaux cogner et siffler tandis que l'eau chaude montait jusqu'au premier étage. Le docteur Farcett prenait son premier bain de la journée.

Un à un, les habitants du château se réveillèrent et,

voyant la neige, comprirent que leurs projets en seraient inévitablement retardés. Ils en furent tout d'abord contrariés, mais finalement, cela leur laissait le temps de peaufiner les détails. Montmorency, Frank et l'inspecteur Howard avaient passé la nuit à s'inquiéter au sujet de l'étranger que Tom avait croisé. Aussi, lorsque Harvey entra dans la salle à manger où ils prenaient le petit déjeuner afin de nourrir le feu, Montmorency demanda si ses recherches avaient donné quelque chose.

Le majordome était fort embarrassé, car il n'avait finalement envoyé personne se renseigner. Par chance, Nancy, l'une des femmes de chambre, était descendue au village la veille au soir, et il l'avait entendue parler du voyageur aux cheveux bruns qu'elle avait croisé, en train de régler sa note d'hôtel. Le duc fit demander la fille en question. Mal à l'aise, elle se soumit à l'interrogatoire de l'inspecteur tandis que la famille dévorait porridge, toasts et saucisses.

Le policier lui demanda de décrire l'individu.

– C'était un étranger, à mon avis, répondit-elle. En tout cas, il est pas du coin. J'ai pas bien compris ce qu'il disait.

– Était-il grand ? Petit ? Brun... ?

– Sous sa capuche, j'ai juste vu qu'il avait les cheveux bruns et une petite barbe. Il était grand, mais un peu voûté et il avait une canne.

– C'est lui ! s'exclama Tom. C'est l'homme que j'ai croisé.

– Et il partait ? le coupa l'inspecteur, espérant qu'il

comprendrait qu'il valait mieux ne pas parler devant les domestiques. Avez-vous entendu où il allait et comment il comptait s'y rendre ?

– Il voulait une voiture pour monter vers Elgin, répondit Nancy. Il avait l'air de tenir à partir tout de suite. Comme il avait plein d'argent, le cocher a accepté de le conduire si tard. Et il a bien fait, finalement, parce que sinon il aurait été bloqué par la neige. Peut-être qu'il l'avait sentie arriver.

– Avez-vous saisi son nom ? Le personnel de l'hôtel savait-il de qui il s'agissait ?

– Non, ils ont parlé de lui après son départ. Mais il n'était resté qu'une journée, sans leur donner le moindre détail. Il a pas couché dans son lit mais il a quand même payé sa nuit.

– Merci, Nancy, dit le duc, vous pouvez disposer.

Dès que la porte se fut refermée, il se tourna vers Tom.

– Alors tu penses qu'il s'agit de l'homme que tu as rencontré hier ?

– Oui, c'est lui.

– C'est Malpensa, affirma Frank. J'en suis sûr. Et on dirait qu'il veut se rendre à Strathgillon.

– Nous avions vu juste. Il te surveille, Frank, fit Montmorency. Il veut s'assurer que tu ne les menaces pas, lui et ses projets. Je devrais peut-être vous accompagner à Strathgillon, je pourrais me charger de lui.

– Non, coupa l'inspecteur Howard d'un ton plus abrupt qu'il n'avait osé le faire jusque-là. Je sais que vous le tenez en partie pour responsable de la mort de

Lord George Fox-Selwyn et je comprends que vous ressentiez le besoin d'agir, mais nous sommes en Angleterre et...

– En Écosse, corrigea le duc, toujours agacé par cette manie qu'avaient les Anglais d'oublier la frontière.

– Je vous prie de m'excuser, Votre Grâce.

L'inspecteur se racla la gorge.

– En Grande-Bretagne, nous avons des lois, et nous les respectons. Je ne peux en aucun cas être mêlé à une vengeance personnelle et, en outre, il me faut ce Malpensa – s'il s'agit bien de lui – vivant. Je veux voir où il va, ce qu'il fait, qui il fréquente, comment il communique avec les autres.

– Vous allez donc vous aussi à Strathgillon ?

– Oui, je pense. Je me ferai passer pour un médecin accompagnant le patient. Mais je ne pourrai pas rester, je dois rentrer à Londres au cas où il y aurait du nouveau concernant Sa Majesté. Il faudra que je laisse quelqu'un sur place et que je trouve un moyen de rester en contact avec lui.

Il se tourna vers Vi, la mère de Tom.

– Madame, je viens d'avoir une idée : votre fils est la personne idéale pour cette mission. Il sait à quoi ressemble l'étranger et il nous a dit que l'homme l'avait pris pour un domestique. Tom pourrait peut-être séjourner à l'hôpital en qualité de valet du docteur Farcett.

– De Lord Francis Fox-Selwyn, vous voulez dire, corrigea le médecin.

– Merci pour cette précision, docteur. Vous avez raison. Dorénavant, il faut que l'on vous appelle ainsi.

Il en revint à ce qui le préoccupait :

– Donc Tom pourrait nous tenir au courant de ce qui se passe à Strathgillon en toute discrétion.

Gus regarda Tom et sa mère.

– Qu'en pensez-vous, Vi ? Vous êtes d'accord pour que Tom participe ?

– Oui, à condition que je puisse l'accompagner. Je ne veux pas le laisser seul. Il n'a que quatorze ans, tout de même. Et vous savez, je serai en mesure de vous confirmer si cet homme est bien Malpensa. Mis à part Frank, je suis la seule à avoir vu son visage.

– Vi pourrait se faire passer pour une infirmière, suggéra Montmorency. Elle a travaillé au dispensaire de Tarimond. Et nous avons tous pu constater qu'elle possédait un véritable talent de comédienne.

Le duc était séduit par cette idée.

– Je pourrais écrire un courrier demandant à ce que « mon fils » soit entouré de personnes qu'il connaît. Qu'en pensez-vous, inspecteur ? Croyez-vous qu'ils avaleraient ça ?

– Je suis sûr que la moindre requête de votre part sera traitée avec la plus grande considération, Votre Grâce. Par respect pour votre rang, bien entendu, mais également parce que c'est vous qui réglerez la note.

Un silence embarrassé s'ensuivit. Personne n'avait pensé à la question financière jusque-là. Le docteur Farcett se mit à se balancer sur sa chaise.

– C'est moi qui dois payer. Je ne peux pas accepter votre argent, décréta-t-il.

Gus répondit d'une voix posée, mais ferme :

– Ne soyez pas ridicule, Robert. L'inspecteur Howard a raison. La facture doit m'être adressée, sinon c'est tout notre plan qui s'effondre. Concentrez-vous sur votre guérison. Quand vous irez mieux, nous pourrons en rediscuter, mais pour le moment, c'est ma façon de participer. Même si j'étais contre au premier abord, vous pouvez compter sur ma collaboration. Je commence à comprendre pourquoi George trouvait ce genre de mission follement excitante. J'aimerais que l'on puisse passer à l'action !

Il s'approcha de la cheminée pour remettre une bûche dans le foyer.

– Espérons que la neige fondra bientôt.

9
Agostino Grasso

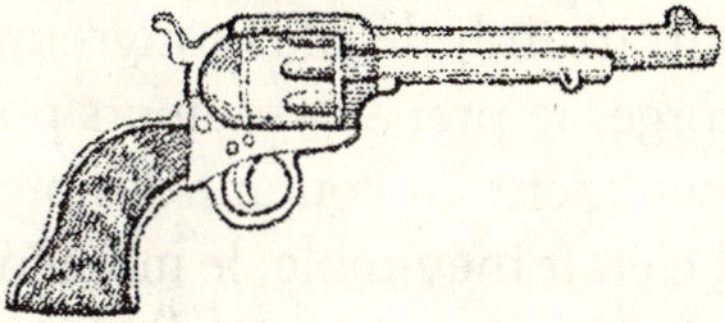

Bien loin de là, de l'autre côté de l'Atlantique, un feu plus modeste brûlait dans un petit poêle encrassé. « Agostino Grasso » souffrait du froid. Il n'avait jamais été ce qu'on peut appeler riche mais, six mois plus tôt, lorsqu'il était encore Antonio Moretti, conservateur du musée de La Specola, à Florence, il ne manquait de rien. Il vivait et travaillait dans un cadre chaleureux et confortable. Et maintenant, il se retrouvait ici, à Paterson, dans le New Jersey, sous un nouveau nom et sans emploi. Il n'avait jamais imaginé finir ainsi. Il était toujours resté à l'arrière-garde du combat des anarchistes, jamais en première ligne. Il les avait aidés, les avait protégés des autorités, leur avait offert son musée comme base opératoire, mais il n'avait jamais eu l'intention de faire du mal à quiconque, pas directement, en tout cas. Jusqu'à l'irruption de ces deux Anglais – Montmorency et Fox-Selwyn – dans sa vie.

Il s'était retrouvé piégé. Tôt ou tard, le plus rusé – Lord George Fox-Selwyn, qui s'appliquait toujours à passer pour un doux idiot – aurait découvert ce qui se tramait et, en apprenant qu'ils prévoyaient d'assassiner le roi, il aurait employé une méthode radicale. Il aurait forcément compris que Moretti était impliqué. Ce n'était qu'une question de temps.

Moretti avait attendu le plus longtemps possible, tandis que George, le prenant toujours pour son ami, le tenait innocemment au courant des progrès de son enquête. Mais, c'était inévitable, le moment était venu où Moretti avait décidé de passer à l'action le premier. Il avait empêché Lord George Fox-Selwyn de déjouer le complot contre le roi en lui tirant trois balles dans le dos. C'est alors qu'une sorte de folie s'était emparée de lui. Il avait envoyé le cadavre à Londres dans un conteneur plein de formol. Il était conscient, alors qu'il fermait sa caisse, qu'il remplissait calmement les formulaires d'expédition et supervisait le transport jusqu'au port, qu'il pouvait dire adieu à son ancienne vie. Montmorency comprendrait qui était derrière tout cela et il se lancerait à sa poursuite. Dans la panique qui suivit l'assassinat du roi, Moretti ne pouvait risquer de contacter Malpensa ou tout autre anarchiste italien afin d'obtenir de l'aide. Il avait donc changé d'identité et, sous le nom d'Agostino Grasso, s'était mêlé au flux de ses compatriotes en partance pour le Nouveau Monde. Montmorency ne parviendrait tout de même pas à le retrouver là-bas.

Moretti ne pouvait deviner qu'il avait choisi de se

cacher dans l'une des villes d'Amérique que Montmorency connaissait le mieux. À l'heure de sa mort, George, qui aimait tant se faire passer pour un dilettante, avait fait preuve d'un professionnalisme consommé. Il n'avait jamais dévoilé où se trouvaient Frank et Montmorency à Moretti, qu'il croyait pourtant son ami. Et il n'avait jamais laissé échapper que Frank, le jeune assistant débraillé qui les escortait à Florence, était en réalité son neveu, Lord Francis Fox-Selwyn. Moretti, comme le reste des anarchistes, pensait que Frank était mort héroïquement lors de l'attentat raté de Londres. Moretti n'avait d'ailleurs pas abordé le sujet, pensant que Frank s'employait à éloigner Lord George Fox-Selwyn de son objectif. Il n'avait donc jamais fait le rapprochement entre Frank et Francis. Et c'est pour cela qu'il se sentait en sécurité à Paterson. Pour quelle raison saugrenue la famille du défunt aristocrate anglais, assassiné en Italie, viendrait-elle chercher son meurtrier aux États-Unis ?

Il était en sécurité, mais congelé. Il fallait vraiment qu'il trouve un emploi. Son propriétaire lui en avait déniché un à son arrivée : un poste d'ouvrier à la soierie, au bord de la rivière Passaic. Mais Moretti, ou plutôt « Agostino Grasso », n'était pas bâti pour le travail de force. Petit, grassouillet, et complètement aveugle sans ses épais verres de lunettes, il n'avait pas su s'adapter au rythme de l'atelier. Il était trop lent, pas assez musclé. À bout de forces, en fin de service, il avait laissé tomber de gros coupons de tissu et commis d'énormes erreurs. Il avait eu beau s'accrocher, soutenu par ses collègues qui aimaient l'entendre raconter des histoires du pays, il n'avait pas été surpris lorsque le contremaître l'avait renvoyé, peu avant Noël. Ses mains potelées ne lui permettaient pas de suivre la cadence de production effrénée de l'usine et il leur faisait perdre des centaines de dollars.

Moretti était un intellectuel. Il savait qu'il ne pouvait pas faire étalage de son immense savoir en sciences naturelles sans mettre en péril sa couverture – mais il était ordonné, méthodique, sérieux et doué en langues. Il voulait trouver un poste dans une banque, une école, une université ou une bibliothèque. Il s'assit donc devant un bloc de papier qu'il avait apporté d'Italie et rédigea une lettre de recommandation pour lui-même. Il prit une fausse adresse, déplaçant son domicile de Florence à Rome, et changea ses pattes de mouches appliquées pour une écriture plus affirmée, certifiant qu'« Agostino Grasso » était efficace, patient et digne de confiance. Il justifia son départ pour le Nouveau Monde par la tragédie qu'avait constituée le décès de son (imaginaire) épouse. Et signa la lettre du nom fictif du directeur d'une institution italienne inventée par ses soins, prenant la peine d'ajouter la traduction en dessous.

Cela fait, il entreprit d'arranger son apparence. Des mois de travail à l'usine avaient réduit ses vêtements en loques. Mais il savait où trouver une tenue plus appropriée. Un peu plus loin dans la même rue vivait une femme dont le mari était derrière les barreaux d'une prison romaine. Gaetano Bresci, qui avait débarqué en

Italie au mois de juillet pour assassiner le roi Umberto, avait laissé derrière lui une femme et un enfant. Agostino Grasso allait se présenter à son épouse pour lui emprunter ses vêtements. Elle comprendrait sûrement, surtout s'il lui expliquait qu'il s'était occupé personnellement de l'Anglais qui était aux trousses de son mari. Avec un peu de chance, elle était peut-être bonne cuisinière. Il mourait de faim et n'aurait pas dit non à un bon repas.

10
Le code

Dans la bibliothèque du château de Glendarvie, la mère de Tom demanda ce que l'on attendait d'elle.

– Quand on sera là-bas, à l'hôpital… qu'est-ce qu'on devra faire ?

– Eh bien, tout d'abord, nous donner des nouvelles de Robert, évidemment…, répondit Montmorency.

– De Lord Francis Fox-Selwyn, corrigea le médecin, qui veillait scrupuleusement à ce qu'on l'appelle par son nouveau nom.

– Vous nous tiendrez au courant de son évolution puisqu'on ne pourra pas lui rendre visite. Mais il faudra également que vous soyez vigilante : quelqu'un risque d'essayer de l'approcher, quelqu'un qui cherche à savoir où est Frank. J'espère que l'homme que Tom a croisé n'était qu'un curieux essayant de mettre un visage sur un nom du bottin mondain, mais il faut que nous restions sur nos gardes. Si jamais les anarchistes découvrent que notre Lord Francis et leur Frank sont la même personne, Frank sera en danger et Robert également, tant qu'il endossera son identité. Si jamais il se passait quelque chose à Strathgillon, vous devrez nous en alerter immédiatement.

– Mais comment ? L'inspecteur nous a dit de n'envoyer ni courrier ni télégramme et de ne pas téléphoner.

Le policier réfléchit.

– Vous pourriez nous adresser des messages en utilisant une sorte de code.

Tom le coupa :

– Je sais ! Il suffit d'associer un nombre à chacune des lettres de l'alphabet puis d'écrire des listes de nombres à la place des mots. Le problème, c'est que ça prend une éternité !

– Oui, confirma l'inspecteur, et ce n'est pas assez sûr. On voit tout de suite qu'il s'agit d'un code secret, qui plus est, assez simple à déchiffrer. Mieux vaut dissimuler le message dans un courrier qui semble parfaitement banal.

Le duc prit la parole.

– Frank étant hospitalisé, je devrais recevoir des bulletins de santé réguliers pour m'informer de son état, j'imagine. Vi pourrait m'écrire ou même me téléphoner en camouflant ce qu'elle veut nous dire sous le jargon médical.

– C'est sans doute la meilleure solution, oui, admit l'inspecteur. Mais cela risque d'être plus difficile que vous ne le pensez. Il faut que ce soit assez évident pour que Votre Grâce comprenne le message et suffisamment brouillé pour qu'un espion ne puisse le repérer.

– Nous n'avons qu'à faire un essai, proposa Vi.

Et, avec le duc, ils passèrent une demi-heure fort distrayante à échanger des messages codés.

Vi se prêta au jeu la première :

– Pas grand-chose à signaler. Légère amélioration de l'état suite à la visite d'un médecin en cape noire.

Frank secoua la tête.

– C'est trop évident, Vi. Si Malpensa interceptait le message, il se reconnaîtrait immédiatement.

– Il faut qu'on mette au point un véritable code, décréta Alexander. C'était une bonne idée de faire de Malpensa un médecin mais on pourrait remplacer par quelque chose de plus vague. Un « invité », peut-être ?

– C'est pire, affirma Gus. Un « ami », alors ?

– Et si on ne parlait pas d'une personne ? suggéra Montmorency. Que diriez-vous de le désigner par le terme « infection » ?

– Oui, pas mal, fit Frank. Si Malpensa reste dans les parages, vous pourriez dire « l'infection persiste » et s'il s'en va « infection guérie ».

– Mm, je vois, murmura le duc. Mais il y a un petit problème.

– Lequel ? demanda Frank.

– Si Robert tombe vraiment malade, qu'est-ce que Vi est censée nous écrire ?

Ils rirent tous de bon cœur et continuèrent à s'amuser en discutant de manière codée jusqu'à ce que Montmorency ait une idée. Si Vi voulait réellement communiquer une information sans la brouiller, elle signerait « V. Evans », tandis qu'en cas de message codé, ce serait « Evans » tout court. En réponse, Gus signerait « Monaburn » pour les messages codés et terminerait ses missives d'un simple M très aristocratique pour les autres.

– Parfait, conclut le duc, soulagé. Du moment qu'on ne s'embrouille pas.

Frank se prit la tête entre les mains.

– Oh, père ! Espérons que nous n'aurons pas beaucoup d'informations à échanger. Vous n'avez pas l'air très doué pour l'espionnage.

– Mm, j'ai bien peur que tu n'aies raison. C'était George, l'espion de la famille.

Le gong annonça que le déjeuner était prêt, aussi se rendirent-ils dans la salle à manger. Montmorency prit Frank à part.

– C'était amusant… mais ça m'a permis de réaliser que, nous aussi, nous allions avoir besoin d'un code.

– Quand nous serons sur la piste des assassins d'oncle George ?

– Oui, réfléchis-y durant le repas et nous en reparlerons cet après-midi.

À l'heure du thé, Montmorency et Frank étaient prêts. Tout le monde s'assit devant la cheminée de la bibliothèque pour tenter de se réchauffer tandis que Montmorency leur exposait le résultat de leur réflexion.

– Avant de commencer, je dois vous préciser que ce code ne devra être employé qu'en cas d'absolue nécessité. Si l'ennemi le voit trop souvent, il risque de comprendre et le code sera inutilisable. Je vous prie de nous excuser, inspecteur Howard, je sais que nous sommes censés nous concentrer en priorité sur la menace qui pèse sur la Couronne, mais vous voudrez bien comprendre que nous nous préparions au cas où nous croiserions nos propres ennemis. Il y a de grandes chances pour que ce soit les mêmes personnes, de toute façon. Voici notre code, et pour le rendre plus facile à mémoriser nous avons trouvé un moyen mnémotechnique.

– Un quoi ? s'étrangla Vi.

– Une astuce pour le retenir plus facilement, traduisit Frank.

– Comme « Mais où est donc Ornicar ? » pour apprendre les conjonctions de coordination, expliqua Alex.

– Exactement, confirma Montmorency. Notre système est basé sur le mot VENGEUR. Nous avons fait un tableau pour vous faciliter la tâche.

Frank leur montra une grande feuille.

V	VICTIME	FRANCK	VICTOR
E	EMPIRE	HOWARD	EMILY
N	NATURALISTE	MORETTI	NATHAN
G	GROUPE	ANARCHISTES	GRACE
E	ÉTRANGER	MALPENSA	ETHEL
U	UNION	MONTMORENCY	URSULA
R	ROI	LA COURONNE	REGINALD

Gus laissa échapper un profond soupir.

– Qu'est-ce que c'est que ce charabia ? Je sens que je ne vais rien comprendre.

– Il vous faudra un peu d'entraînement, c'est tout.

Mais nous espérons que, effectivement, cela sera du charabia pour nos ennemis. Pour l'instant, regardez seulement les deux premières colonnes.

Il désigna le tableau à l'aide d'une cuillère en argent.

– Voilà le moyen mnémotechnique. Répétez après moi :

La VICTIME aidera
l'EMPIRE à contrer
le NATURALISTE,
l'ÉTRANGER et
le GROUPE avec
l'UNION pour sauver
le ROI.

Le duc lâcha un nouveau soupir. Montmorency s'efforça de le motiver :

– Allez, Gus ! Essayez. Tout est écrit sous vos yeux. Répétez la phrase deux ou trois fois pour la mémoriser.

Ils récitèrent tous l'étrange couplet comme des élèves obéissants.

– Merci, fit Montmorency lorsqu'il sentit qu'ils la connaissaient par cœur. Maintenant, voici comment cela fonctionne. Nous avons attribué un nom de code aux principaux personnages que nous pouvons avoir besoin d'évoquer. Ces pseudonymes devaient être aussi éloignés que possible de leur véritable nom, mais vous devriez pouvoir les retenir car ils ont la même initiale que leur description dans notre petite phrase.

Il pointa sa cuillère sur les deux dernières colonnes du tableau.

Frank prit le relais.

– Le premier est facile. Je suis la cible potentielle des anarchistes, on m'a donc surnommé la VICTIME.

– Seigneur ! murmura Gus.

– Un peu de concentration, je vous prie, père ! C'est beaucoup plus simple que ça n'en a l'air. Bon. Pour parler de moi, vous devrez dire VICTOR.

Montmorency enchaîna :

– Revenons à notre petite ritournelle. La VICTIME aidera l'EMPIRE.

Il désigna le tableau.

– Vous voyez ? L'EMPIRE, ce sont les forces de police de notre nation, dont l'inspecteur Howard est le représentant. Dans notre code, ce sera EMILY. J'espère que cela ne vous dérange pas, inspecteur.

Le policier rougit.

– Non, non, pas du tout. Ça ira très bien. J'avais une grand-tante Emily que j'aimais beaucoup.

Frank se chargea de poursuivre.

– Parfait ! Donc la VICTIME aidera l'EMPIRE à contrer le NATURALISTE, c'est-à-dire Moretti, le conservateur du musée d'histoire naturelle de Florence, dont le nom de code sera NATHAN.

Tom, qui avait compris le système, prit la parole :

– Le GROUPE, ce sont les anarchistes…

– Et le « GR » de groupe donne GRACE, conclut Angelica.

– L'ÉTRANGER, c'est Malpensa, renchérit Vi. Et son nom de code commence par « ET ».

– ETHEL ! s'écria Alex en regardant le tableau.

– Exactement, confirma Montmorency.

– Je comprends comment cela fonctionne, mais qu'est-ce que c'est que cette histoire d'UNION ?

– Ah ! s'exclama-t-il. À votre avis, qui fait le lien entre vous tous et représente l'union ?

– Vous, Montmorency ! s'exclama Angelica.

– En toute modestie, commenta-t-il. Je suis donc…

– … URSULA ! s'esclaffa Vi.

– Je suis heureux que ce nom vous paraisse inadapté pour désigner ma personne, fit-il avec humour. Il n'en reste plus qu'un. Le R de VENGEUR. Qui se rappelle notre petite phrase ?

Cette fois, ce fut Gus qui répondit :

– La VICTIME aidera l'EMPIRE à contrer le NATURALISTE, l'ÉTRANGER et le GROUPE avec l'aide de l'UNION pour sauver le ROI.

Tout le monde l'applaudit.

– C'est donc le ROI, qui désigne la Couronne dans son ensemble, que nous évoquerons par le doux pseudonyme de Reginald, conclut Montmorency. Regardez tous une dernière fois le tableau et répétez-vous le couplet mnémotechnique, puis nous ferons un essai.

Le tableau passa de main en main.

– J'ai du mal à imaginer à quoi ressembleront les messages, remarqua le duc.

– Justement, allez-y, Gus, l'encouragea Montmorency. Essayez de dire : « Les anarchistes prévoient de saboter la cérémonie de couronnement et je crois que Moretti est impliqué, sous les ordres de Malpensa. »

Gus prit son temps avant de se lancer :

– « Grace prévoit de saboter la cérémonie de couronnement et je crois que Nathan est impliqué, sous les ordres d'Ethel. »

– Vous avez parfaitement compris, père, mais il faut davantage brouiller les pistes. Je crois que nous aurions tout aussi bien interprété l'avertissement si vous aviez dit : « Il semble que Grace soit déterminée à gâcher la fête en se servant de Nathan, et je ne serais pas surpris que cette peste d'Ethel soit derrière tout ça. »

– C'est le genre de bavardage mondain qu'on entend sans arrêt ! s'exclama la duchesse. En fait, si nous devions passer des messages de ce type, cela serait plus crédible venant de moi.

– Bien, j'ai l'impression que vous avez tous saisi le principe, constata Montmorency. Il faudra s'entraîner de temps à autre. Tous ces prénoms sont totalement idiots, mais j'aimais beaucoup l'idée de baser notre code sur le mot « VENGEUR ». Nous comprenons votre point de vue, inspecteur, mais cela nous permet de nous rappeler quel est le but de cette mission.

– Je ne suis au courant de rien, affirma le policier. Mais ne comptez pas sur mes hommes pour vous aider à assouvir votre vengeance. De même, je ne serai aucunement en mesure de vous protéger si jamais il vous arrivait d'enfreindre la loi britannique.

– Il y a de grandes chances pour que ces hommes soient hors de nos frontières, de toute façon. Et si jamais nous les croisions en territoire britannique, je vous promets la plus grande discrétion.

– Je n'ai rien vu, rien entendu, répliqua l'inspecteur

avec diplomatie. Je deviens un peu sourd, j'en ai bien peur. Je ne peux que vous remercier de m'aider à contrer les ennemis de la reine et de l'empire.

– Et plus vite la neige fondra, plus vite nous pourrons passer à l'action, reprit Montmorency en déchirant le tableau avant de le jeter dans la cheminée. Alors, Tom, dis-nous comment s'appelle Moretti dorénavant ?

– Moretti… c'est le naturaliste, je crois. Nathan.

– Bravo ! Et l'inspecteur ?

– C'est l'empire, on le surnomme donc Emily.

– Gus, qui se cache sous le doux nom d'Ethel ?

– Ethel, c'est l'étranger, Moretti, c'est ça ?

Il se reprit immédiatement :

– Non, non, lui c'est le naturaliste. L'étranger, c'est Malpensa. Oui, c'est ça, Malpensa, c'est Ethel.

– Tout à fait ! Vous voyez, ce n'est pas si difficile que ça. Exercez-vous tous un petit peu chaque jour. C'est capital. Et n'oubliez pas, l'homme que nous appelons Ethel est peut-être plus près que nous ne le pensons. Tom et Vi, nous comptons sur vous pour nous prévenir s'il se montre à Strathgillon. Enfin, quand cette neige se décidera à fondre.

Bloqué dans une auberge sur la route de Strathgillon, le mystérieux voyageur se faisait exactement la même réflexion.

11
L'hôpital de Strathgillon

Deux jours plus tard, Montmorency fut réveillé par du vacarme sur le toit. Comme si quelqu'un marchait sur les tuiles, chaussé de grosses bottes. Mais qui ferait une chose pareille ? Malpensa, revenu pour traquer Frank ? Au rez-de-chaussée, Tess, la vieille chienne de Gus, se mit à aboyer, dans une touchante tentative pour avertir la maisonnée d'un danger potentiel. Montmorency s'approcha de la fenêtre. Il ne voyait rien dans la pénombre du petit matin, mais le bruit recommença et, soudain, une grosse masse grise racla le carreau, à quelques centimètres seulement de son visage. D'abord terrifié, il mit quelques secondes à réaliser que c'était bon signe. Un gros bloc de neige s'était détaché du toit. Elle commençait donc à fondre. Bientôt, Robert pourrait se rendre à Strathgillon.

En milieu de matinée, Harvey et les autres domestiques avaient dégagé l'allée menant au portail. Un coup de téléphone à l'hôpital permit de vérifier que, là-bas aussi, les routes étaient praticables. Le docteur Farcett prit un dernier long bain avant de monter en voiture en compagnie de l'inspecteur Howard, de Vi et de Tom.

– Au revoir, Robert ! le salua Montmorency.

Pas de réponse.

– Au revoir, Robert ! répéta-t-il, mais le docteur ne levait toujours pas les yeux.

Montmorency comprit non sans effroi que le docteur Farcett endossait complètement sa nouvelle identité, avec peut-être un peu plus de conviction que nécessaire. Et si cette imposture faisait basculer totalement son équilibre mental déjà fragile ? Avait-il oublié qui il était vraiment ?

Montmorency réessaya :

– Lord Francis Fox-Selwyn ?

Robert leva enfin la tête.

– Bon voyage, milord ! s'écria Montmorency pour ne pas le contrarier.

Le médecin acquiesça calmement alors que l'attelage se mettait en branle.

L'inspecteur Howard lança un dernier adieu.

– Nous partirons pour Londres dès que je serai de retour !

Bâti dans le même style architectural que le château de Glendarvie, l'hôpital de Strathgillon avait un petit air féerique, perché au sommet de sa colline encore couverte de neige. Avec ses tours rondes et ses fenêtres gothiques, on aurait pu le prendre pour la demeure d'un riche aristocrate. Seuls le haut mur longeant la route et les barreaux aux fenêtres trahissaient la véritable nature de l'établissement. L'allée serpentait à travers les prés où les patients s'affairaient à déblayer la neige ou à déterrer des navets pour les moutons, qui n'avaient plus rien à brouter. D'immenses granges laissaient supposer qu'il y avait d'autres bêtes, qu'on avait rentrées à cause du froid. Le cocher s'arrêta devant l'imposante porte à double battant de l'hôpital. L'inspecteur Howard sortit de la voiture pour sonner. Quelqu'un avait dû les voir arriver car la porte s'ouvrit alors qu'il tendait le bras vers la cloche. Un homme entre deux âges vêtu d'une blouse blanche sortit pour le saluer.

– Bonjour ! fit-il en lui serrant la main. Je suppose que vous nous amenez Lord Francis Fox-Selwyn. Vous êtes le docteur...

– Howard, répondit l'inspecteur ravi que son interlocuteur l'ait pris pour un médecin, lui évitant d'avoir à mentir. Il est dans la voiture. Puis-je suggérer que nous le fassions vite rentrer au chaud ?

– Certainement, fit le docteur. Je me présente : Peter Frost, directeur de l'établissement. Dois-je demander à un aide-soignant de nous prêter main-forte ?

– Non, il est très docile. Je pense qu'il n'opposera aucune résistance, bien qu'il soit mal à l'aise en présence d'étrangers. Sa Grâce a demandé à deux de ses domestiques de l'accompagner afin de faciliter son adaptation. Mme Vi Evans a déjà exercé en tant que garde-malade. Quant à son fils, Tom, c'est le valet de

Lord Francis. Le duc souhaite qu'ils soient logés à ses côtés. Il paiera bien entendu leurs frais d'hébergement.

– Ce n'est pas tout à fait conforme à nos règles, mais nous serons heureux de satisfaire les vœux de Sa Grâce.

Le professeur Frost ne pouvait se permettre de refuser. Son établissement était encore tout récent et il n'allait pas laisser passer une belle opportunité de se faire connaître par une clientèle fortunée en accueillant un si célèbre patient.

Vi et Tom aidèrent Farcett à porter ses bagages à l'intérieur et l'installèrent dans un fauteuil au coin du feu. Le professeur Frost s'adressait à lui d'une voix douce, mais en parlant un peu plus fort et un peu plus lentement que s'il avait su avoir affaire à un collègue médecin. Il exposa brièvement les méthodes qu'il employait dans son hôpital.

– Nous ne croyons pas profitable d'enfermer les gens dans des cellules, de les attacher ou de les malmener. Nous travaillerons dur, ensemble, en prenant bien soin de vous. Vous devez être fatigué par le voyage. J'ai demandé à ce que l'on vous serve un thé.

Toujours convaincu que l'inspecteur Howard était médecin, il le prit à part.

– Sa Grâce le duc de Monaburn m'a brièvement présenté le cas de Lord Francis, mais peut-être souhaitez-vous me faire part de votre opinion.

– Je ne suis pas expert dans votre spécialité, répondit Howard sans mentir. Mais voici l'essentiel : Lord Francis semble animé par un besoin impérieux de tout nettoyer de plus en plus envahissant. Et cette obsession l'empêche de mener une vie normale. Il se croit responsable de beaucoup de malheurs qui ne sont pas de son fait. Son père, le duc, craint que son comportement ne soit néfaste pour lui-même, mais nous sommes convaincus qu'il ne présente aucun danger pour les autres. Il a subi de nombreuses épreuves dernièrement. Vous savez peut-être que son oncle, Lord George Fox-Selwyn, dont il était très proche, est décédé l'été dernier. Cette disparition soudaine l'a profondément bouleversé.

– En effet, je l'ai remarqué alors même que je ne le connaissais pas auparavant. Lord Francis semble accablé par le poids de la vie, plus vieux qu'il ne devrait. On a du mal à croire qu'il s'agit du plus jeune fils du duc.

– Voilà, entre autres, pourquoi le duc s'inquiète, répondit Howard, tentant de dissiper tout soupçon. Lord Francis est méconnaissable. Sa Grâce aimerait retrouver son fils tel qu'il était avant. Et il ne souhaite pas qu'on lui inflige d'autres humiliations, il est déjà bien assez affecté par son état.

– Je comprends. Vous avez frappé à la bonne porte. Ici, on ne punit pas les malades mentaux et on ne les considère pas comme des sous-hommes. Lord Francis sera bien traité, je puis vous l'assurer. Mais nous avons deux règles importantes. Il devra affronter sa peur et travailler. Je crois beaucoup aux vertus curatives du grand air et de l'exercice physique. J'ai l'impression que la meilleure façon de l'aider à surmonter sa phobie de la saleté est de l'affecter à la porcherie. Lorsqu'il aura constaté qu'il peut nettoyer les box sans tomber malade, il devrait retrouver peu à peu un comportement normal.

– Vous pensez donc pouvoir le guérir rapidement ? demanda l'inspecteur, un peu déçu (il espérait que le vrai Lord Francis Fox-Selwyn serait officiellement hors circuit durant un moment).

– « Rapide » n'est pas le terme que j'emploierais, mais je suis sûr que nous finirons par le soigner, surtout si nous parvenons à découvrir la véritable cause du problème. Bien, où est ce thé que je vous ai promis ?

Il agita une clochette et une femme robuste entra avec un plateau.

– Excusez-moi, professeur, il fait si froid que l'eau a mis un temps infini à bouillir.

– C'est parfait, Belinda, répondit le médecin. Posez le plateau et retournez à vos activités.

Quand la femme eut quitté la pièce, Frost se retourna vers l'inspecteur.

– Cette femme est l'une de nos patientes, expliqua-t-il. Lorsqu'elle est arrivée, elle n'osait adresser la parole à personne. Elle ne voulait même pas risquer un pas hors de sa chambre. Je devais lui parler par la petite grille qui s'ouvre dans la porte. Et vous avez pu constater par vous-même comme elle est détendue maintenant, même en présence d'un étranger. Cela vous montre comment fonctionne ma méthode...

Remarquant que son nouveau patient écoutait la conversation, il s'approcha de son fauteuil.

– Puis-je vous appeler Francis, milord ? Vous avez sans doute noté que je m'adressais à Belinda en utilisant son prénom. Nous trouvons que cela permet de lever les barrières entre patients et personnel soignant, ainsi qu'entre nos résidants. Bien sûr, si vous préférez que j'emploie votre titre...

– Pas du tout, répondit Robert, ouvrant pour la première fois la bouche depuis qu'ils avaient quitté Glendarvie. Appelez-moi Francis. Vous devez m'appeler Francis. Oui, je m'appelle Francis. C'est mon nom. Francis.

– Bien, fit le professeur, intrigué par sa réaction.

Il se tourna vers l'inspecteur Howard.

– C'est très intéressant, cette répétition litanique de son prénom. Comme s'il tenait à se rassurer sur sa propre identité.

Il sourit à Farcett.

– Parfait, Francis. Si vous voulez bien me suivre, je vais vous montrer votre chambre.

Tom et Vi se chargèrent des bagages. L'inspecteur Howard, quant à lui, avait hâte de quitter les lieux avant que le professeur Frost ne s'aperçoive qu'il n'était pas médecin.

– Je regrette mais je vais devoir partir. Une affaire importante m'attend à Londres et le mauvais temps m'a déjà retardé.

Sur ce, il prit congé des autres et regagna la voiture.

Au premier village sur la route par laquelle ils étaient arrivés, il remarqua une auberge. C'était sans doute sa dernière chance de pouvoir manger quelque chose avant plusieurs heures, aussi demanda-t-il au cocher de s'arrêter, lui promettant de ne pas être long.

Une femme chaleureuse l'accueillit et lui proposa de s'asseoir au coin du feu. Il y avait déjà un autre client attablé devant une tourte à la viande accompagnée de légumes. Il n'avait pas l'air de la région. En fait, il ne paraissait pas même anglais. Une barbe de plusieurs jours ombrait son visage. Ses vêtements sombres étaient vraisemblablement froissés et tachés par un long voyage. Derrière lui, à un crochet, étaient pendues une longue cape noire et une puissante paire de jumelles. L'inspecteur Howard n'en revenait pas. Il était nez à nez avec Malpensa.

12
Mensonges et impostures

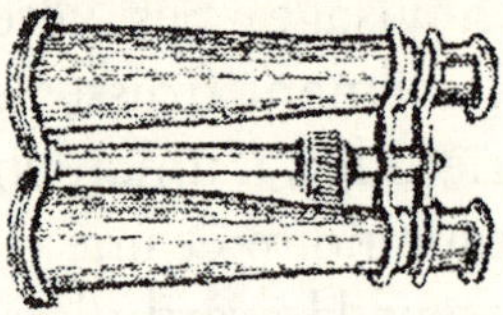

L'inspecteur Howard s'efforça de conserver un calme apparent tandis qu'il échafaudait une stratégie pour entrer en contact avec l'homme qui se tenait devant lui. Il fallait à tout prix éviter de révéler qu'il faisait partie de la police et rester aussi flou que possible tout en obtenant un maximum d'informations. Il caressa un instant l'idée de mettre Malpensa en prison, mais il savait que c'était impossible. Il se trouvait en Écosse, pas en Angleterre. Et, de toute façon, pour quel motif aurait-il pu l'arrêter ? Il n'avait rien contre lui, à part le vague soupçon que Malpensa préparait un attentat contre la famille royale, mais aucun fait.

Il avait besoin de preuves, et il en obtiendrait sûrement si Malpensa était sous surveillance. Il pourrait peut-être contacter les autorités locales et les mettre dans la confidence afin qu'ils le fassent suivre. Mais en aurait-il seulement le temps ? Ils étaient à des kilomètres de la ville la plus proche, et encore plus loin de tout service de police organisé. Non, il fallait qu'il en apprenne le plus possible maintenant, avant de laisser Vi et Tom s'en charger. Au moins, le vrai Frank était en sécurité à Glendarvie et sa couverture, Robert Farcett, bien au chaud derrière les murs de Strathgillon. Il était fort improbable que Malpensa puisse leur faire le moindre mal. Il essayait sans doute seulement de localiser la famille de George Fox-Selwyn afin de pouvoir contrer toute vélléité de vengeance.

Howard était encore en train de chercher comment engager la conversation lorsque Malpensa prit la parole. Il avait un drôle d'accent, difficile à situer, mais certainement pas britannique.

– J'ai vu votre voiture prendre le chemin de l'hôpital puis revenir. Vous êtes médecin ?

Howard ne s'attendait pas à être interrogé de manière aussi directe. Il décida de se faire passer pour un médecin afin de corroborer le récit que Malpensa avait déjà entendu à Glendarvie.

– Oui, j'y ai accompagné un patient qui vient d'être interné.

– C'était un homme ?

– Tout à fait, mais vous comprendrez, j'espère, que je ne puisse vous en parler. Ce genre d'affaire est toujours extrêmement délicat.

– Bien sûr, la famille doit être fort affligée de voir l'un de ses membres diminué à ce point.

– Une véritable tragédie, mais je ne peux rien vous dire de plus. Qu'est-ce qui vous amène par ici ?

L'inspecteur fut surpris par la réponse.

– Je suis passionné d'ornithologie. Il existe dans la

région des espèces qu'on ne trouve nulle part ailleurs en Europe.

– Et vous avez pris la route par ce temps, uniquement pour venir les voir ?

– Oui, mais les conditions météorologiques étaient bien meilleures lorsque je suis parti. Cependant la neige peut se révéler un avantage pour l'observation de certains spécimens au plumage sombre, qui se détachent clairement sur un fond blanc. Je les repère mieux avec mes jumelles.

« Ha, ha ! pensa Howard. Il est rusé. Cette histoire d'ornithologie justifie qu'il soit en possession de grosses jumelles. Il a bien préparé son baratin. »

Il s'efforça d'entretenir la conversation en s'intéressant au hobby du voyageur.

– Oh, des jumelles ! Vous savez que je n'ai jamais eu l'occasion d'en essayer ? Je peux ?

L'autre se leva pour prendre les jumelles sur le crochet. Howard prétendit ne pas savoir s'en servir et en profita pour les examiner attentivement. Ce n'était pas une marque connue.

– Edgecomb Mystic. C'est du bon matériel ? Ce nom ne me dit rien.

– Une marque américaine, expliqua l'étranger. Je les ai achetées là-bas.

– Ah, vous êtes américain ! s'exclama Howard. Je n'arrivais pas à situer votre accent.

– J'ai vécu aux États-Unis un moment, mais je suis hongrois.

Howard saisit l'opportunité d'en apprendre davantage – bien que ne croyant pas une seule seconde que l'homme soit hongrois ou même américain. Il tendit la main pour se présenter :

– Charles Aston, fit-il en empruntant le nom du premier homme qu'il avait arrêté.

– Max Bartok, répondit son compagnon en lui serrant chaleureusement la main.

C'était un professionnel. Il avait soigné les moindres détails de sa fausse identité.

La tenancière de l'auberge déposa une assiette pleine devant l'inspecteur. Il mangea rapidement, répondant entre deux bouchées aux questions de « Bartok ». « Il est malin, ce Malpensa, pensait-il. Il prend un ton tellement naturel et badin, on dirait deux personnes affables qui se sont rencontrées par hasard et discutent de la pluie et du beau temps. Cela paraît normal qu'il s'inquiète de la santé de la reine et de la perspective d'un nouveau couronnement. » Howard, lui, demeurait laconique dans ses réponses, s'employant à mémoriser les traits de Malpensa, prévoyant de réaliser un croquis dès qu'il serait seul.

L'étranger semblait porter un intérêt tout particulier au déroulement des funérailles de la reine.

– J'imagine que toutes les têtes couronnées d'Europe seront présentes, dit-il.

– Certainement, tout comme des représentants officiels venus des quatre coins de l'empire.

– Si elle décède à Osborne House, sur l'île de Wight, il est apparemment prévu que son corps soit rapatrié par bateau sur le continent, transféré à Londres en train, puis emmené jusqu'à Windsor pour l'enterrement. Cela prendra sans doute plusieurs jours.

Howard fut effaré que Malpensa soit au courant de tout cela. On s'était pourtant efforcé de cacher à la presse la gravité de l'état de santé de la reine. Et les détails de l'organisation de ses funérailles ne devaient être rendus publics qu'après sa mort. Malpensa possédait manifestement des informateurs dans les plus hautes sphères. Mais l'inspecteur était déterminé à ne pas laisser paraître ses soupçons et à ne confirmer par inadvertance aucune des données que Malpensa avait avancées.

– Cela risque effectivement de prendre un certain temps, mais cela promet d'être un moment historique pour notre nation, affirma-t-il. Je n'ai aucune idée de ce qui est prévu et je vous avouerais qu'il me semble déplacé de l'évoquer alors que Sa Majesté est encore en vie.

– Désolé, répliqua Malpensa. Veuillez mettre ma maladresse sur le compte de mes origines étrangères.

Quelques instants plus tard, le cocher de Howard pénétra dans la pièce. Une traînée de sauce sur son menton indiquait que l'aubergiste lui avait également servi une part de tourte.

– Excusez-moi de vous interrompre, monsieur, mais les conditions météorologiques m'inquiètent. Nous devons vraiment reprendre la route si nous voulons être à Glendarvie ce soir.

Howard vit le soulagement se peindre sur le visage de Malpensa. Il était satisfait d'obtenir la confirmation que Howard venait de Glendarvie et que « son patient » était bien Lord Francis Fox-Selwyn.

L'inspecteur se leva à regret. Il aurait aimé en apprendre davantage sur Malpensa et ses projets, mais il savait que son cocher avait raison. Plus que jamais, il était pressé de rentrer à Londres pour s'assurer que les funérailles se déroulent en toute sécurité.

– J'ai bien peur de devoir prendre congé, dit-il.

Ne pouvant se résoudre à serrer la main de Malpensa, il ajouta :

– Ravi de vous avoir rencontré, monsieur Bartok.

Et il en profita pour poser une dernière question :

– Vous comptez rester longtemps ici ?

– Ça dépend des oiseaux, pas de moi. Je resterai jusqu'à ce que j'aie repéré l'espèce que je suis venu voir. Mais je dois admettre que si la reine venait à mourir, j'irais probablement à Londres assister aux funérailles.

« Oh, je n'en doute pas, pensa Howard. Mais je vais faire en sorte que vous restiez ici, bien tranquille. »

Une fois dans la voiture, il écrivit une courte missive à Vi.

Prenez des mesures pour vous protéger de l'infection. Symptômes repérés dans la localité. Vous pourriez recevoir la visite d'Ethel prochainement.

Il la cacheta, colla un timbre et demanda au cocher de s'arrêter à la boîte aux lettres la plus proche pour la poster. Vi devrait la recevoir le lendemain matin. Restait à espérer qu'elle comprendrait ce qu'il avait voulu dire.

13
Mère et fils

À Strathgillon, Vi et Tom se virent attribuer une chambre contiguë à celle de Robert Farcett. On leur remit également une clé qui permettait d'ouvrir la salle de bains adjacente, strictement réservée à leur usage personnel. Robert – ou plutôt Francis comme on l'appelait là-bas – n'était pas autorisé à s'approcher d'un point d'eau, de près ou de loin. Il avait un pot de chambre à disposition, que Vi était chargée de vider et de nettoyer, mais on ne lui avait même pas laissé une cuvette ni un broc d'eau. Il n'avait droit qu'à une douche par jour, accompagné, et durant un temps restreint. Il n'avait pas la permission de se raser et son menton s'ombra bientôt d'une barbe hérissée qui camouflait parfaitement sa véritable identité. Durant les tout premiers jours, il resta dans sa chambre, recevant régulièrement la visite du professeur Frost, qui résista à ses supplications pour obtenir du savon et du shampooing. Farcett pleurait sans se cacher et se frottait la peau avec tout ce qui lui tombait sous la main : draps, rideaux, même ses propres vêtements souillés. Vi trouvait cruel de ne pas le laisser au moins se laver les dents pour se rafraîchir l'haleine, mais le professeur lui expliqua que sa méthode consistait à priver le patient de ce qui l'obsédait et que c'était une étape essentielle du traitement, si pénible qu'elle fût.

Robert ne parla que fort peu durant cette période et, à la fin de la première semaine, il avait même cessé de gémir. Il devint de plus en plus facile à vivre et fut progressivement autorisé à manger en compagnie des autres résidants. Vi avait du mal à considérer cela comme une amélioration. L'ombre trébuchante et silencieuse qu'elle escortait jusqu'à l'immense salle à manger n'avait guère en commun avec l'homme plein de vie qu'elle connaissait depuis quinze ans, ou même avec le personnage torturé qui avait passé Noël à Glendarvie. De temps à autre, elle sortait le message de l'inspecteur Howard de sa poche de tablier. Si elle se rappelait bien le code, cela devait signifier que Malpensa était dans les parages, mais elle craignait que cette histoire d'infection ne soit réelle. Et s'ils couraient un vrai risque ? Ne devrait-elle pas renforcer les mesures d'hygiène de son patient ?

Tandis qu'elle était cloîtrée à l'intérieur avec Robert, elle avait envoyé Tom essayer de repérer Malpensa, en lui recommandant la plus extrême prudence. Il avait fait le tour de la propriété de long en large, en ouvrant l'œil. Il avait ainsi fait connaissance avec de nombreux patients. Certains s'adressaient à lui dans un charabia incompréhensible. D'autres ne disaient rien, mais se balançaient d'avant en arrière ou étaient agités de tics nerveux. D'autres enfin lui paraissaient absolument sains d'esprit. En tout cas, il n'y avait pas la moindre trace de Malpensa. À une ou deux reprises, il avait eu l'impression qu'on l'observait, mais était-ce un patient ou un intrus, il n'aurait su le dire.

Il passait ses soirées à discuter avec sa mère. Ils parlaient de l'hôpital, des patients, de leur maison sur Tarimond et de leurs amis à Londres et à Glendarvie. Au bout d'un moment, le sujet si souvent esquivé parut incontournable. Dans l'intimité de leur petite chambre, Vi trouva les mots pour lui révéler l'identité de son père. Après s'être moqués d'Alexander et de sa politesse excessive, ils passèrent au duc. Ils pouffèrent en se remémorant la première fois qu'il avait essayé de se servir du téléphone, mais soudain Tom retrouva son sérieux. Il se plaignit que Gus l'accablait toujours de reproches alors même qu'il avait décrété, à la mort de George, que Tom faisait partie de la famille.

– On dirait qu'il m'en veut, maman. Que je l'ai déçu.

– En quoi aurais-tu pu le décevoir, Tom ?

– Parce que je ne suis pas assez bien pour lui. Je ne ressemble pas assez à George.

– Mais pourquoi voudrais-tu ressembler à George ? lui demanda Vi, sachant pourtant parfaitement où il voulait en venir.

– Parce que George était mon père, non, maman ?

Ne t'en fais pas, j'ai compris. Sinon pour quelle raison m'aurait-il légué cet argent ?

Vi savait qu'elle ne pouvait pas lui mentir. Fixant l'obscurité, elle trouva le courage de lui parler.

– Non, George te considérait peut-être comme son fils, mais ce n'était pas ton père, Tom. Je sais que j'aurais dû t'en parler avant, mais c'est tellement difficile… Ce n'était jamais le bon moment et je ne voulais pas le faire toute seule.

– Tu veux dire que tu aurais préféré que mon père soit présent ? Qui est-ce ? Je le connais ? Tu sais où il se trouve ?

– Oui, Tom, nous le connaissons tous les deux fort bien. Tom chéri, je suis sûre qu'il ne me tiendra pas rigueur de te le dire, maintenant. Il s'agit de Montmorency.

Tom resta muet de stupeur. Puis il explosa :

– Il est au courant ? Et il ne m'a jamais rien dit ? Pendant des années, j'ai espéré que c'était lui et il n'a jamais fait la moindre allusion…

– Tom, il ne le sait que depuis un an environ. Je ne le lui avais jamais avoué et, lorsque je l'ai fait, c'était quand tu étais furieux après lui – tu lui en voulais parce qu'il était amoureux de Mary, l'Américaine.

– Vous auriez quand même dû me prévenir.

– Je sais, c'est facile à dire aujourd'hui, mais je n'ai jamais trouvé le bon moment. Et puis George est mort, Robert est tombé malade…

– Qu'est-ce que ça change ? Qu'est-ce qu'il a à voir là-dedans ?

Vi demeura un moment silencieuse.

– C'est juste qu'il t'aime aussi beaucoup, tu sais. J'ai pensé que ça lui ferait de la peine de savoir que tu lui échappais complètement. Avant c'était un peu comme si tu étais leur fils à tous. Ils t'offraient des cadeaux, ils passaient du temps avec toi sur Tarimond. J'ai pensé que trois pères adoptifs valaient mieux qu'un.

– Non, c'est absurde ! cria Tom. Tu ne sais donc pas que ça m'a torturé durant toutes ces années ?

– Non, je ne pensais pas que ça te tracassait autant…

– Parce que je ne t'ai rien dit. Parce que je ne voulais pas t'ennuyer avec ça.

– Je t'en prie, Tom, ne m'en veux pas. Voilà, c'est exactement ce que je craignais !

C'était au tour de Tom de garder le silence. Lorsqu'il reprit la parole, sa question prit sa mère au dépourvu.

– Je vais devoir rendre l'héritage de George, alors ?

– Non, Tom, pas du tout. George n'a jamais sous-entendu que tu étais son fils, même dans son testament. Et, de toute façon, à qui voudrais-tu le donner, cet argent ? Ils sont tous riches à ne plus savoir qu'en faire.

– Mais il faut mettre Gus au courant. Il faut lui dire que je ne fais pas partie de la famille. Peut-être qu'il m'appréciera davantage.

Vi lui caressa les cheveux.

– Il t'aime, Tom. Souvent, ce sont les gens qu'on aime qui nous exaspèrent le plus. Mais tu raison, il faut qu'il sache la vérité. Je vais écrire à Montmorency pour le prévenir que tu es au courant et lui demander d'annoncer la nouvelle à Gus.

– Montmorency doit déjà être à Londres, fit remarquer Tom, dans l'ancienne maison de George.

– Oui, sans doute. Une preuve de plus de sa générosité. Il a légué sa demeure à Montmorency avec qui il n'avait aucun lien de parenté.

– Et il t'a laissé sa propriété de Tarimond, maman.

– Oui, alors que je n'étais rien de plus qu'une très bonne amie.

– Alors je peux garder l'argent ?

– Oui, mon chéri, mais je voudrais que tu lui fasses honneur. Tu sais que Montmorency et Frank sont sur la piste des hommes qui l'ont tué. Bien que tu sois jeune, tu dois faire tout ton possible pour les aider. Continue à guetter Malpensa et essaie de voir si tu peux en apprendre davantage sur ses projets.

– Bien sûr, maman. Je ferai tout pour aider mon père.

– Très bien. Maintenant va dormir. Si tu m'entends remuer, c'est que je suis en train d'écrire à Montmorency.

– Alors la prochaine fois que je le verrai, je pourrai l'appeler « père » ?

– Oui, et je suis sûre qu'il sera ravi de t'appeler « fiston ».

Ils essayèrent tous les deux de trouver le sommeil, en vain.

– Maman ?

– Oui ?

– Montmorency n'a pas toujours été quelqu'un de bien. Autrefois, c'était un menteur et un voleur, il me l'a dit.

– Je sais, je l'ai connu lorsqu'il était pauvre.

– Est-ce que ça veut dire que, moi aussi, je risque de mal tourner ?

– Pas forcément, Tom. Tu as le choix. J'ai changé, et Montmorency a changé aussi. Tu peux décider de faire le bien. Et comme tu pars avec un certain avantage dans la vie, ce serait vraiment une honte de sortir du droit chemin.

– Je te promets d'être quelqu'un de bien, maman.

– Parfait ! Maintenant, commence par dormir.

– Bonne nuit, maman.

– Bonne nuit.

– Merci de m'avoir dit la vérité.

14
À Londres

Pendant ce temps, à Londres, Montmorency et Frank s'installaient dans la maison qu'ils connaissaient si bien tous les deux. L'ancienne demeure de Lord George Fox-Selwyn servait maintenant de pied-à-terre londonien à Montmorency. Chivers le majordome et la vieille cuisinière, au service de la famille depuis de nombreuses années, furent ravis de les revoir, espérant que la maisonnée allait pouvoir reprendre une existence paisible après les événements tragiques de l'été. Mais Montmorency, comme George avant lui, avait toujours tenu à mettre les deux domestiques dans la confidence, et ce qu'il leur annonça d'entrée leur laissa présager que les jours prochains risquaient d'être agités : ils ne devaient en aucun cas appeler le jeune Lord Francis par son nom.

Ils avaient bien remarqué, en le voyant arriver, que Frank n'avait pas son allure habituelle : vêtu de vieilles frusques hors d'âge, il arborait un chapeau enfoncé jusqu'aux yeux. Lorsque le fiacre s'était arrêté devant la maison, il avait sauté à bas du véhicule pour aider à décharger les bagages, comme un serviteur. Montmorency expliqua bien vite à Chivers et à la cuisinière que, dans un avenir proche, c'était exactement le rôle que Frank jouerait.

Avant de quitter Glendarvie, ils avaient échafaudé un plan, qu'ils avaient peaufiné durant leur voyage en compagnie de l'inspecteur Howard. Frank avait besoin d'une couverture. Montmorency avait donc fouillé dans son passé pour trouver l'inspiration. Bien des années auparavant, il avait vécu dans une chambre du très chic hôtel Marimion, secondé par son fidèle serviteur, Lecassé, qui n'était autre que lui-même. Et aujourd'hui, il s'apprêtait à faire entrer un nouveau Lecassé dans sa vie – Frank tenait à conserver le même nom. Mais cette fois, Montmorency n'aurait pas à alterner entre les deux rôles, tâche épuisante s'il en est, car Frank allait endosser l'identité de Lecassé, en se transformant physiquement de sorte que personne ne puisse le reconnaître.

Bien entendu, tout n'était pas si simple, ils en étaient conscients. Les cheveux roux de Francis constituaient un obstacle majeur, comme Montmorency l'avait prédit. Ils avaient déjà commencé à repousser à Glendarvie, ombrant son crâne d'un duvet auburn, quelques jours seulement après avoir été rasés. Même ses pâles sourcils commençaient à réapparaître. Il n'avait pas d'autre choix que d'utiliser de la teinture. Montmorency avait envisagé de séduire l'une des filles du salon de beauté afin d'en obtenir, mais finalement la duchesse avait envoyé sa femme de chambre en acheter des quantités, prétextant qu'elle s'était mis en tête de ressembler à Angelica, l'épouse italienne d'Alexander. Le duc ayant refusé avec fracas qu'elle se teigne les cheveux, Frank avait hérité des produits, comme prévu. Au début, il avait l'intention de se laisser pousser les cheveux, mais il s'était très vite rendu compte que cela demanderait bien trop d'entretien. Mieux valait qu'il se rase le crâne régulièrement et qu'il se frictionne la tête avec la teinture chaque matin.

Il avait cependant décidé de porter la barbe. Teinte en brun, elle couvrait la plupart de ses taches de rousseur, changeait radicalement son allure et lui donnait l'air plus âgé. Par chance, il n'était pas très velu, mais il devait tout de même teindre les rares poils qu'il avait sur le corps – si par malheur il était capturé, avait précisé Montmorency. On ne pouvait pas prévoir quelles humiliations l'ennemi pourrait lui infliger. Bientôt, Frank avait pris l'habitude d'utiliser chaque matin rasoir, pinceaux et fioles, qu'il maniait avec dextérité. Il emprunta même une flasque de poche à Montmorency afin d'emporter partout un peu de teinture, au cas où il serait fait prisonnier.

Frank avait pris une autre décision qui le ravissait : il allait grossir. Cela mettrait sans doute un peu de temps, mais en mangeant comme un ogre, il parviendrait à tromper ceux qui se rappelaient l'adolescent dégingandé qui arpentait les rues de Londres l'été dernier.

Il avait averti la cuisinière de son intention dès son arrivée et elle avait aussitôt préparé son dessert préféré, un roulé à la confiture. Tout cela était fort amusant. Mais Frank savait qu'ils allaient bientôt passer aux choses sérieuses et, cette nuit-là, couché dans la soupente des domestiques, il se rappela soudain la peur panique qu'il avait éprouvée lors de leur dernière mission. Sous ses airs bravaches, il était anxieux car, demain, il serait seul.

Avec Montmorency, et sur les conseils de l'inspecteur Howard, ils étaient convenus de se séparer pour effectuer divers repérages de terrain, puis de se retrouver le lendemain afin de faire le point sur ce qu'ils auraient appris. Montmorency se rendit donc à son club, le Bargles, pour évaluer à quel point les rumeurs concernant les funérailles de la reine s'étaient propagées parmi l'aristocratie londonienne. Il en fut atterré. Au sein des bars et salons cossus mais légèrement décrépis, les personnes qui pensaient avoir un rôle à jouer durant la cérémonie échangeaient ouvertement des informations. Si on avait pris soin de taire la gravité de l'état de la reine dans la presse, un rédacteur en chef ne se gêna pas pour en faire part à ses collègues autour d'un bon brandy après le déjeuner. Cette nouvelle fut corroborée par un ancien membre du parlement : son majordome avait en effet un ami au service de la famille royale qui lui écrivait régulièrement depuis la propriété de l'île de Wight. Un général qui avait pris sa retraite récemment évoqua en riant la lettre officielle qu'il avait reçue lui demandant de se tenir prêt à reprendre du service pour diriger, en uniforme, les troupes qui encadreraient la procession. Et l'un des plus riches hommes d'Angleterre, qui possédait des filatures dans le Nord, se vanta que son entreprise allait fournir des tentes afin que les soldats réquisitionnés pour l'événement puissent dormir dans les parcs de Londres.

Montmorency se tenait en retrait, tout ouïe, comprenant que chacune de ces minimes entorses au secret, effectuées sans penser à mal et ne visant qu'à se donner de l'importance aux yeux de son auditoire, fournissaient, mises bout à bout, de précieuses informations à l'ennemi. Un mot lâché ici ou là pouvait venir aux oreilles de l'un des employés du club et être répété dans les endroits où les opposants à la Couronne mangeaient et buvaient. Montmorency se félicitait de ne pas avoir proposé à l'inspecteur Howard de le retrouver chez Bargles pour discuter de leurs affaires.

Pendant ce temps, Frank arpentait les rues de l'Est londonien, pour faire le tour des repaires qu'il hantait autrefois dans le quartier de Clerkenwell, se mêlant à la foule d'immigrés italiens qui s'étaient installés autour de Snow Hill. La fabrique de crème glacée où il avait travaillé était toujours là, mais à l'abandon. Elle avait fermé après la grève qu'il avait initiée avec Montmorency pour se tirer d'affaire presque deux ans plus tôt. Les vitres étaient brisées et de nombreuses tuiles avaient été volées, laissant la toiture béante. Il pénétra dans l'ancienne cuisine, où, à peine sorti de l'enfance, il avait travaillé dur et subi de nombreuses humiliations. Les mauvaises herbes se faufilaient entre les dalles du carrelage, défiant courageusement l'air glacial.

Mais il cherchait à retrouver des gens, et l'endroit était désert. Les maisons des alentours tombaient en ruine. Les ouvriers avaient dû quitter leur logement après avoir perdu leur emploi. Il s'engagea donc dans une rue commerçante, bordée de pubs et de tavernes, mais ne vit personne qu'il connaissait. Il s'était préparé à croiser des collègues du temps où il jouait les trublions au sein de la fabrique. Il craignait même d'être démasqué sous son déguisement. Mais finalement, il n'eut pas l'occasion de le tester. En dehors des coups de coude reçus alors qu'il se frayait un chemin dans la foule, il n'entra en contact avec personne ce jour-là. Comme s'il était invisible. Dans un sens, c'était un soulagement. Mais en errant dans la ville, il réalisa à quel point il manquait de préparation. Qu'aurait-il répondu si un inconnu avait engagé la conversation ? Comment justifier sa présence dans le quartier et observer les gens sans éveiller les soupçons alors qu'il n'avait même pas le prétexte d'un emploi ?

Après une longue journée infructueuse, il quitta sa soupente et rejoignit Montmorency pour boire un porto dans le salon de dessin.

– Alors, comment va mon vieil ami Lecassé ? demanda celui-ci d'un ton badin.

– Quel est son prénom ? répliqua Frank. Ne me dites pas qu'il n'en a pas, comme vous…

Montmorency répondit évasivement.

– Eh bien, pas vraiment. Vi l'avait baptisé Bert, un

jour, dans l'urgence. Je m'en étais resservi à la fabrique de crème glacée. Mais ça ne me plaît pas beaucoup, je l'avoue. Un prénom de crétin. Tu pourrais en choisir un nouveau.

– J'ai toujours eu horreur qu'on m'appelle Francis. Ça fait efféminé, je trouve. Et encore pire quand on le fait suivre de Fox-Selwyn. On dirait un exercice de prononciation. Impossible à dire lorsqu'on a un peu bu !

– J'espère que cela ne t'est jamais arrivé, Frank.

– Hum, peut-être une fois ou deux… Bref, j'ai toujours rêvé d'un prénom plus viril comme Edward, Oscar… ou Jack.

– J'aime bien Jack. Oscar fait trop précieux pour notre brave Lecassé. Mais Jack, ça sonne bien. Jack. Diminutif de John. Tu pourrais dire que c'était ainsi que te surnommait ta mère quand tu étais gosse. Ça donne de l'épaisseur au personnage d'évoquer des souvenirs de jeunesse. Je l'ai appris à mes dépens. Je n'avais pas imaginé de passé pour Lecassé, ni même pour Montmorency. J'ai dû inventer au fur et à mesure, surtout au début. Et même aujourd'hui, il reste de gros blancs que je n'ai pas comblés.

– Comme quoi ?

– Tu sais bien… Où je suis allé à l'école, d'où ma famille tient sa fortune, ce genre de choses.

– Et votre prénom. Enfin le prénom de Montmorency. Pourtant vous avez dû avoir le temps d'y réfléchir.

– Oui, tout à fait. Mais j'ai commis une erreur.

– Comment ça ? Le choix est pourtant vaste.

– Je sais, mais je n'arrivais pas à me décider et lorsque George m'a fait entrer chez Bargles pour la première fois, le bruit a couru que je m'appelais Sauveur. Je n'y étais pour rien. C'est juste que George me présentait toujours comme son « sauveur »… parce que je l'avais tiré d'un mauvais pas et certaines personnes ont mal compris.

« Ensuite, j'ai eu besoin d'un passeport assez soudainement, un membre du club m'a proposé de s'en charger et c'est le prénom qu'il a donné. Et ça m'est resté. Mais je déteste ce prénom et je ne m'en sers jamais. Tous mes proches m'appellent Montmorency, c'est devenu une sorte de surnom.

– Sauveur ! Très chic. Je m'étonne que ça ne vous plaise pas. Cela vous assurerait un succès certain auprès de ces dames. Vous ne l'avez vraiment jamais confié à personne ? Même pas à votre amie aux États-Unis ? Mary, c'est ça ? Vous devez bien le lui avoir dit.

Montmorency eut l'air gêné.

– Oui, j'étais bien obligé, je voulais l'épouser. Mais je ne lui ai pas raconté grand-chose d'autre. Je ne lui ai pas avoué que j'avais volé, vécu dans les égouts et que mon existence entière reposait sur des mensonges.

Il s'interrompit, détournant les yeux pour fixer le feu dans la cheminée.

– Je me demande ce qu'elle devient.

– Pourquoi ne pas lui écrire pour le lui demander ?

– Franchement, Frank ! Tu sais bien que nous ne

nous sommes pas quittés en bons termes. Vi a dû te raconter la scène qui s'est produite chez les Bayfield, à Paterson. Comment Cissie a manœuvré pour nous séparer.

– Pas vraiment. Elle n'a jamais voulu entrer dans les détails. Et Tom non plus. Ils paraissaient surtout soulagés que vous ne restiez pas en Amérique. Mais qu'avez-vous à perdre maintenant ? Si elle ne veut plus entendre parler de vous, elle ne vous répondra pas. Sinon, elle reprendra contact. De plus, elle pourrait nous être utile. N'oubliez pas qu'elle habite Paterson, cœur de l'activité anarchiste aux États-Unis. Imaginez que Moretti soit parti là-bas ? Elle pourrait nous aider à le retrouver.

– Je refuse qu'elle soit mêlée à une entreprise aussi risquée !

– Je ne suggère pas qu'elle rôde dans la ville en écoutant aux portes armée d'un fusil ! Mais s'il est là-bas, elle peut l'avoir aperçu ou avoir entendu parler de lui. Nous n'avons aucun autre contact à Paterson. Vous pourriez dessiner un portrait-robot de Moretti et le lui envoyer. Ça vaut la peine d'essayer. Je doute qu'il ait gardé son véritable nom. Comme vous et moi, il doit avoir pris une fausse identité.

– Je sais, soupira Montmorency. J'avais bien pensé à le traquer à Paterson, mais mon orgueil m'empêchait d'y retourner. Et de toute façon, ce ne sont que des suppositions. Il peut encore se trouver en Italie ou n'importe où ailleurs dans le monde. En admettant qu'il soit toujours en vie. L'idée de nous renvoyer le corps de George dans le formol ne peut venir que d'un esprit malade. Il a pu mettre fin à ses jours. Mais j'écrirai peut-être à Mary. Laisse-moi le temps d'y réfléchir.

– En attendant, essayons d'améliorer nos couvertures, reprit Frank, tentant d'alléger l'atmosphère. Ça ne devrait pas être aussi difficile que vous le pensez.

– Pourquoi ?

– Parce que nous n'avons qu'à échanger : vous prenez mon histoire, ma famille, et je prends les vôtres. En changeant les noms bien sûr. Il n'y a qu'à dire que votre école a fermé, que vos parents sont morts et ainsi de suite. Mais on peut garder les grandes lignes. Ça devrait être assez aisé pour vous. Vous connaissez bien ma vie. En revanche, j'ai besoin d'en savoir plus sur vous. Vous m'avez dit que vous aviez vécu dans un orphelinat. Mais ensuite ? Que vous est-il arrivé entre votre départ de l'hôpital des Enfants Trouvés et le moment où vous êtes devenu Montmorency ? Combien de temps s'est écoulé ?

– Des années. De nombreuses années. J'en ai passé quelques-unes en prison, mais je pense qu'il vaut mieux éviter de le mentionner dans ton histoire.

– Oui, mais avant la prison ?

– Comme la plupart des orphelins de l'hôpital des Enfants Trouvés, j'ai travaillé au service d'une grande maison à Spitafields. J'étais garçon de course. Si j'avais su ce qui m'attendait, j'aurais davantage prêté attention à ce qui se passait dans les étages, mais je me contentais de faire ce qu'on me demandait : nettoyer, cirer les chaussures, faire de menus travaux. J'étais tout en bas de l'échelle. J'aurais sans doute pu évoluer si j'étais resté mais je me suis fait renvoyer.

– Pourquoi ?

– Ils ont dit que j'étais un voleur parce que de l'argenterie avait disparu.

Sa voix prit un accent plus juvénile, comme s'il revivait le passé.

– Mais c'était pas moi, je le jure.

– Alors ils vous ont viré.

– Oui, et là, je me suis vraiment mis à voler. Je n'avais pas le choix pour survivre.

– Et vous habitiez où ?

– Ici et là. Les gens m'embauchaient pour quelques jours. D'autres voleurs, plus âgés, qui voulaient quelqu'un pour une mission dangereuse. J'étais doué, j'étais rapide. Mais un jour ma chance a tourné. Je vivais avec un certain Baines, quand je me suis fait prendre.

– Et vous aviez des amis ? Des petites amies ? Vous avez peut-être eu des enfants ?

Montmorency éclata de rire.

– Oui aux deux premières questions, mais certainement pas d'enfants.

Puis il se rembrunit brusquement.

– En tout cas pas à cette époque.

Sentant sa gêne, Frank décida de ne pas insister. Avec un enthousiasme forcé, il reprit :

– Eh bien, vous m'avez fourni de la matière pour étoffer ma nouvelle identité ! Si j'ajoute votre expérience à ce que j'ai vécu en travaillant en usine à Londres et à Paterson, je devrais pouvoir créer un personnage assez convaincant.

– Mais ne précise surtout pas que tu as travaillé dans une fabrique de crème glacée ou dans une soierie. Tu dois rester vague, pour ne pas qu'on fasse le rapprochement avec l'ancien Frank.

– Évidemment.

– Et à moins d'y être obligé, n'entre pas dans les détails. Ne fournis jamais plus d'informations que nécessaire. Tu n'auras pas l'air évasif, ne t'inquiète pas. Écoute les gens autour de toi. Il est très rare qu'ils racontent toute leur vie – ou alors c'est ennuyeux à mourir. Ils procèdent par petites anecdotes. Il ne t'arrivera pas fréquemment de devoir faire le récit de ta vie par le menu. À moins que tu ne sois arrêté par la police, bien sûr.

– Mais on travaille avec eux, cette fois-ci ! remarqua Frank.

– Oui, et nous devons justement voir l'inspecteur Howard demain. Il ne doit pas avoir une minute à lui avec le Kaiser qui a décidé de rendre une dernière visite à la reine, mais il tient à nous voir malgré tout. À midi pile.

– Je trouve qu'il a choisi un drôle d'endroit pour un rendez-vous.

– Pas du tout, objecta Montmorency. C'est très astucieux au contraire. Un endroit où l'on sera tranquilles mais où il y a des allées et venues toute la journée. En outre, j'ai vraiment hâte de découvrir l'intérieur du bâtiment.

– Bon, je vais me coucher, annonça Frank. Je vais m'endormir en me racontant ma nouvelle vie.

– Bonne nuit… Jack Lecassé.

– C'est vrai, ça. Pour que ma couverture soit réaliste, il vaudrait mieux que vous m'appeliez tout le temps ainsi dorénavant. Ici, même quand nous sommes seuls tous les deux, et quand vous parlez de moi à d'autres personnes, comme l'inspecteur Howard. Sinon, vous risquez de vous tromper et de prononcer mon vrai nom en public.

– Tu veux que je t'appelle Jack ?

– Oui, tout le temps. Jack Lecassé ou Jack tout court. N'oubliez pas que Frank est censé être à Strathgillon.

– Très bien, Jack. Je vais tâcher de m'en souvenir. Maintenant au lit. Et pense bien à teindre tes sourcils demain matin. Je me coucherai un peu plus tard.

Il tira un bloc de papier de son bureau et entreprit d'écrire à Mary Gibson, aux États-Unis.

15
Westminster

Montmorency et Jack Lecassé arrivèrent un peu en avance. Jack marchait quelques pas derrière son maître, chargé d'une grosse pile de livres. Big Ben sonnait midi moins le quart au moment où ils passèrent devant la majestueuse façade noire de suie de l'abbaye de Westminster et débouchèrent sur une place arborée en franchissant la porte cintrée d'un bâtiment plus récent. Montmorency se remémora les indications de l'inspecteur Howard et emprunta l'allée à sa gauche pour passer sous une autre arche, plus petite, et accéder au groupe de bâtiments composant le collège de Westminster. Élèves et professeurs allaient et venaient sans leur accorder la moindre attention, jusqu'à ce qu'un grand homme maigre vêtu d'une robe noire élimée s'approche d'eux en demandant à voix basse :

– Monsieur Montmorency, je suppose. Venez par ici, je vous prie.

Il les conduisit à travers un dédale d'escaliers et de couloirs jusqu'à une petite pièce.

– Bienvenue à Westminster, déclara-t-il une fois la porte fermée. Je me présente : Matthew Joskyns, responsable des Humanités et bibliothécaire bénévole. Je suis sûr que l'inspecteur Howard sera là d'une minute à l'autre.

On frappa à la porte.

– C'est vous, Howard ?

Une voix haut perchée répondit :

– Non, monsieur.

– Qui est-ce, alors ?

– Milsom, monsieur.

– Allez-vous-en, Milsom.

– Mais vous m'avez demandé de vous montrer mon devoir, monsieur.

– Pas maintenant, Milsom. Filez et estimez-vous heureux d'avoir jusqu'à deux heures pour l'améliorer.

– Oui, monsieur. Merci, monsieur.

– Ça suffit, Milsom. Ne me remerciez pas trop. Je n'aurai aucune pitié pour vous tout à l'heure.

M. Joskyns tournait le dos à Jack et à Montmorency, mais des années d'expérience dans l'enseignement avaient développé chez lui une sorte de sixième sens : impossible d'étouffer un gloussement sans qu'il le repère aussitôt.

– Vous trouvez cela amusant, messieurs ? Peut-être cela vous rappelle-t-il votre scolarité. Il faut parfois se montrer intraitable si l'on veut obtenir des résultats. Je crains que seule la manière forte ne permette au jeune Milsom d'acquérir quelques notions de grec.

Nouveaux coups à la porte.

– Allez-vous-en, Milsom. J'ai dit à deux heures.

La poignée tourna lentement et l'inspecteur Howard passa la tête dans l'entrebâillement.

– J'ose à peine entrer, plaisanta-t-il. Dois-je me baisser pour recevoir des coups de règle ?

– Désolé, mon vieux, répondit Joskyns. Je pensais qu'il s'agissait d'un de mes élèves. Fermez derrière vous. Je vais m'assurer que vous ne soyez pas dérangés.

– Je vois que vous avez fait connaissance avec mes collaborateurs. Merci infiniment de nous fournir une couverture.

– C'est un plaisir. J'ai prévenu le reste du personnel et le concierge que vous veniez m'aider pour le catalogage des ouvrages. Ne vous en faites pas. Personne ne remarquera votre présence. On ne fait pas attention aux visiteurs. Ce qui peut d'ailleurs poser problème lorsque nous recevons une personnalité. Mais je suis sûr qu'au contraire, vous serez ravis qu'on vous ignore. Bien, vous n'avez plus besoin de moi. Je dois surveiller le repas des monstres. Je vais faire en sorte qu'on ne vous interrompe pas.

– Un homme en or, ce Joskyns, fit Howard lorsque le professeur fut parti. Ne vous offusquez pas de ses manières un peu brusques. Il travaille beaucoup pour nous. Officieusement bien sûr. Il m'a dit que nous pouvions nous retrouver en ce lieu aussi souvent que nécessaire.

– Vous avez fait vos études ici ? demanda Montmorency.

– Oh, non ! répondit Howard. J'ai reçu une éducation beaucoup plus simple. Rares sont les policiers qui sortent d'ici. En revanche, cet endroit a formé de très bons agents du gouvernement. J'ai rencontré Joskyns à l'abbaye de Westminster. Je viens prier ici, c'est assez près de Scotland Yard. Le doyen nous a présentés il y a quelques années. Au début, le collège et l'abbaye étaient liés, vous savez ? Bien, revenons à ce qui nous amène ici. Comment avancent vos recherches, milord ?

– Arrêtez de m'appeler ainsi, je vous en prie. Je suis Jack, maintenant. Jack Lecassé. Je ne peux pas sans cesse alterner entre les deux noms.

– Désolé, Jack, fit l'inspecteur. Veuillez me pardonner. Bien sûr, il vaut mieux que nous fassions tous comme si le vrai Lord Francis Fox-Selwyn était à l'hôpital de Strathgillon.

– Pour être honnête, je me demande si je ne serais pas plus utile à Strathgillon. Au moins, nous savons que Malpensa s'y trouve. Je crois que nous avons commis une grosse erreur, vous savez. J'aurais dû m'occuper de son cas là-bas. Nous aurions été vengés et vous n'auriez pas eu à vous inquiéter de ses projets d'attentat durant les funérailles de la reine.

– Calmez-vous, Jack. Dois-je comprendre que vous n'avez rien appris d'intéressant hier ?

– Rien. Et justement… qu'est-ce que nous cherchons exactement ? J'ai erré dans les rues en attendant que quelque chose ou quelqu'un attire mon attention. En vain. C'est une perte de temps.

– J'ai bien peur que ce ne soit le quotidien de tout

policier, Fr… hum, Jack. Il s'agit d'un travail de longue haleine. J'ai des gens postés dans tout Londres qui font exactement la même chose que vous.

– Alors pourquoi avez-vous besoin de moi ?

– Je vous l'ai déjà expliqué. Parce que vous connaissez certains de ces individus. Il faut que l'on fasse tout ce qui est en notre pouvoir pour intercepter les fauteurs de troubles qui auraient dans l'idée de passer à l'action durant les funérailles. Et franchement, il est de mon devoir de vous garder ici. Je ne peux vous laisser repartir en Écosse sachant que vous projetez de commettre un meurtre.

Jack soupira, furieux. Montmorency intervint :

– Je comprends tout à fait, inspecteur. Mais que faites-vous de Malpensa ? Êtes-vous certain qu'il se trouve toujours à Strathgillon ?

– Oh que oui, il est toujours là-bas. J'ai décidé de faire une petite entorse au règlement et d'envoyer un de mes hommes pour suivre ses moindres mouvements et s'assurer qu'il ne s'approche pas du docteur Farcett et qu'il ne revienne pas à Londres. Notre homme est un véritable passionné d'ornithologie, il a donc pris une chambre dans le même hôtel, armé de sa paire de jumelles. Nous devons bien entendu communiquer avec la plus extrême prudence. Mais selon les dernières nouvelles, Malpensa était toujours là-bas, en train de surveiller l'hôpital.

– On le laisse donc évoluer en liberté ? s'étonna Jack. Comme si l'on ne savait pas de qui il s'agit ?

– C'est la meilleure solution, croyez-moi, affirma le

policier. Tout du moins tant qu'il ne manifeste pas l'envie de quitter Strathgillon.

– Ce qui va forcément arriver, non ? enchaîna Jack. J'ignore pourquoi il tient tellement à me retrouver, mais cela passe sans doute après son projet d'attentat à Londres, tout de même. Il va quitter l'Écosse à un moment ou à un autre.

– Dans ce cas, mon homme agira immédiatement en faisant appel à la police locale si nécessaire. Nous arrêterons les trains s'il le faut. Mais en attendant, Malpensa doit s'imaginer qu'il est libre. Ainsi s'il essaie d'entrer en contact avec d'autres anarchistes à Londres, nous pourrons suivre le message jusqu'à son destinataire. C'est là que vous intervenez, Jack. Vous risquez de vous retrouver sur les traces d'un véritable tueur. Croyez-moi, Malpensa nous est utile là où il est et surtout vivant.

– Bien, quelles sont les nouvelles de la reine ? s'enquit Montmorency.

– Elle décline. Et le Kaiser est déterminé à lui rendre visite avant sa mort.

– Qu'est-ce qui le motive à ce point ? demanda Jack.

– C'est l'aîné de ses petits-enfants, évidemment, fit Howard.

Mais Montmorency ajouta :

– Et il entend montrer au prince de Galles qu'il doit compter avec lui. Il est sans doute très triste que sa grand-mère soit à l'article de la mort, mais il doit également être préoccupé par les enjeux politiques de l'affaire.

Howard acquiesça avant de reprendre :

– L'ennui, de notre point de vue, c'est qu'il va attirer avec lui toute une cohorte d'agents secrets germaniques.

– C'est compréhensible, non ? répliqua Montmorency. Après tout, les anarchistes ont tué le roi d'Italie et l'impératrice Élisabeth. Les services secrets étrangers doivent être conscients des menaces qui pèsent sur le Kaiser.

– Bien sûr, mais si nous n'y prenons pas garde, nous risquons de marcher sur les plates-bandes les uns des autres.

– Bon, au moins, nous savons où se trouve Malpensa, affirma Montmorency.

– Oui, c'est déjà ça. Mais nous devons tout de même débusquer les fauteurs de troubles qui pourraient se cacher à Londres. Et, comme vous le savez, il y a plusieurs façons de s'y prendre, Jack.

L'inspecteur posa une pile de dossiers sur la table.

– Vous vous plaigniez tout à l'heure d'avoir arpenté la ville pour rien. Eh bien, vous allez découvrir une nouvelle facette du métier de policier.

Il ouvrit le premier classeur. Les pages étaient divisées en colonnes remplies d'une écriture serrée.

– De quoi s'agit-il ? demanda Montmorency.

– Du registre paroissial de l'église italienne de Clerkenwell. Il faudrait l'étudier rapidement afin que personne ne s'aperçoive de sa disparition, si vous voyez ce que je veux dire.

– Vous l'avez volé ? s'étonna Jack.

– Je n'aime pas trop ce mot-là, Jack. Disons plutôt que c'est un emprunt.

– Et nous allons lire tout ça pour voir si l'on reconnaît certains noms ?

– Vous avez tout compris, Jack. Ainsi vous pourrez me fournir des noms et des adresses pour aiguiller les recherches de mes hommes.

– Mais ça va prendre une éternité ! soupira Jack en le feuilletant.

– J'espère bien que non. J'ai aussi apporté les listes électorales et, si j'arrive à convaincre les autorités, nous aurons également les registres d'état civil d'ici à la fin de la semaine. Lorsque vous aurez compulsé tout ça, nous passerons aux actes de propriété, aux procès-verbaux, aux fichiers des clubs sportifs et associations en tout genre et ainsi de suite. Puis, si nous avons le temps, nous ferons de même pour les quartiers voisins en élargissant petit à petit notre quadrillage.

Jack s'affala sur sa chaise. Ce n'était pas du tout la vie trépidante d'espion qu'il imaginait lorsqu'il avait tant supplié pour pouvoir venir à Londres.

– Je t'aiderai, promit Montmorency. Je peux sûrement retrouver quelques noms de la fabrique de crème glacée.

– Jack appréciera sans nul doute d'avoir de la compagnie de temps à autre, fit Howard. Mais j'ai besoin de vous ailleurs, Montmorency. Je veux connaître les informations qui circulent, je veux savoir si quelqu'un a vu ou entendu quelque chose qui sort de l'ordinaire. Continuez à mener une vie aussi normale que possible.

Ne faites rien qui pourrait éveiller les soupçons. Personne ne doit savoir que vous travaillez pour moi. Et, n'oubliez pas, si vous contactez les autres, employez votre code et faites court.

Jack eut du mal à cacher à quel point il enviait Montmorency. Il était extrêmement déçu d'avoir écopé d'une tâche aussi fastidieuse.

– C'est vraiment une mission de première importance, Jack, lui assura l'inspecteur en caressant la reliure de cuir d'un des registres. Sinon je ne vous aurais pas chargé de le faire.

– Mais si je trouve une piste, c'est quelqu'un d'autre qui la suivra ? demanda-t-il.

– Probablement. Cependant je ferai en sorte que vous soyez impliqué au maximum. Et bien entendu vous occupez votre temps libre comme bon vous semble.

– Mm, j'ai l'impression que je ne vais pas en avoir beaucoup, grommela Jack.

Lorsque Big Ben sonna deux heures moins le quart, ils se levèrent pour sortir du bureau de M. Joskyns. Ils le croisèrent justement dans le couloir, sa robe noire portant maintenant les stigmates du déjeuner. Il avait une fine canne coincée sous le bras.

– Ah, messieurs ! s'exclama-t-il. Notre catalogage a-t-il bien avancé aujourd'hui ?

– J'ai l'impression que nous allons avoir plus de travail que prévu, répondit l'inspecteur Howard. Le jeune Jack Lecassé viendra tous les jours jusqu'à ce que nous ayons fini et, si ça ne vous dérange pas, nous aimerions nous retrouver ici tous les trois le soir pour comparer nos notes.

– Parfait ! s'exclama Joskyns. Je suis convaincu que vos efforts porteront leurs fruits. Maintenant, je vais vous souhaiter une bonne journée. J'ai également du travail qui m'attend.

Il tordit sa canne avec un sourire malicieux.

– Milsom devrait être là d'une minute à l'autre.

Les visiteurs poursuivirent leur chemin et s'effacèrent pour laisser passer l'élève nerveux et barbouillé d'encre qui se pressait pour arriver au bureau de Joskyns au premier coup de deux heures.

16
Les cochons

Farcett sentit la porcherie bien avant d'y arriver. Pour son premier jour, le professeur Frost et Tom l'accompagnaient. Frost lui avait expliqué que, dans quelque temps, il n'éprouverait aucune difficulté à nettoyer tout l'enclos mais que, pour cette première séance, il lui demandait simplement de pénétrer dans l'enclos, de remplir la mangeoire puis de rentrer dîner à l'hôpital sans se laver. En traversant les prés dans les bottes qu'on lui avait prêtées, Farcett était obnubilé par cette dernière précision. Sans se laver. La saleté. Les microbes. Cela l'effrayait davantage encore que les bêtes maculées de boue qu'il aperçut par-dessus le muret de brique de la porcherie.

Tom portait un seau de restes qu'on lui avait donné aux cuisines. C'était déjà assez répugnant, mais la vision des animaux malpropres vautrés dans leurs excréments fit reculer Farcett. Il tourna les talons, prêt à rentrer à l'hôpital.

Prenant le seau des mains de Tom, le professeur Frost se mit en travers du chemin de son patient.

– Allez, Francis. Vous avez juste à entrer pour verser la nourriture dans la mangeoire.

Farcett ne bougea pas, ne répondit pas. Il tremblait de tous ses membres.

– Prenez-moi ce seau, Francis. Et ensuite on rentrera tous dîner.

– Dîner ? Mais comment voulez-vous manger en sortant d'ici ?

– Les gens font cela depuis des siècles, Francis, affirma le professeur en lui mettant le seau entre les mains. Il faut bien les nourrir, ces pauvres cochons. Ils sont très utiles, vous savez. Ils éliminent nos restes, nous fournissent de l'engrais pour nos cultures et, à la fin, ils donnent une très bonne viande. Le moins que l'on puisse faire, c'est de bien les nourrir.

Farcett se retourna vers la porcherie. Tom lui ouvrit le portail. Le docteur Farcett s'avança avec précaution, le seau à la main. Il tremblait tellement qu'il semait feuilles de chou et vieilles pommes de terre sur son chemin. Il sentit qu'on le poussait dans le dos. Le professeur Frost l'engagea à pénétrer dans l'enclos puant. Les cochons l'encerclèrent aussitôt, dans un concert de grognements, se bousculant pour manger en premier. Farcett se pencha pour leur verser les restes. Chahuté par les animaux qui se faufilaient entre ses jambes, il tenta de se rattraper à la mangeoire, juste au moment où une grosse truie arrivait de l'autre côté. Il perdit l'équilibre, glissa et se retrouva les quatre fers en l'air dans la boue, couvert d'épluchures que les bêtes dévorèrent avec avidité en le reniflant bruyamment.

En moins de temps qu'il n'en faut pour le dire, toute la nourriture avait disparu. Farcett essaya de se relever mais ses pieds patinaient sur le sol visqueux. À chaque tentative, il s'enlisait de plus en plus dans la boue. Finalement, Tom vint à son secours en se tenant d'une main au muret pour lui tendre l'autre.

Farcett se frotta contre les briques pour tenter de se nettoyer.

– Comment un animal peut-il vivre dans ce dépotoir ? marmonna-t-il. Il faudrait nettoyer cet endroit de fond en comble.

Alors qu'il prononçait ces mots, son regard croisa celui de la grosse truie rose. Durant une seconde, il crut voir une lueur d'approbation briller dans ses petits yeux.

– Si vos conditions de travail ne vous plaisent pas, Francis, il ne tient qu'à vous de les améliorer. Cet endroit est sous votre responsabilité maintenant. À dire vrai, je ne m'attendais pas à ce que vous vous impliquiez aussi vite.

Il avisa ses vêtements maculés de boue.

– Pour cette fois, je vous autorise exceptionnellement à vous laver. Mais brièvement. Tom, rapporte ce seau aux cuisines et demande à ta mère de faire couler un bain.

Farcett referma soigneusement le portail de la porcherie et adressa un sourire à la truie. Grâce à elle, il allait pouvoir se nettoyer. Il se promit qu'il lui revaudrait ça.

– C'est très bien, Francis, le félicita le professeur Frost alors qu'ils reprenaient le chemin du bâtiment principal.

Devant eux, Tom avançait d'un pas vif, en balançant le seau vide au bout de son bras. Soudain, il vit quelque chose remuer dans les buissons. En s'approchant, il reconnut l'étranger qu'il avait croisé à Glendarvie, toujours vêtu de la même cape élimée. Cette fois, il avait une paire de jumelles autour du cou.

– Tu te souviens de moi ? chuchota-t-il. Tu peux parler ?

Tom ne savait pas quoi répondre. Visiblement, l'homme le prenait bien pour un domestique. Et, effectivement, Tom avait du travail qui l'attendait. Il fallait qu'il retourne vite à l'hôpital, mais il ne pouvait pas laisser passer l'occasion de discuter avec Malpensa, d'essayer de savoir ce qu'il voulait.

– Je suis pressé. On m'attend aux cuisines. Qu'est-ce que vous faites ici ? Que cherchez-vous ?

Malpensa désigna les deux silhouettes qui venaient vers eux, en haut de la colline. Il tendit ses jumelles à Tom.

– Regarde, tu connais ces deux hommes ?

Au début, Tom ne vit que des arbres et des nuages, mais il finit par repérer le professeur Frost et Robert Farcett. Il examina rapidement les environs. On ne distinguait pas la porcherie, cachée derrière la colline. Malpensa ne pouvait donc pas savoir d'où ils venaient.

Ce dernier reprit la parole.

– Celui de droite, c'est Lord Francis Fox-Selwyn, n'est-ce pas ?

Tom fixa de nouveau son attention sur les deux hommes. À côté du professeur Frost, si propre et net dans sa blouse blanche, Farcett détonnait. Ses cheveux et sa barbe étaient collés par la boue et il s'agitait frénétiquement pour tenter d'épousseter ses vêtements.

– Oui, confirma Tom, c'est Lord Francis Fox-Selwyn.

Malpensa reprit les jumelles pour regarder à son tour.

– Il est fou ?

– Oh oui, complètement malade. Il vit dans son petit monde. Incapable de faire quoi que ce soit.

Il sentit que Malpensa était déçu. C'était une chance qu'il ait pu le conforter dans l'idée que Lord Francis était fou, mais il fallait qu'il l'empêche d'entrer en contact avec Farcett, au cas où celui-ci se trahirait. Il repoussa doucement Malpensa.

– Il est avec le professeur, celui qui dirige l'hôpital. Je risque ma place s'il me voit discuter avec vous.

– C'est bon, je vais y aller. Tu as raison, Lord Francis Fox-Selwyn est incapable de quoi que ce soit pour le moment.

– Et pour un bon bout de temps, ajouta Tom, si ce n'est pour toujours.

Il espérait qu'il n'en faisait pas trop. Il tenta de changer de sujet.

– Je vous reverrai ?

– Oui, oui, je reviendrai, assura Malpensa. J'aimerais parler à Lord Francis lorsqu'il sera rétabli.

– Pourquoi voulez-vous le voir ? demanda Tom.

Malpensa ignora sa question. Tirant un portefeuille de sa poche, il lui tendit un billet de dix shillings.

– Pour ta peine. J'ai pris une chambre à l'auberge du village. Préviens-moi si tu notes la moindre amélioration de son état. Je m'appelle Bartok.

Relevant les yeux, il vit les deux hommes qui approchaient.

– Maintenant file aux cuisines avant qu'ils nous voient. Et pas un mot, surtout.

Cette dernière recommandation était accompagnée d'un rictus menaçant qui resta gravé dans la mémoire de Tom. Malpensa s'évanouit dans les buissons tandis qu'il regagnait l'hôpital en courant. En arrivant, il raconta tout à sa mère : sa rencontre avec Malpensa, les cochons, et le bain de Robert à faire couler. Tandis qu'elle s'affairait, préparant serviette et savon, elle commença à rédiger dans sa tête le message codé qu'elle allait adresser au duc. Elle ignorait s'il s'agissait d'une bonne ou d'une mauvaise nouvelle. Malpensa s'était mis à découvert. Désormais, ils pourraient le surveiller. Il paraissait convaincu que Robert Farcett était Lord Francis Fox-Selwyn et qu'il s'agissait d'un patient inoffensif de Strathgillon. Visiblement, il cherchait plutôt à obtenir des informations qu'à lui faire du mal. Mais Malpensa avait donné dix shillings à Tom – une fortune pour un jeune domestique en pleine campagne écossaise. Ces informations devaient donc lui tenir à cœur, ce qui signifiait qu'il avait sans doute d'importants projets. Elle ne parvenait pas vraiment à donner un sens à tout cela, mais son message suggérait qu'Emily (l'inspecteur Howard) soit informée dès que possible de « ce premier cas d'infection ».

17

La duchesse joue les détectives

À Glendarvie, Gus, le duc de Monaburn, était en train de déchiffrer les messages codés qu'il avait reçus de Londres et de Strathgillon.

– Ça ne va pas, dit-il à son épouse, Béatrice, qui se tenait à ses côtés pour vérifier qu'il ne commettait pas d'erreur. Ils ont beau se donner du mal et ouvrir l'œil, tous leurs efforts sont vains ! Montmorency et Frank n'ont pas croisé un seul anarchiste et même si Tom a vu Malpensa, il ne nous a pas fourni d'information vraiment exploitable.

– Tu devrais néanmoins suivre la suggestion de Vi et prévenir l'inspecteur Howard, répondit la duchesse. Écris à Montmorency, il transmettra.

Gus trempa son porte-plume dans l'encre. Il resta figé dans les airs.

– Oh, je hais ce code ! Je confonds Emily avec Ursula et je mélange Victor la victime et Nathan le naturaliste !

Si on ajoute l'infection de Vi, on ne comprend plus un traître mot !

– Laisse-moi faire, fit Béatrice en lui prenant le porte-plume des mains.

Et elle coucha sur le papier une lettre de plusieurs pages, cachant les informations cruciales dans ce qui avait tout l'air d'un bavardage anodin.

– Tu possèdes un véritable don, ma chère ! s'extasia le duc. C'est toi qui devrais traquer ces criminels !

Béatrice savait qu'il n'était pas sérieux, mais cette remarque badine lui permit d'amener une suggestion qu'elle avait en tête depuis un moment.

– Ce ne serait peut-être pas une mauvaise idée. Tu as raison : les autres n'ont pas réellement avancé. J'ai donc pensé qu'Angelica et moi, nous pourrions aller en Italie. Après tout, nous savons que de nombreux anarchistes en sont originaires. J'aimerais passer un moment dans notre maison de Florence et je suis sûre qu'Angelica serait ravie de rendre visite à sa famille. Et nous pourrions en profiter pour voir ce qui se trame là-bas, et peut-être même découvrir où est passé Moretti.

– As-tu perdu le sens commun ? répliqua Gus, furieux. Crois-tu vraiment que je vous laisserais prendre de tels risques ? Il est hors de question que vous vous rendiez là-bas toutes seules.

– Mais nous ne serions pas seules. Le père d'Angelica est dans la police, ne l'oublie pas ! Il assurera notre sécurité. Et j'ai plein d'amis là-bas. Je projetais de rendre visite aux Vannini. Tu te souviens d'eux ? Ce couple dont le fils est peintre ? J'aimerais beaucoup voir son œuvre. J'ai l'impression qu'on va devoir faire peindre ton portrait d'ici peu.

– Ah, ne m'en parle pas ! soupira Gus en regardant les tableaux de ses ancêtres au mur. Mais je ne peux pas rompre la tradition, j'imagine. De tout temps, les ducs de Monaburn ont fait faire leur portrait à chaque nouveau couronnement.

– C'est une coutume charmante, je trouve, affirma Béatrice. Et je tiens à ce que ton tableau soit un véritable travail d'artiste, pas une croûte réalisée par un gars du coin. Je vais donc aller faire un tour dans l'atelier de Paolo Vannini.

– Je ne sais pas... Il ne me semble pas prudent de te laisser voyager seule tant que ces fous dangereux sont en liberté !

– Alors viens avec moi, Gus. Tu trouveras peut-être une piste menant aux assassins de George.

– Je n'ai aucun talent pour ces jeux de capes et d'épées, je te l'ai déjà dit. C'est hors de question. De toute façon, si la reine meurt, je suis coincé en Angleterre. Je devrai descendre dans le Sud pour les funérailles, puis assister au couronnement peu après. Il y aura des réunions à la Chambre des lords et ainsi de suite. Je ne peux absolument pas quitter le pays maintenant.

– Moi, je peux, intervint une voix qui montait du couloir.

C'était le fils aîné du duc, Alexander.

– Alex, tu m'as fait peur ! s'écria la duchesse. Depuis combien de temps es-tu là ?

– Quelques minutes. Mais j'ai entendu votre conversation. Vous n'auriez pas dû laisser la porte ouverte. Il faut être plus prudent.

Il referma derrière lui et s'approcha de la table pour se saisir des messages codés. Il comprit sans difficulté de quoi il était question.

– Je pense que Béatrice a raison, père. Nous n'avons rien à perdre en allant à Florence. Je sais qu'Angelica a très envie d'y retourner et je pourrais procéder à quelques investigations sur place.

– Mais c'est dangereux ! objecta Gus. Nous savons que Malpensa recherche Frank. Mais qui nous dit que d'autres anarchistes ne sont pas à tes trousses ? Tu es également un neveu de George.

– Nous avons déjà eu cette conversation, père. Si ces gens nous veulent du mal, nous ne sommes pas plus en sécurité ici qu'ailleurs. Je pense que Montmorency avait vu juste dès le début : Malpensa veut simplement localiser Frank. Avec ses hommes, ils nous surveillent peut-être mais je ne pense pas qu'ils s'attaqueraient à moi. Et il est tout à fait dans l'ordre des choses que je rende visite à ma belle-famille. Je vous promets de rester discret. Vous me connaissez, père. Je ne suis pas comme Frank ou George. Il n'y aura pas d'esclandre.

Le duc médita un instant sur la question, puis donna son assentiment à contrecœur.

– D'accord, allez-y. Mais je compte sur toi pour veiller sur votre sécurité à tous, Alexander. Si la reine ne se remet pas, je vais devoir me rendre à Londres. Nous n'avons qu'à faire nos bagages et partir ensemble lorsque nous serons prêts, qu'en pensez-vous ? Je vous dirai au revoir là-bas et j'irai loger chez Montmorency jusqu'aux funérailles.

Béatrice descendit demander à Harvey de préparer leur départ pendant qu'Alexander ajoutait un post-scriptum au message destiné à Montmorency. Il plia la lettre et la cacheta, puis ordonna qu'on lui selle un cheval. Il était décidé à jouer un rôle actif dans cette vengeance familiale et il allait commencer par poster cette missive lui-même.

18
Question de loyauté

La famille royale était parvenue à taire l'état de santé critique dans lequel se trouvait la reine, mais certains signes ne trompaient pas et les gens finirent par les interpréter. Les proches parents de Victoria s'étaient rassemblés à Osbourne House, sa résidence de l'île de Wight, et quand son petit-fils, l'empereur germanique, les rejoignit de toute urgence, il n'y eut plus de doute. Les bulletins de santé commencèrent à refléter l'inéluctable : par instants, Victoria n'était plus consciente de son environnement. Elle avait du mal à avaler et avait parfois besoin d'oxygène pour l'aider à respirer. En somme, elle mourait de vieillesse. Les médecins ne la condamnaient pas ouvertement, mais on sentait que la fin était proche. Discrètement, les magasins prenaient commande pour des vêtements de deuil. Les dames de la haute société refirent leur garde-robe en noir du manteau jusqu'aux sous-vêtements. À Glendarvie, cela ne changeait rien car la famille Fox-Selwyn portait déjà le deuil de George. Au moins, cela simplifiait les préparatifs pour le voyage en Italie. Même Angelica, Italienne de naissance et Britannique par alliance, décida de rentrer chez elle en adoptant le nouvel uniforme noir de son pays d'adoption.

À Londres, l'inspecteur Howard enchaînait les réunions pour préparer les funérailles. La reine Victoria avait clairement fait connaître ses souhaits. Après une cérémonie en la chapelle St George, au château de Windsor, elle voulait être inhumée dans le mausolée Frogmore où son époux bien-aimé reposait depuis quarante ans. Rien ne serait officiellement annoncé avant sa mort, mais chacun savait qu'il fallait anticiper afin d'assurer la sécurité des illustres membres du cortège, venus des quatre coins du monde. Victoria régnait depuis si longtemps – plus de soixante ans – que personne parmi les hauts responsables n'avait l'expérience de ce genre d'événement. Quelques querelles opposèrent les courtisans de la reine mourante et ceux du prince de Galles, qui serait bientôt roi.

L'inspecteur Howard avait reçu l'ordre de contenir la foule sans toutefois empêcher le public de se recueillir et d'assister aux cérémonies. Mais il était préoccupé. Lors de leur rencontre à l'auberge de Strathgillon, Malpensa avait eu l'air parfaitement au courant de ce qui était prévu. Il détenait des informations connues des seuls hauts fonctionnaires et représentants des gouvernements étrangers chargés d'escorter leurs dirigeants jusqu'en Grande-Bretagne pour les funérailles. Malpensa avait vu juste : le cercueil voyagerait par bateau de l'île de Wight à Portsmouth, de là il rejoindrait la gare de Victoria en train, traverserait Londres en une procession solennelle pour rallier la gare de Paddington d'où il gagnerait Windsor en train à nouveau pour la messe d'enterrement et l'inhumation. Cela prendrait quatre jours en tout. Quatre jours de cérémonie et de danger durant lesquels la vigilance de la police et des services secrets serait mise à rude épreuve. Montmorency et Jack Lecassé faisaient partie intégrante du dispositif : aux aguets, ils surveilleraient la foule, prêts à fondre sur quiconque menacerait la sécurité royale ou publique.

Pour Jack, cela consistait à parcourir des listes interminables et à examiner laborieusement d'innombrables documents. De temps à autre, il s'arrêtait sur un nom familier et en informait l'inspecteur Howard. On le laissa même une fois accompagner l'équipe chargée d'aller appréhender un suspect sur le terrain : il s'agissait de Luigi Benedetti, l'un de ses anciens amis de la fabrique de crème glacée.

Jack et les deux hommes de Scotland Yard se faufilèrent dans une étroite ruelle qui donnait sur les rails du métro, non loin de la station de Farringdon Street. Le cœur battant de peur et d'excitation, Jack était ravi de passer enfin à l'action après des jours et des jours cloîtré dans le bureau exigu de Westminster. Ils escaladèrent différents murets de jardin, sans un bruit, jusqu'à chez Luigi. La porte de derrière s'ouvrit d'un simple coup d'épaule, l'encadrement était vermoulu et les gonds cédèrent avec un grincement sinistre.

Les trois hommes se plaquèrent contre le mur, craignant que Benedetti ne surgisse, peut-être armé, alerté par le bruit. Mais ils ne virent personne. Jack rasa le mur pour glisser un œil à l'intérieur. La maison était vide. Pas un meuble, rien d'autre que des détritus et quelques oiseaux morts. Ils essayèrent de ressortir par la porte principale mais elle avait été condamnée de l'extérieur et ne bougea pas d'un millimètre. Jack était furieux. Les registres qu'il avait étudiés avec tant de minutie étaient caducs. Si Luigi avait un jour vécu dans cette maison, il était bien loin maintenant. Une nouvelle journée gâchée. Tant d'espoirs anéantis.

Pour ne rien arranger, Frank trouva la lettre codée de Béatrice en rentrant chez Montmorency. Ce dernier était préoccupé par l'annonce du départ de la duchesse en Italie et de l'arrivée imminente de Gus à Londres tandis que Frank avait surtout retenu le message de Vi.

– C'est fou ! s'écria-t-il. Pendant que nous tournons en rond à Londres, Malpensa est entré dans l'enceinte même de l'hôpital de Strathgillon !

Montmorency s'efforça de le calmer.

– Ne t'inquiète pas. Tu as entendu l'inspecteur Howard. Il le surveille.

– Eh bien, j'en ai assez de suivre ses règles. J'ai trop perdu de temps à courir après des fantômes, j'ai rempli ma part du marché. Je pars en Écosse m'occuper personnellement de Malpensa.

– Ne sois pas ridicule. Tu ne peux pas quitter Londres

maintenant. La reine risque de mourir d'un jour à l'autre.

– Et alors ? George est déjà mort, lui, et nous n'avons pas réagi. Malpensa a failli me tuer à l'Hippodrome et je me suis contenté de disparaître de la circulation. J'ai honte. Je me suis comporté en lâche. Un minable petit gratte-papier qui fait le boulot que la police ne veut pas faire elle-même. Quant à vous, vous vous pavanez dans tout Londres comme un paon, espèce d'égoïste !

– Ça suffit ! tonna Montmorency alors que Jack donnait un coup de pied dans la table, renversant une carafe de whisky. Ce n'est pas ma faute si nous n'avons pas eu de chance ! Nous devons aider l'inspecteur Howard. Essayer tout du moins. Comment pourrions-nous nous le pardonner si jamais il arrivait quelque chose à la famille royale ?

– Ça ne me poserait aucun problème de conscience, répliqua Jack. Et je vais vous dire autre chose : je ne me le pardonnerais jamais s'il n'arrivait rien à Malpensa. Je pars pour l'Écosse et sur-le-champ !

Jack traversa le hall d'entrée comme un ouragan et claqua la porte derrière lui, en ayant pris soin de subtiliser le portefeuille de Montmorency au passage. Celui-ci, sans un sou, sortit sur le trottoir juste à temps pour le voir disparaître au coin de la rue dans un fiacre. Il n'avait aucune chance de le rattraper : le temps qu'il arrive à la gare de King's Cross, le train-couchette pour l'Écosse serait déjà parti. Il rentra donc afin de téléphoner à Westminster.

Jack s'installait à bord du train lorsque la porte de son compartiment s'ouvrit brusquement. Il allait sortir son billet quand il réalisa qu'il ne s'agissait pas du contrôleur, mais de Matthew Joskyns, le professeur du collège de Westminster. Abasourdi, il ouvrit la bouche pour parler mais ses mots furent arrêtés par un grand mouchoir plaqué sur ses lèvres et une odeur entêtante embruma son esprit.

Joskyns expliqua au contrôleur que son « ami » ne se sentait pas bien et qu'il devait annuler son voyage. Puis il le porta jusqu'à un fiacre et demanda au cocher de les conduire à Westminster. Le temps qu'ils arrivent, Jack pouvait presque marcher seul et, de l'extérieur, il avait tout l'air d'un ivrogne, soutenu par un ami prévenant. Sauf que Joskyns ne se montra pas vraiment tendre avec lui. À couvert de l'obscurité, il traîna le jeune homme titubant à travers le cloître, entra dans l'abbaye par une porte dérobée et le jeta sans ménagement sur le sol de marbre de la chapelle Notre-Dame. Puis il lui administra un coup de pied dans les côtes.

– Regarde autour de toi, morveux. Regarde cet endroit.

Jack ouvrit les yeux. Il ne distinguait pas grand-chose dans la pénombre jusqu'à ce que Joskyns allume une petite lampe à huile dont l'éclat paraissait presque insoutenable dans le noir.

– Regarde le plafond, reprit-il en la levant pour éclairer la dentelle ouvragée des voûtes. Il est là depuis des siècles à surveiller ce que tu devrais t'efforcer de protéger. Lève-toi !

Il lui flanqua un nouveau coup de pied avant de le tirer par le bras pour qu'il se lève et admire les tombeaux et monuments.

– Henry VII, Mary, Élisabeth Ire, James Ier, Charles II, William et Mary. La reine Anne. Tu saisis, morveux ?

– Oui, marmonna Jack, encore vaseux, mais conscient qu'il avait de sérieux ennuis.

Joskyns le prit à la gorge et le plaqua contre le tombeau de Henry VII et de sa femme, Élisabeth d'York.

– Je pourrais t'en montrer des dizaines, remonter sur presque un millénaire. Voici la tradition que nous essayons de préserver. Voici la monarchie que nous vénérons. Ta petite soif de vengeance personnelle est-elle plus importante que tout cela ?

Comme Jack ne répondait rien, Joskyns le gifla.

– Alors ?

Le jeune homme saignait du nez mais ne parvenait à se résoudre à mentir.

– Oui, répliqua-t-il d'un air de défi. Oui, mon oncle George valait plus que tous ces gens.

Joskyns le frappa encore, imprimant une marque rouge sur sa pommette.

– Écoute, fiston. J'ai bien connu ton oncle George. Je ne devrais pas te le dire mais je sais ce qu'il a fait pour son pays. Et je sais ce qu'il penserait de toi en te voyant prendre la fuite au lieu de servir la Couronne.

– Servir la Couronne ! s'exclama Jack. Le nez plongé dans des tas de paperasse qui ne mènent nulle part !

– Tes efforts n'ont servi à rien ? Et alors ? Peut-être déjoueras-tu un attentat, peut-être pas. Mais au moins tu sauras que tu as fait tout ton possible. Que tu as fait passer l'intérêt national avant tes intérêts personnels.

– Mais si je tue Malpensa, ce sera bénéfique pour tout le monde. Une fois mort, il ne pourra plus préparer d'attentats.

– Selon la police, il est plus utile vivant que mort. On te l'a pourtant dit, mais tu estimes savoir tout mieux que tout le monde, n'est-ce pas ? Tu penses que tu as toujours raison ?

Jack ne répondit pas.

– Eh bien ? J'attends ta réponse. Qui a raison ?

Comme Jack ne disait rien, Joskyns lui donna un nouveau coup, dans le ventre cette fois.

– Je t'ai demandé qui avait raison ! tonna-t-il, sa voix résonnant dans l'abbaye déserte.

– Vous, couina Jack, le souffle coupé.

– Très bien, viens avec moi. Tu vas dormir ici ce soir, comme ça, tu pourras t'atteler à ton travail dès la première heure.

Joskyns éteignit la lampe et conduisit Jack vers les bâtiments de l'école.

Le lendemain, lorsque Montmorency arriva, Jack était déjà en train de trier les papiers. Son ami remarqua son visage tuméfié mais se garda de tout commentaire. L'inspecteur Howard les rejoignit quelque temps plus tard. Il était déjà au courant des événements de la veille.

– Vous avez fait chou blanc hier, d'après ce qu'on m'a dit, Jack ?

– Oui, Benedetti n'était plus là. La maison est abandonnée depuis longtemps.

– Bon, ce n'est pas grave, affirma Howard. On va trouver une autre piste. Il faut continuer les recherches.

– C'est ce que je fais. Je cherche, je cherche…

19
Doris

La nation entière guettait les nouvelles en provenance d'Osborne. Mais les résidants de l'asile pour malades mentaux de Strathgillon étaient tenus à l'écart de toute cette agitation. Si les membres du personnel en discutaient en salle de repos, ils avaient l'interdiction d'en parler aux patients, de peur que la peine n'aggrave leur état. Obéissant aux instructions, Vi protégea Robert Farcett de la nouvelle. Il menait sa petite vie, ne répondant qu'au nom de Francis Fox-Selwyn, et passant de plus en plus de temps à s'occuper des cochons.

Après le premier bain qui avait suivi sa chute dans la boue, il était retourné à son régime habituel. Sa consommation d'eau et de savon était limitée et strictement contrôlée. Aussi prenait-il garde à ne pas trop se salir et à ne pas perdre l'équilibre lorsqu'il se rendait à la porcherie. Au début, il se dépêchait de remplir les mangeoires et l'abreuvoir pour ressortir aussi vite que possible. Mais au fil des jours, il se surprit à rester de plus en plus longtemps avec les animaux et surtout avec la grosse truie rose qu'il avait surnommée Doris dans sa tête. Il avait l'impression qu'elle frottait gentiment son groin contre sa jambe lorsqu'il lui donnait à manger et qu'elle appréciait qu'il lui grattouille la tête. Au bout d'une semaine, Doris l'attendait derrière le portail. En repartant, il se retourna et vit qu'elle le suivait du regard. Il crut même lire de la tristesse dans ses yeux.

Farcett demanda à Tom de lui apporter une pelle et un balai à la porcherie. Il entreprit de nettoyer le sol avant d'étaler de la paille propre pour ses nouveaux amis. Épuisé, il s'assit et Doris accourut au petit trot près de lui. Il la caressa longuement et lui raconta ce qui le tourmentait depuis des mois. Doris grognait et reniflait, comme pour l'encourager. À compter de ce jour, il profita de la moindre occasion pour s'éclipser de l'hôpital et esquiver les questions insistantes du professeur Frost sur son passé. Il regardait les vrais garçons de ferme soigner les bêtes, contrarié par leur brutalité, et furieux qu'ils s'imaginent que les cochons aimaient se vautrer dans la saleté. Il était présent lorsqu'ils firent entrer un mâle dans l'enclos et resta ensuite pour aider Doris à retrouver sa dignité, espérant voir naître des porcelets quatre mois plus tard.

20
Londres en deuil

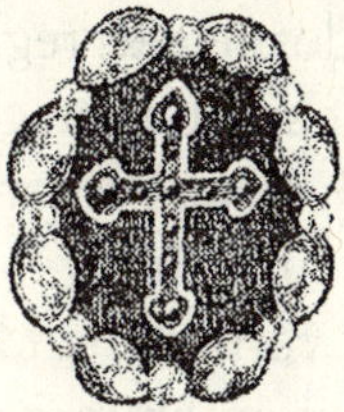

La reine Victoria décéda le jeudi 22 janvier, à dix-huit heures trente. Le pouvoir passa immédiatement aux mains du prince de Galles, qui devint le roi Edward VII, et on se mit à préparer fiévreusement les funérailles qui devaient se tenir début février. Il fallait fabriquer le cercueil, faire répéter soldats et marins, construire des gradins pour les spectateurs. Les trains spéciaux affrétés pour l'occasion furent astiqués, huilés, révisés. Les théâtres fermèrent, les magasins replièrent leurs éventaires et drapèrent leurs vitrines de noir. Les visiteurs arrivèrent de l'autre bout de la Grande-Bretagne et des quatre coins du monde.

Montmorency et Jack poursuivaient leur mission. Ils avaient tacitement décidé de ne pas revenir sur l'incident pour se concentrer sur leur travail. Montmorency tendait l'oreille aux rumeurs et scrutait les visages des passants, cherchant à reconnaître un fauteur de troubles notoire, Moretti ou un des anarchistes croisés en Italie et en Amérique. Après seulement deux semaines de son nouveau régime, Jack s'était déjà considérablement empâté. Tous les soirs, la cuisinière faisait à manger pour trois et Montmorency proposait à Jack de quitter sa soupente pour l'aider à finir. Tous les jours, lorsque Jack partait étudier dossiers et registres, elle lui préparait des sandwiches et ajoutait un gros morceau de caramel maison. Tout ça pour l'aider à prendre du poids mais également en souvenir de son oncle George, qui avait développé une véritable addiction à cette confiserie. Où qu'il aille, il en emmenait toujours un morceau qu'il réduisait en éclats dorés à l'aide de son petit marteau en argent, puis en remplissait sa bouche jusqu'à ce que ses dents collent et que le jus marron coule dans sa barbe. Jack avait repris cette passion pour honorer sa mémoire. Et malgré la tentative musclée de Joskyns pour le convaincre de faire passer les affaires du pays en premier, Jack chérissait en secret ce symbole de son autre mission : retrouver ceux qui avaient tué George, lui qui aimait tant la vie. Chaque matin, il brisait le caramel sur la table de la cuisine et le répartissait en deux tas qu'il enveloppait dans un mouchoir. Il glissait le plus gros dans sa poche et donnait l'autre à Montmorency. Ainsi George les accompagnait toute la journée, criant vengeance.

Ils se réunissaient fréquemment dans le bureau de Joskyns à Westminster. Maintenant que la reine était morte, Jack s'était résolu à suer sang et eau sur sa paperasse. Mais à moins d'une semaine des funérailles, c'est

Montmorency qui commençait à s'impatienter. Malgré des heures à arpenter en tous sens les rues de la capitale il n'avait rien trouvé.

– À quoi bon ? s'emporta-t-il. Nous aurions mieux fait d'aller chercher en Italie. Oui, je préférerais mille fois être là-bas. Vous êtes au courant ? Verdi est mort.

– Verdi, le compositeur ? s'étonna Jack.

– Tu en connais un autre ?

– Eh bien oui, justement. L'un des gars que je fréquentais au café à Florence s'appelait Verdi. C'est un nom très répandu en Italie. Giuseppe Verdi, ça se traduirait par Joseph Levert.

L'inspecteur Howard se mit à rire.

– Beaucoup moins chic, c'est sûr ! Vous croyez que tous ces mordus d'opéra le vénéreraient autant s'il s'appelait ainsi ?

Montmorency bouillait.

– Notre ami est un de ces « mordus » d'opéra, expliqua Jack. Il voue un culte à *La Traviata* et à *Nabucco*.

– Désolé, fit Howard. Je ne pensais pas que vous étiez à ce point affecté par sa mort.

– Bon, je ne l'ai jamais rencontré en personne. J'ai manqué de peu Puccini, mais c'est une autre histoire… C'est juste que j'aurais bien aimé être là-bas pour ses funérailles. Cela va être un événement d'ampleur nationale. Et qui sait, j'aurais même pu repérer certains de nos anarchistes.

– Eh bien, si cela peut vous consoler, je préfère vous avoir ici. Et je peux vous donner tous les détails concernant « nos » funérailles. On nous a dit où les délégations étrangères allaient loger. J'ai l'impression que toutes les résidences officielles et tous les palaces de Londres vont afficher complet. Et j'ai le déroulement précis de la journée. Jack, vous serez sûrement content d'apprendre que je compte sur vous pour être sur le terrain durant la procession. Il sera alors trop tard pour effectuer des recherches de fond.

Il sortit un papier de sa poche. Il s'agissait visiblement d'une liste de toutes les têtes couronnées et hommes politiques du monde.

– Voici les personnes que nous sommes chargés de protéger.

Il suivit la liste du doigt.

– Tout d'abord, nous irons accueillir les membres de la famille royale à la descente du train. Tout se fera en intérieur, nous pourrons donc surveiller la foule de spectateurs. Puis la procession mettra deux heures à aller de Victoria à Paddington. Le cercueil sera transporté sur un chariot à canon, entouré d'une fanfare militaire à pied, puis viendront le Kaiser, le nouveau roi et le duc de Connaught, suivis de tous les princes de sang royal, britanniques et étrangers, à cheval.

– À cheval ? s'étonna Jack. Vous voulez dire dans des carrosses ?

– Non, en selle. Les femmes de la famille royale suivront dans six voitures, mais les hommes, juchés sur leurs montures, feront des cibles parfaites, à la merci de tous.

Jack était complètement démoralisé.

– Nous n'avons aucune chance de pouvoir les protéger, ils seront trop exposés, n'est-ce pas ?

– N'oubliez pas que nous ne sommes pas seuls. Des milliers de soldats d'infanterie défileront derrière eux. Militaires et policiers seront postés à tous les coins de rue. Et certaines délégations étrangères sont également venues accompagnées de leur équipe de protection, j'en suis certain, bien que ce ne soit pas autorisé. Et nous avons également des agents secrets. Je ne sais pas combien ni où – et ils ne vous connaissent pas non plus. Vous ne faites pas tout le travail seuls. Vous êtes là dans un but bien précis : repérer les anarchistes. Concentrez-vous sur cette mission.

– Avez-vous reçu des menaces ?

– Rien de concret. Nous surveillons les agités habituels. Et il y a quelques bruits qui courent. Ah, j'oubliais, enfin une bonne nouvelle : le président des États-Unis ne viendra pas. Il a la grippe, apparemment. Cela fait un souci de moins. Il sera représenté par l'ambassadeur, que je ne considère pas comme une cible potentielle. Qu'en pensez-vous ?

– Non, ces gens-là se sont attaqués à des rois et à une impératrice. Ils visent très haut, affirma Montmorency.

– J'ai bien peur qu'ils n'aient l'embarras du choix. Le moindre balcon, la moindre fenêtre, le moindre centimètre carré de trottoir sera bondé. Des milliers de gens, tous terroristes potentiels.

– Il est donc capital que nous les arrêtions avant le grand jour, conclut Montmorency.

Et il retourna écumer les rues, les pubs, les hôtels et les gares, comptant sur sa chance habituelle.

Plus tard dans la soirée, avant que le cercueil n'arrive à Londres, il était censé retrouver Jack et l'inspecteur Howard à Westminster afin de régler les derniers détails pour le lendemain.

– Vous voulez du caramel ? proposa Jack en tendant son mouchoir au policier. Les morceaux se sont un peu agglutinés dans ma poche, mais on peut les décoller.

Howard en prit un éclat et se mit à mâchonner. Leur conversation devint quelque peu inintelligible alors qu'ils parlaient la bouche pleine.

– Tout est prêch ? demanda Jack.

– Tout chuste. Il rechte encore du flou. Les personnalités étrangères font des histoires parce qu'elles se considèrent toutes plus importantes que les autres, mais je crois que nous contrôlons la foule. Il y a déjà du monde sur place, vous savez. D'ici à demain, les rues seront tellement bondées qu'on ne pourra plus bouger.

– Ça vaut sans doute mieux, commenta Jack. Difficile de sortir un fusil ou une bombe quand on ne peut pas lever les bras.

D'ordinaire, l'inspecteur aurait souri, mais la pression qui pesait sur lui était telle qu'il explosa en un fou rire nerveux. Il s'étrangla avec son caramel, fut pris d'une quinte de toux si bien qu'un morceau lui resta coincé entre les dents. C'est le moment que choisit Joskyns pour entrer dans la pièce. De sa voix professorale, il tonna :

– Que diable se passe-t-il dans ce bureau ? Vous grignotez ? Confisqué !

Jack lui tendit son mouchoir plein de caramel avec l'air penaud d'un écolier pris en faute. Joskyns secoua la tête en examinant le tas de sucreries gluantes. Puis il en détacha délicatement un éclat et le fourra dans sa bouche. La crainte qu'il inspirait à Jack depuis les événements de l'autre nuit s'évanouit. Il se mit à rire et les deux hommes l'imitèrent. Howard s'étouffa à nouveau et le professeur dut lui taper dans le dos.

Personne n'avait remarqué l'arrivée de Montmorency. Il dut claquer la porte pour les faire taire. Gloussements et ricanements perdurèrent pendant quelques secondes, mais ils finirent tous par retrouver leur sérieux en voyant l'air préoccupé de Montmorency. Joskyns devina qu'il avait des informations importantes à communiquer à ses collègues aussi les laissa-t-il, quittant le bureau sans un bruit.

Montmorency attendit que ses pas se fussent tus pour commencer :

– Messieurs ! Nous avons un sérieux problème. Je crois avoir vu Malpensa.

Jack réagit le premier.

– Il ne peut pas être à Londres. Nous aurions été prévenus s'il avait quitté Strathgillon.

– C'est également ce que je pensais, mais je suis certain qu'il s'agissait de lui. Il correspond parfaitement à ta description – et il boite.

– Où l'avez-vous aperçu ? demanda l'inspecteur.

– À Paddington. Je suis allé voir comment avançaient les préparatifs. Ils étaient en train de dérouler le tapis rouge et d'installer les barrières pour contenir la foule. Je voulais m'assurer qu'il n'y avait pas de recoin où un meurtrier pourrait se cacher.

– Et alors ?

– Non, à part parmi la foule. Demain, nous allons devoir compter sur les habitants de Londres pour assurer la sécurité de tous. Espérons qu'ils réagiront s'ils repèrent quelque chose d'inhabituel.

Jack le coupa :

– Mais quand vous avez vu Malpensa, que faisait-il ? Où est-il allé ?

– Il descendait d'un train.

Ce fut au tour de Howard de l'interrompre :

– Il descendait d'un train à Paddington ? Ça n'a pas de sens. Il se trouvait en Écosse, or les trains qui arrivent dans cette gare viennent de l'ouest du pays, pas du nord.

– Je sais. Mais je suis sûr que c'était lui. Il avait cet air… un air sournois, comme s'il préparait un mauvais coup. Ça se sent, ces choses-là.

L'inspecteur acquiesça. Il connaissait l'importance que pouvait avoir l'intuition dans toute enquête policière.

– Où l'avez-vous perdu ? Vous l'avez sûrement suivi ?

– Évidemment. Je l'ai filé dans la rue, à travers toute la ville. Il a emprunté exactement le trajet que doit prendre la procession demain, mais dans l'autre sens.

– Il s'est donc rendu à Victoria ?

– Ce n'est qu'une supposition. Il s'est frayé un chemin à travers la foule des spectateurs déjà sur place. C'était extrêmement difficile de le suivre sans me faire remarquer et sans bousculer tout le monde. Je l'ai perdu aux environs de St James's Palace. Il s'est volatilisé.

– Il ne s'agissait peut-être pas de lui, insista Jack, plein d'espoir. Après tout, vous ne l'avez jamais vu. Et nous n'avons pas reçu de message d'Écosse pour nous informer qu'il avait quitté Strathgillon.

Montmorency se tourna vers le policier.

– Quand avez-vous eu des nouvelles de votre homme pour la dernière fois ?

– Eh bien, cela fait quelques jours, en vérité. Je dois avouer que je ne suis pas passé à mon bureau aujourd'hui.

– Nous sommes partis de la maison avant le passage du facteur ce matin, reprit Montmorency. Donc si Vi nous a écrit, nous ne le savons pas.

– Mais père est à Londres. Si Vi lui avait adressé la lettre, il nous aurait prévenus.

– Et comment ? répliqua Montmorency. Il n'aurait pas pu prendre le risque d'aller à Scotland Yard, au cas où il serait surveillé, et nous ne l'avons pas revu depuis ce matin.

– Allons-y tout de suite.

– Rentre, toi, ordonna Montmorency. Mais fais attention. Nous avons tous relâché notre vigilance, persuadés que Malpensa n'était pas dans les parages. Si ça se trouve, il a non seulement prévu de passer à l'action demain, mais en plus il peut tout à fait être à nos trousses en ce moment même. Je vais accompagner Howard à Scotland Yard. Si Malpensa surveille la maison, il ne faut pas qu'il nous voie ensemble. Mais il ne te remarquera pas si tu passes par l'entrée de service.

Jack se posta devant un miroir accroché au mur. Il voulait vérifier qu'il n'avait pas l'air de Frank, le jeune agitateur que Malpensa avait rencontré en Italie et en Amérique l'année passée. Il sortit la flasque de teinture de sa poche et retoucha sa couleur, puis enfila des gants pour cacher les taches de rousseur qu'il avait sur le dos de la main. Montmorency hocha la tête pour lui confirmer qu'il était méconnaissable.

– Sois prudent. Rentre à la maison comme si c'était la chose la plus naturelle du monde.

– Et ensuite ? Je ne peux pas venir vous retrouver à Scotland Yard.

– Non, fit l'inspecteur Howard. Et Montmorency ne devrait pas m'accompagner là-bas non plus. Imaginez que Malpensa soit sur vos talons.

– Mm… vous avez raison, murmura-t-il. Il vaut mieux que chacun parte de son côté et que l'on se retrouve ailleurs.

– Mais pas ici, intervint Jack. Il sera trop tard. Les lieux seront déserts. On se ferait remarquer.

– Où alors ? demanda Montmorency. On ne peut pas aller au pub, tout est fermé par respect pour la reine. Et en plus, cela paraîtrait étrange qu'un policier, un aristo et un domestique se retrouvent pour boire un verre ensemble.

– J'ai peut-être une solution. Dans les cellules du poste de police de Canon Row, juste derrière Scotland Yard. Messieurs, vous allez mal vous conduire ce soir.

La veille des funérailles de la reine, vous allez vous soûler et troubler l'ordre public et je ferai en sorte que vous soyez arrêtés !

Ils échafaudèrent donc leur fausse arrestation. À dix heures et demie, Jack casserait un carreau à Whitehall [1] tandis que Montmorency se ferait remarquer sur le Strand [2]. Ils quittèrent le collège de Westminster un par un, en vérifiant soigneusement qu'ils n'étaient pas suivis. Montmorency erra dans les rues pour tuer le temps, croyant voir des anarchistes partout. Il s'efforça de garder son calme, de se persuader que l'homme qu'il avait vu dans l'après-midi ne pouvait être Malpensa. Il devait se trouver à des milliers de kilomètres de là, en Écosse. À dix heures moins le quart, il se rinça la bouche avec de l'alcool pour charger son haleine. Il arriva sur les lieux de son arrestation parfaitement sobre, mais en faisant mine de ne pas tenir debout. Quiconque aurait assisté à la scène aurait trouvé son arrestation tout à fait justifiée. Il était en train d'uriner contre un lampadaire quand le policier l'interpella. Mais lorsqu'il arriva au poste de police, Montmorency était en pleine possession de ses moyens. Et c'était tant mieux car les deux autres avaient de mauvaises nouvelles à lui annoncer.

1. Rue où se situent différents bâtiments gouvernementaux, qui part de la place de Trafalgar Square pour se diriger vers Westminster et le parlement.

2. En français « la rive », rue animée, perpendiculaire à Whitehall, qui part de la place de Trafalgar Square pour aller vers Covent Garden, le quartier des théâtres.

21
Combat aveugle

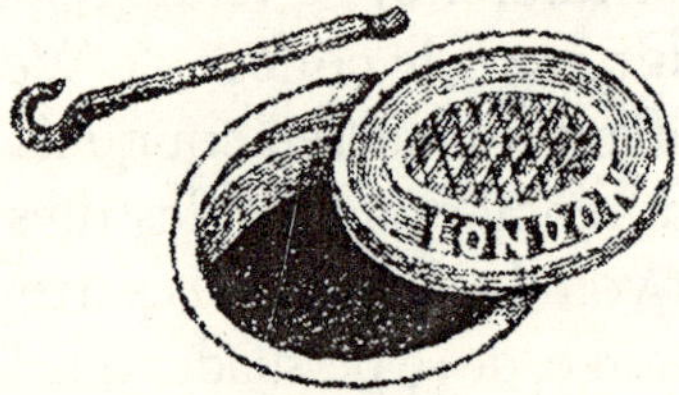

Montmorency était furieux.

– Comment cela a-t-il pu se produire ? Il était pourtant sous surveillance ! Comment a-t-il pu s'enfuir ?

– Baissez le ton, voulez-vous, souffla Howard qui faisait les cent pas dans la petite cellule. C'est moi qui suis censé poser les questions, n'oubliez pas. Il ne faudrait pas qu'on se fasse remarquer.

– Mais qu'est-ce qui s'est passé ? demanda Jack d'une voix posée. Je croyais que vous aviez posté un homme à Strathgillon pour espionner les moindres mouvements de Malpensa. Pourquoi ne vous a-t-il pas prévenu ?

– Je crois, hélas, que tout le monde a voulu trop bien faire, expliqua l'inspecteur. Je ne sais comment mais la police écossaise a su que je faisais suivre un homme là-bas. Ils l'ont très mal pris et ont décidé de faire le boulot eux-mêmes. Ils l'ont filé et l'ont intercepté alors qu'il faisait semblant d'observer les oiseaux. Le problème, c'est qu'ils n'ont pas arrêté le bon, c'est mon contact qu'ils ont mis sous les verrous. Il n'avait aucun moyen de me joindre ! Le temps qu'il réussisse à les convaincre de sa véritable identité, Malpensa était parti. La tenancière de l'auberge a dit qu'il avait reçu un message et qu'il avait aussitôt fait ses bagages, réglé sa note et quitté l'établissement.

– Apparemment, l'intervention de la police a fait beaucoup de bruit à Strathgillon, ajouta Jack en tirant de sa poche une lettre de Vi. Elle a écrit à père pour le prévenir, mais c'était tellement compliqué à raconter sous forme codée qu'il n'a pas bien compris.

Montmorency déchiffra le message.

– En plus, Vi n'était pas au courant qu'un homme de Scotland Yard était posté à Strathgillon. Elle a dû croire que c'était Malpensa qui avait été arrêté.

– Et donc elle en a déduit que nous n'avions plus rien à craindre, conclut Jack.

– Après les funérailles, je vais devoir m'expliquer sur cette affaire, soupira l'inspecteur. Rien ne m'autorisait à envoyer un homme là-bas. Enfin, nous avons plus urgent à régler pour le moment. Messieurs, il faut que nous trouvions Malpensa pour l'empêcher de passer à l'action demain. Je vais communiquer son signalement à tous les hommes postés sur le trajet de la procession.

– Mais nous, que pouvons-nous faire ? demanda Jack.

Montmorency n'était pas optimiste.

– Nous n'avons pas d'autre choix que de nous fondre dans la foule en espérant le repérer. Inspecteur, pouvons-nous rentrer pour dormir quelques heures ?

– Oui, vous aurez besoin d'être au mieux de votre forme demain, rentrez vite vous coucher. Je vais vous faire sortir discrètement d'ici, l'un après l'autre. Il y a un tunnel qui débouche directement sur le quai de la station de métro Westminster. Je vais envoyer un agent vous acheter des tickets. Si Malpensa surveille le poste de police, il croira que vous êtes encore à l'intérieur.

Ils étaient au lit à minuit et debout à six heures le lendemain. Gus avait déjà pris son bain et se préparait pour la procession. Chivers, le valet de Montmorency, était en train de brosser son costume d'apparat. Le duc ne cessait de grommeler tandis qu'il lui passait les différents accessoires.

– Ça va être un cauchemar. Vous imaginez, on va devoir se traîner jusqu'à Windsor. Des cérémonies à n'en plus finir jusqu'à lundi. Sans compter que des conspirateurs s'affairent dans l'ombre pour tout gâcher !

– Mais nous allons les en empêcher, assura Montmorency, alors que, en son for intérieur, il ne voyait vraiment pas comment ils pourraient déjouer l'attentat.

Après le petit déjeuner, ils partirent chacun de leur côté prendre leur poste : Montmorency près de St James's Park, là où il avait perdu la trace de Malpensa la veille, et Jack à la gare de Victoria, où la famille royale descendrait du train pour former le cortège qui les exposerait à tous les assassins potentiels.

Le temps était parfait. Frais, sec et ensoleillé. Montmorency était content qu'il fasse froid. Les gens étaient tellement emmitouflés qu'ils pouvaient à peine bouger

– à une autre période de l'année, ils auraient cuit. Montmorency avait d'abord prévu de se mettre sur son trente et un pour l'occasion, en tenue de deuil. Il se disait que les badauds s'écarteraient peut-être sur son passage s'il avait l'air chic et aristocratique. Mais il avait changé d'avis à la dernière minute et avait emprunté quelques haillons à Jack. C'était mieux pour se mêler à la foule sans se faire remarquer. Et s'approcher discrètement de Malpensa si nécessaire. Il quitta donc la maison par la porte de service. Jack avait revêtu son déguisement habituel. Montmorency le suivit du regard, convaincu que personne ne pourrait reconnaître en lui le jeune homme qu'il était un an auparavant.

Installés à leur poste, ils n'avaient plus qu'à attendre. Autour de Montmorency, l'atmosphère était plus joyeuse qu'il ne l'aurait cru : plus joviale que mélancolique, avec des spectateurs surexcités perchés un peu partout, même dans les arbres qui bordaient le parc. Mais les échos lointains de la marche funéraire interrompirent les bavardages et le bruit circula que le cortège approchait. Un silence respectueux se fit. Montmorency était soulagé – si la procession était toujours en marche, cela signifiait qu'aucun incident ne s'était produit à Victoria. Il scruta la foule, sans réel espoir de reconnaître un suspect.

Pourtant son regard s'arrêta sur un visage. Là, à l'endroit même où il l'avait perdu hier, se tenait Malpensa.

Il était à environ six mètres sur la droite, légèrement devant lui. Sa cape noire se fondait parmi les châles et les pardessus sombres. Mais son grand chapeau le distinguait des autres. Alors que le cortège arrivait, les gens se découvrirent en signe de respect et seul Malpensa garda son couvre-chef. Montmorency entreprit de se faufiler parmi la foule, tentant de s'approcher de lui sans se faire remarquer. Mais autour de lui, les badauds refusaient de bouger, furieux d'être dérangés au moment crucial.

Sentant remuer derrière lui, Malpensa se retourna. Ses yeux tombèrent immédiatement sur Montmorency. Il n'eut pas l'air de le reconnaître mais sembla paniqué. Il fit volte-face, fouillant dans les plis de sa cape. Montmorency s'attendait à ce qu'il sorte un fusil pour abattre le roi. Mais le roi n'était pas encore arrivé à leur niveau. Seul Lord Roberts, héros de la guerre des Boers, était en vue. Menant son cheval au rythme de la fanfare, il venait en tête de la procession, devant le chariot à canon. Lorsque la main de Malpensa réapparut, elle ne tenait pas une arme mais une canne – dont il se servit pour écarter les spectateurs et se frayer un chemin dans la foule. Montmorency lui emboîta le pas, mais si la canne forçait les gens à se pousser, ils reprenaient aussitôt leur place, lui bloquant le passage. Il voulut s'expliquer, convaincre la foule de l'aider, mais on l'ignora. Finalement, il joua des coudes pour s'extraire de l'attroupement et se plaqua contre un mur juste à temps pour voir Malpensa disparaître au coin d'une rue adjacente, quittant les lieux de la procession.

Par chance, Montmorency connaissait les rues comme sa poche. Il constata, ravi, que l'Italien fonçait droit dans un cul-de-sac. Il allait se retrouver coincé dans cette petite impasse qui donnait sur un haut mur. Montmorency n'aurait plus qu'à le cueillir. En outre, où il était, il ne représentait plus aucune menace pour le cortège.

Mais quand Montmorency s'engagea dans la ruelle, Malpensa s'était volatilisé.

Montmorency comprit instantanément ce qui venait d'arriver, et ce qui s'était également produit lorsqu'il l'avait perdu la veille. Baissant les yeux, il vit la forme familière d'une plaque d'égout. C'était par cette porte que, des années auparavant, il accédait à son réseau de circulation personnel sous la ville. Car ces tunnels reliaient tous les endroits de la capitale. Et maintenant, c'était au tour de Malpensa. Était-ce seulement pour lui échapper ou avait-il prévu d'utiliser les égouts de Londres pour y poser une bombe ?

Dans sa précipitation, l'homme n'avait pas refermé derrière lui. Montmorency saisit l'occasion et emprunta la petite échelle métallique pour s'enfoncer dans l'obscurité malodorante. Il remit la plaque d'égout en place. Cela lui donnerait un avantage : Malpensa n'aurait plus aucune lumière, alors que lui pouvait se diriger de mémoire. Les bruits, les échos, tout cet environnement familier lui revenait brusquement.

– Malpensa ! hurla-t-il.

Son cri résonna dans les tunnels sans fin. Pas de réponse. Mais il entendait patauger et haleter devant lui et savait qu'il gagnait du terrain.

C'était dur, malgré tout. Il avait de l'eau jusqu'aux genoux. Autrefois, il revêtait un équipement spécial pour descendre dans les égouts. Et il portait des bottes épaisses alors que ses chaussures de ville étaient pleines de vase et son pantalon en lainage trempé, ce qui ralentissait sa marche. Quelque chose s'était enroulé autour de ses chevilles, entravant ses mouvements. Il plongea la main à tâtons dans l'eau puante. La cape de Malpensa. L'avait-il jetée délibérément ou perdue en glissant dans le tunnel ? Montmorency s'arrêta et attendit que les remous se soient calmés pour tendre l'oreille. Il n'y avait pas un bruit, à part le ruissellement de l'eau le long des parois et le grondement sourd, presque fantomatique, du cortège funèbre, au loin. Il resta immobile, espérant que Malpensa était tombé tête la première dans la vase et qu'il gisait à quelques mètres, mort ou inconscient. Cependant, il sentait qu'il n'était pas seul. Ils étaient plongés dans l'obscurité la plus complète. C'était à celui qui paniquerait, à celui qui remuerait le premier.

Juste au moment où Montmorency allait craquer, faire un pas en avant et se libérer de la cape, il entendit l'eau remuer et une vague manqua lui faire perdre l'équilibre. Une main poisseuse le saisit par les cheveux et le bras de Malpensa se referma autour de son cou.

– Tu es qui, toi ? siffla-t-il, ses lèvres frôlant son oreille. Un policier ?

Montmorency ne répondit rien. Même s'il avait voulu, il n'aurait pas pu car les mots seraient restés coincés dans sa gorge. Mais de toute façon, l'autre n'attendait pas de réponse.

– Tu vas mourir. Et personne ne te retrouvera. Ton

roi a eu de la chance aujourd'hui. Mais ce n'est pas un policier qui va m'arrêter. Pas question !

Montmorency se débattit, essayant de trouver une prise. Son poing cogna contre la boucle de ceinture de son assaillant. Mais alors qu'il donnait un coup de coude en arrière, espérant le frapper à un endroit sensible, la canne de Malpensa s'abattit sur ses épaules et ils tombèrent ensemble, agrippés l'un à l'autre, dans la vase tiède et épaisse, patinant sur le sol visqueux. Montmorency fut le premier à se relever, il tenta de peser de tout son poids sur son adversaire pour le maintenir sous l'eau mais il trébucha et retomba à quatre pattes. Malpensa s'était à demi hissé hors de la fange en s'aidant du mur. Il attrapa Montmorency par un pan de sa veste et le tira vers le bas, l'empêchant de redresser la tête, de prendre au moins une bouffée d'air fétide. Mais il glissa et tomba à son tour à terre. Montmorency se retrouva sur le dos, assommé, mais le visage hors de l'eau, reprenant des forces. Il essaya de se lever et, à tâtons, empoigna à nouveau la ceinture de Malpensa, cette fois par-derrière, et s'y agrippa, le temps qu'ils reprennent tous deux leur respiration. Il sentit une bosse dans sa poche. Une arme. Malpensa plaqua la main sur la sienne et ils luttèrent pour saisir le revolver. Dans la bagarre, il leur échappa et tomba à leurs pieds. Ils plongèrent comme un seul homme, fouillant la vase immonde pour saisir le premier l'objet en métal. La chance sourit à Montmorency. Il sortit son trophée de l'eau avec un éclat de rire victorieux. Jamais, de toute sa carrière d'espion aux côtés de George Fox-Selwyn, il n'avait tué personne. Mais aujourd'hui, il n'aurait aucune pitié. Pas face à Malpensa qui, s'il n'avait pas pu tuer George lui-même, était derrière ceux qui avaient commis ce crime immonde. Repérant les râles de Malpensa sur sa droite, il visa et tira.

Rien ne se produisit. L'eau avait enrayé l'arme. En revanche, Malpensa s'était relevé, cherchant frénétiquement à la lui arracher pour l'essayer à son tour. Montmorency la lança aussi loin d'eux que possible tandis que l'autre lui plantait ses ongles pointus dans les yeux. Tétanisé de douleur, il ne pouvait plus opposer la moindre résistance. Son adversaire lui cogna la tête contre le mur, encore et encore, puis le souleva du sol avant d'essayer de le noyer. Il se débattit, se dégagea de son étreinte et fit la seule chose dont il était capable dans son état : il prit la fuite, mi-nageant, mi-rampant.

Mais Malpensa était derrière lui. Même dans le noir, il le sentait. Il était blessé, mais toujours mobile et il allait bientôt le rattraper. De temps à autre, Montmorency s'arrêtait pour tendre l'oreille. C'était comme jouer à chat dans l'obscurité. Il entendait alors sa chemise goutter, sa main pagayer dans l'eau ou sa respiration lourde et sifflante. Chaque fois, il essayait de le localiser, de se remémorer le plan des égouts. Il voulait écarter Malpensa du trajet du cortège, l'attirer vers Trafalgar Square ou Covent Garden, puis le tuer et s'échapper dans ce quartier qu'il connaissait bien. Il rassembla ses forces et se releva, prêt à reprendre son chemin.

Soudain, la voix de Malpensa retentit. Avec l'écho, impossible de dire d'où elle provenait. Il le défiait.

Mais il avait l'air à bout. Il abandonnait la poursuite, laissant Montmorency s'enfuir.

– Vas-y. Va prévenir tes supérieurs que tu as échoué. Que Malpensa court toujours, prêt à frapper à nouveau. Tu vois, je suis de nature généreuse, je vais te laisser retrouver ton chez-toi, ta petite femme, ta petite vie tranquille d'Anglais moyen.

– Non ! répliqua Montmorency, d'une voix haletante. Je ne partirai pas, je ne te laisserai pas t'échapper. Je te retrouverai, Malpensa, où que tu sois. Je ne suis pas de la police. Je veux protéger mon roi, certes, mais cela va au-delà de ça. Tu vas payer pour la mort de mon meilleur ami !

Un bref silence accueillit ces révélations. Cela voulait tout dire : jusque-là Malpensa ne l'avait pas reconnu, il ne se doutait même pas que l'entourage de Fox-Selwyn cherchait à se venger de lui. Il réfléchit tout haut :

– Ah, l'Anglais. L'Anglais de Florence. Tu es son ami. Tu connaissais Fox-Selwyn ?

– Oui ! Ce monstre de Moretti et toi, vous avez tué le meilleur des hommes. Maintenant, c'est à votre tour. Tu vas mourir. Ici et maintenant.

– De belles paroles venant d'un lâche ! répliqua Malpensa. Il y a une minute, tu prenais la fuite ! Tu prétends vouloir venger ton ami mais tu ne m'as même pas dit ton nom !

– Je ne suis pas un lâche ! Et je tiens à ce que tu connaisses l'identité de ton assassin. Je m'appelle Montmorency. Que ce nom résonne à tes oreilles quand tu mourras. Car tu ne sortiras pas d'ici vivant.

– Toi non plus ! rugit Malpensa. Même si nous devons mourir tous les deux noyés dans la vase.

Montmorency se tourna en direction de sa voix, mais alors qu'il se ruait en avant, Malpensa se jeta sur lui, le renversant en arrière. Cette fois, il avait la bouche ouverte et l'infâme liquide lui remplit la gorge et le nez en quelques secondes. Il avait cependant toujours un avantage : il connaissait parfaitement cette partie des égouts. Il savait que, à quelques mètres seulement, une échelle menait à la lumière et à l'air frais. Il se traîna par terre et empoigna le dernier barreau. Il n'avait pas la force de se hisser. Il entendit Malpensa arriver juste derrière. Celui-ci prit appui sur son dos pour poser sa jambe invalide sur l'échelle. Il progressait lentement, Montmorency tenta de le suivre, mais Malpensa lui donnait des coups de pied dans le visage avec ses lourdes bottines boueuses. À trois reprises, Montmorency tomba de l'échelle. Et chaque fois, il buvait la tasse. Chaque fois, il avait encore plus de mal à se relever.

Et soudain la lumière l'aveugla. Malpensa avait soulevé la plaque d'égout et était en train de sortir du trou. Montmorency l'entendit s'éloigner. Il resta aux aguets. Plus un bruit. Dans le lointain résonnait le brouhaha de la foule qui assistait à la procession. Il avait fait son devoir. Malpensa devait être trop épuisé pour rattraper le cortège et, de toute façon, son arme gisait, inoffensive, au fond des égouts. Le roi et ses invités n'avaient plus à craindre la menace anarchiste.

Montmorency était tenté de s'arrêter un moment pour reprendre son souffle, laisser son cœur se calmer et ses muscles refroidir. Mais l'image de George flottant dans le formol, le corps criblé de balles, le remotiva. Il fallait qu'il rattrape Malpensa. L'échelle boueuse était glissante mais il finit par arriver en haut. Malpensa avait laissé la bouche d'égout ouverte. Montmorency n'avait plus qu'à s'extirper de là.

Durant toute sa vie sous les traits de Lecassé, arpentant la ville en sous-sol, jamais il n'avait été pris – jamais on ne l'avait vu pénétrer dans son royaume souterrain ou en sortir. Il glissa un œil à l'extérieur. Nulle trace de Malpensa, mais il était sans doute caché dans un recoin, non loin de là, épuisé, perdu. Cela valait la peine de le pourchasser. Rassemblant le peu de force qui lui restait, Montmorency poussa sur ses bras pour se hisser hors du trou, prit son élan… et se retrouva nez à nez avec un agent de police.

22
Prisonniers

Pendant que Montmorency se battait avec Malpensa sous terre, Jack traversait Hyde Park en courant pour atteindre Paddington avant le long et lent cortège. Il aurait dû se réjouir qu'aucun incident ne se soit produit en gare de Victoria, mais il ne pouvait s'empêcher d'être déçu. Il n'avait identifié aucun anarchiste et n'avait, de fait, pas eu l'occasion de venger son oncle. Il avait donc décidé de se rendre au point d'arrivée de la procession pour tenter sa chance à l'autre bout de Londres.

La longue marche lui fit regretter d'avoir pris du poids ces dernières semaines. Il dut s'arrêter à plusieurs reprises, plié en deux par un point de côté, tentant de reprendre son souffle. A *posteriori*, il se représenta de quoi il devait avoir l'air en arrivant à la gare de Paddington : rouge, en sueur, hirsute, un peu trop pressé de se frayer un chemin dans la foule. L'inspecteur Howard les avait prévenus : de nombreux hommes en civil, mêlés aux spectateurs, étaient chargés de repérer les individus suspects, en particulier de type méditerranéen ou d'Europe de l'Est – de jeunes agitateurs aux cheveux bruns et au regard fiévreux. Il n'aurait donc pas dû être surpris d'être saisi par-derrière, immobilisé, et conduit jusqu'à un véhicule de police. Personne ne le crut lorsqu'il expliqua qu'il travaillait pour l'inspecteur Howard. Tout du moins pas avant minuit, lorsque ledit inspecteur arriva, épuisé, pour demander à ce qu'on le relâche.

– Désolé, fit Jack, conscient que l'inspecteur ne rêvait que de rentrer chez lui se coucher. Ils se sont imaginé que je complotais quelque chose alors que je n'ai rien fait !

– Non, c'est moi qui suis désolé. Désolé de ne pas avoir pu venir plus tôt. Montmorency s'est également retrouvé au poste. Mais il est dans un tel état que j'ai dû le faire transporter à l'hôpital. Apparemment, il se serait battu dans les égouts. Il n'est pas très cohérent, mais il aurait affronté l'un des anarchistes. Peut-être Malpensa en personne.

– Et il l'a arrêté ? Il l'a tué ?

– Non. L'homme s'est enfui, mais j'ai lancé un avis de recherche. Nous surveillons toutes les routes, tous les ports.

– Et Montmorency ?

– Il souffre de nombreuses contusions. Mais surtout il semble avoir ingéré de grandes quantités d'eaux usées. Il présente une forte fièvre. Il risque d'avoir contracté d'affreux microbes.

– On peut le voir ?

– Pour le moment, il dort, mais je ferai en sorte que vous puissiez lui rendre visite demain. Nous avons posté des gardes là-bas – incognito, juste au cas où. Je les avertirai pour vous éviter une nouvelle arrestation. Vous avez été derrière les barreaux deux fois en deux jours, c'est bien assez.

– Au moins, je suis sorti. Tout le monde semblait assez détendu au commissariat, j'en déduis qu'il n'y a pas eu d'incident durant la procession ?

– Non, pas pour le moment. Il y a cependant eu un léger contretemps à Windsor. Le cercueil était trop lourd pour l'attelage sur lequel on l'avait installé, les brancards ont cédé et les soldats du régiment de marine ont dû le porter de la gare au château. Une scène très émouvante à ce qu'on m'a raconté.

– Mais en ce qui concerne les anarchistes, pas d'arrestation ?

– Non. Enfin, on a interpellé un innocent par erreur, mais je crois qu'ils l'ont relâché. La foule rend les agents nerveux.

– Mm, j'ai pu m'en rendre compte, en effet. J'espère qu'ils ne lui ont pas retourné le bras comme à moi. J'ai encore mal à l'épaule !

– Toutes mes excuses. Mais supposez que vous ayez été un terroriste…

– Il n'y a pas de mal, Howard. Je comprends. Imaginez ce que j'aurais fait à Malpensa si je l'avais croisé.

– J'imagine surtout ce qu'il vous aurait fait. Je crois que vous risquez d'avoir un choc en voyant Montmorency demain matin.

Malgré la mise en garde de l'inspecteur, Jack fut bouleversé. Son ami divaguait, en sueur, tellement couvert d'hématomes et de bandages qu'il en était à peine reconnaissable. Les médecins lui apprirent qu'il en avait pour plusieurs semaines d'hospitalisation, et que, s'il survivait, il lui faudrait ensuite une infirmière à domicile. Jack ne savait que faire. Devait-il se lancer à la poursuite de Malpensa ? Mais où le chercher ? Tout ce qu'il savait, c'est qu'il était sans doute blessé, et en fuite. Et tant que Montmorency délirait, il ne pouvait lui fournir plus d'informations.

Jack commença donc à arpenter Londres sur les traces de celui qui avait mis son ami dans ce triste état. Il traîna dans les quartiers où se rassemblaient les immigrés italiens. Il fit le tour des hôpitaux, espérant repérer un patient présentant des symptômes similaires à ceux de Montmorency. En vain. Au bout de deux semaines sans la moindre avancée, son moral était au plus bas. Il se mit à boire de plus en plus dans les pubs qu'il fréquentait pour son enquête. Il restait de plus en plus tard à fumer en jouant aux cartes. Si Montmorency avait pu le voir, il aurait constaté que le fantôme de Lecassé était bel et bien de retour, essayant de faire sortir une nouvelle victime du droit chemin.

Jack toucha le fond un mois plus tard, lorsque l'inspecteur Howard vint voir Gus chez Montmorency. Il avait un aveu à lui faire. À bout de forces, le jour du cortège, il avait commis une erreur. Il avait, comme il en avait informé Jack, transmis le signalement et le portrait-robot de Malpensa à tous les ports, ordonnant aux agents d'arrêter cet homme. Les officiers avaient donc cru qu'ils devaient empêcher le suspect de pénétrer en Grande-Bretagne. Ils avaient tout naturellement supposé que l'Italien menaçait la sécurité des personnalités venues assister aux funérailles. Et personne n'avait surveillé les voyageurs qui quittaient le pays. Pire, à la suite de l'avis de recherche émis par Howard, on avait déplacé des agents pour les poster aux arrivées.

Malpensa avait donc pu franchir la frontière sans encombre. C'était tout à fait vraisemblable. Un capitaine se souvenait d'un homme recouvert de bandages étendu sur une civière qui avait embarqué pour Rotterdam quelques jours après les funérailles de la reine, mais il n'avait pas mémorisé de détail précis. Malpensa leur avait filé entre les doigts une fois de plus et, de Rotterdam, il avait pu gagner n'importe quel pays d'Europe.

23
Le peintre

Pendant ce temps, en Écosse, l'humeur était meilleure. Vi et Tom ignoraient tout des drames qui se jouaient à Londres. Gus n'avait pas réussi à en faire le récit dans un message codé et avait finalement décidé de ne pas les inquiéter. Il leur avait simplement recommandé de continuer à se méfier de l'infection, mais comme la grippe sévissait dans la région, Vi avait pensé qu'il parlait du véritable virus. Elle croyait Malpensa sous les verrous, supposition renforcée par la disparition soudaine de l'étranger à la cape. Robert – ou plutôt Francis comme il se faisait toujours appeler – avait trouvé une sorte d'équilibre, très occupé par ce qui tendait à devenir la porcherie la plus propre du monde. Un jour, ne le voyant pas revenir pour le déjeuner, Vi avait décidé de lui apporter un sandwich. Elle l'avait trouvé en train de balayer la paille tout en devisant tranquillement avec Doris, ignorant qu'elle l'observait.

Elle ne l'avait pas vu aussi détendu depuis l'époque lointaine où il travaillait au dispensaire de Tarimond en compagnie de Maggie Goudie, son amour perdu. Le professeur Frost avait certes de drôles de méthodes pour soigner les fous, mais elles semblaient efficaces.

Doris était en pleine forme également. Elle attendait sa première portée et Francis prenait grand soin d'elle, lui choisissant les meilleurs morceaux parmi les restes pour la nourrir à la main. Lorsque la truie l'entendait approcher, elle arrivait en courant et glissait son groin à travers le portail, lui souhaitant presque la bienvenue. Et lorsqu'il avait fini de nettoyer la porcherie, il s'asseyait avec sa tête sur les genoux pour lui caresser le ventre. Il aimait toujours prendre un bon bain à l'occasion et volait parfois un peu d'eau aux cochons pour se laver les mains, mais son obsession semblait moins envahissante. Vi l'avait même vu entrer dans la salle à manger avec un peu de saleté sous les ongles ! Dans ses lettres, elle était donc très optimiste. Elle était surprise de devoir encore les envoyer à Londres. Elle aurait pourtant cru que le duc regagnerait Glendarvie aussitôt après les funérailles de la reine. Il avait dû trouver un certain charme à la ville, finalement.

En fait, Gus ne se plaisait pas du tout à Londres, mais tant que Montmorency était malade, il se sentait obligé de rester. Il voulait également garder un œil sur son fils. Il voyait bien que Jack filait un mauvais coton et il s'inquiétait pour lui, même s'il savait pertinemment que rien ne pourrait le convaincre d'arrêter de traquer les anarchistes. Il resta donc. Et après avoir tourné en rond un moment, il annonça qu'il avait trouvé comment s'occuper.

– Ah bon ? fit Jack qui n'écoutait que d'une oreille.

– Oui, je vais faire réaliser mon portrait.

– En quel honneur ?

– C'est une tradition dans la famille. Les ducs de Monaburn se font représenter en habit d'apparat pour fêter chaque couronnement. Tu n'es pas au courant parce que cela fait longtemps que nous n'avons pas eu de nouveau monarque.

– Mais le couronnement n'aura sans doute pas lieu avant l'an prochain, père. Est-ce bien approprié d'avoir des préoccupations aussi futiles alors que le pays est censé être en deuil ?

– De toute façon, un peintre va nous rendre visite. Béatrice nous l'envoie de Florence. C'est le fils d'un de ses vieux amis et elle lui a déjà dit qu'il pouvait habiter chez nous. Il paiera son séjour en peignant mon portrait. Quant à tes inquiétudes, je ne vois pas en quoi ce serait manquer de respect à notre défunte reine de passer des heures debout en tenue de cérémonie. Je te parie que le roi a des distractions plus amusantes à l'abri des murs du palais.

– C'est qui, ce peintre ? voulut savoir Jack. Espérons qu'il ne s'agit pas d'un de ces impressionnistes qui vous donneront l'air d'une tomate dans le brouillard.

Le duc tira de sa poche la dernière lettre de sa femme. Elle y faisait le récit des funérailles de Verdi. Elle savait que Montmorency voudrait avoir tous les détails des deux cérémonies qui s'étaient tenues en son honneur. Le paragraphe concernant le peintre était sur la dernière page.

– Eh bien, il s'appelle Paolo Vannini et c'est un artiste très réputé en Italie. Ces illuminés dont tu me parles sont tous français, il me semble. Béatrice dit que la mère de ce garçon était anglaise et qu'il a suivi sa scolarité ici, il devrait donc être fréquentable. D'après elle, il est très doué. Je me fie à son jugement. Et de toute façon, il fera ce que je lui dis. Ce portrait devra être de la même facture que ceux qui sont déjà à Glendarvie. J'y veillerai.

– Et quand doit-il arriver ?

– Bientôt. Il est sans doute déjà en chemin.

– Qu'allons-nous lui dire ? s'inquiéta Jack. Dois-je faire semblant d'être un domestique ou pouvons-nous le mettre dans la confidence ?

Le duc réfléchit un instant.

– C'est délicat. Je n'ai aucune idée de ce que Béatrice lui a expliqué et je ne peux pas le lui demander. L'inspecteur Howard tient à ce que nous soyons extrêmement prudents dans nos échanges. Si seulement Montmorency était en état, je lui demanderais son avis. En attendant, il vaut sans doute mieux ne rien changer. Pour notre visiteur, tu seras Jack Lecassé, d'accord ?

– Ça me va. Ce sera plus simple que de passer d'un rôle à l'autre. Et pour être honnête, je commence à m'habituer à mon nouveau personnage.

« Un peu trop, peut-être », pensa Gus en regardant

son fils boudiné dans ses vêtements, les yeux injectés de sang. Mais il n'avait pas le courage d'aborder la question et préféra l'éluder avec humour.

– Eh bien, puisque tu apprécies ton rôle de domestique, peux-tu me servir un autre whisky ?

– Avec plaisir, monsieur le duc, répondit Jack en remplissant également son verre.

Dans la semaine qui suivit, Chivers leur annonça l'arrivée de Vannini. Gus descendit l'accueillir tandis que Jack déchargeait ses nombreux bagages en luxueux cuir italien, ainsi que son matériel de dessin et un chevalet de voyage maculé de peinture. Le visiteur était grand, presque de la même taille que Gus mais, contrairement à lui, il avait d'épais cheveux bruns et soyeux. Il était également beaucoup plus mince et possédait la santé et la vitalité propres à ses vingt-cinq ans. Le duc lui tendit la main et il la serra fermement. Gus fut surpris de l'entendre parler anglais avec un accent parfait.

– Paul Vannini, à votre service, dit-il avec un grand sourire.

– Bienvenue, monsieur Vannini.

– Oh non ! appelez-moi Paul. Quand je suis en Angleterre, c'est Paul, pas Paolo. Je me sens vraiment chez moi ici, et mon prénom italien ne sonne pas bien dans votre langue.

– Bienvenue, Paul, reprit le duc, soulagé que son épouse lui ait envoyé un compagnon sympathique et cultivé.

Il commença à se détendre, mais se raidit à nouveau

quand le visiteur lui adressa un clin d'œil en demandant :

– Et voici Jack, je suppose.

Où voulait-il en venir ? Essayait-il de leur faire comprendre que Béatrice l'avait mis dans la confidence et qu'il était au courant que Jack était en réalité Frank ? Comment était-il censé réagir ?

Devant l'air troublé de son père, Jack décida d'intervenir, en continuant à jouer son rôle, comme prévu.

– Oui, monsieur. Jack Lecassé, monsieur. Si vous voulez bien me suivre, je vous conduirai à votre chambre.

Il porta les bagages au premier étage. Paul referma la porte derrière eux.

– Bravo, Frank. J'ai essayé de vous tester, mais vous vous en sortez parfaitement bien. Continuez.

– Alors appelez-moi Jack, je vous prie. Pas Frank. Même mon père a compris qu'il était trop risqué d'alterner les deux.

– Désolé, fit Vannini. Vous avez raison de vous montrer prudent. Je veux que vous sachiez que la duchesse m'a tout raconté. Elle n'avait pas le choix, car elle voulait me confier des messages de la plus haute importance. Elle m'a envoyé pour vous aider, si vous avez besoin d'aide, bien entendu.

– Oui, nous aurions bien besoin d'aide, si seulement nous avions une piste à suivre, soupira Jack. Après avoir traqué en vain Malpensa et Moretti, nous tentons de mener une vie tranquille. Sans succès également. Le pauvre Montmorency est malade et trop faible pour nous expliquer comment il en est arrivé là. Les femmes ont-elles progressé de leur côté à Florence ?

– Oh que oui ! affirma Vannini. C'est même pour cette raison que je suis là, en réalité.

Et il dévissa un pied de son chevalet pour en tirer un rouleau de papier caché à l'intérieur.

– Regardez.

24
Le document

La feuille était couverte d'une écriture penchée, serrée, de véritables pattes de mouche. Jack maîtrisait parfaitement la langue italienne depuis son long séjour à Florence, deux ans auparavant, pourtant, il ne saisissait pas le sens de ce document. On aurait dit une dissertation sur les édifices religieux entrecoupée de citations de saints catholiques.

– Désolé, fit-il, déçu. Je n'y comprends rien.

– Normal, répliqua Vannini, c'est en langage codé.

– Quoi ! Vous en avez inventé encore un autre !

– Pas nous…

– Qui ça, alors ? Les anarchistes ?

– Tout à fait. Nous ne savons pas qui l'a rédigé, mais visiblement c'est quelqu'un qui a une certaine autorité… enfin, si tant est que ce soit possible au sein d'un mouvement visant la destruction du pouvoir.

Jack examina le document de plus près.

– Comment est-il arrivé entre vos mains ?

– Je crois que c'est le père d'Angelica, le commissaire de police, qui l'a remis à Alexander. C'est une copie, évidemment, mais très fidèle. Alex, Béatrice et Angelica se sont longuement penchés dessus et ils pensent l'avoir déchiffré.

Il exposa leur théorie à Jack, éclaircissant pas à pas cette histoire confuse de moines du Moyen Âge et de restauration d'églises. Certains indices laissaient penser que le texte avait dû être écrit après les funérailles de la reine Victoria. Il fallait triturer mots et phrases, remplacer certains chiffres par des lettres, pour que le sens apparaisse enfin : leur projet d'attentat à Londres ayant échoué, Malpensa et Moretti devaient se rejoindre en Amérique pour trouver de nouvelles cibles.

Jack avait encore le manuscrit à la main.

– Donc ils ne sont plus là ? Ils ont quitté Londres ?

– On dirait bien.

Jack était abattu par la nouvelle.

– Ce qui signifie que j'ai encore perdu mon temps à chercher au mauvais endroit. J'aurais dû partir en Amérique juste après l'enterrement. Je me doutais que Moretti n'était pas en Angleterre, et Malpensa non plus. J'aurais dû m'occuper de son cas lorsqu'il était en Écosse. J'ai encore échoué !

– Mais non, Jack. Vous avez bien fait de rester au chevet de Montmorency. Ne vous emportez pas. C'est plutôt une bonne nouvelle.

– Comment pouvez-vous dire ça ?

– Relisez bien le message. Ce qui n'est pas dit est tout

aussi important. Il ne fait pas référence à vous, ni à Montmorency. Visiblement, vous pouvez vous détendre un peu. Les anarchistes ignorent que vous êtes à leurs trousses et ils ne semblent pas être à votre recherche. Cependant, il vaut mieux continuer à afficher la plus grande prudence, à mon avis.

Jack regarda à nouveau le document.

– Mm, je vois. C'est peut-être une bonne nouvelle, dans un sens. En tout cas, il faut mettre mon père au courant.

– Oui, acquiesça Paul en dévissant un autre pied du chevalet. J'ai une seconde lettre. La duchesse y explique en détail pourquoi elle m'envoie et ce que je sais. Je pense qu'il vaudrait mieux lui donner celle-ci en premier.

Ils descendirent, mais ne trouvèrent pas le duc au rez-de-chaussée. Finalement, ils le dénichèrent au sous-sol, en train de discuter avec la cuisinière. Gus les accueillit chaleureusement.

– Bonne nouvelle ! s'exclama-t-il, les laissant interdits.

Comment pouvait-il être déjà au courant ? Mais ils comprirent bientôt qu'il faisait référence à tout autre chose.

– Montmorency s'est réveillé. Il est lucide, il parle et il a demandé à manger.

Jack monta voir son ami pendant que la cuisinière préparait un bouillon léger, et Paul prit Gus à part pour lui remettre la lettre de Béatrice. Montmorency était encore faible, mais semblait dans de bonnes dispositions. Jack ne put s'empêcher de lui apprendre que Malpensa et ses camarades ne semblaient pas se soucier de lui ni de l'endroit où il se trouvait. Montmorency parut dévasté par la nouvelle. Il retomba sur ses oreillers en gémissant :

– Oh non, si seulement j'avais su ! Mon orgueil me perdra !

– Qu'est-ce que vous voulez dire ?

– Je comprends maintenant. Malpensa ignorait qui j'étais.

– Et il l'ignore toujours, pour autant que nous le sachions, affirma Jack. Il n'a aucune raison de penser que nous voulons nous venger de lui pour la mort de George. Si nous arrivons à le retrouver, nous le prendrons par surprise.

– Non, Jack, maintenant il sait qui nous sommes. Et même si je n'apparais pas dans ce document, je suis sûr qu'il me reconnaîtrait s'il me voyait. Dorénavant, par ma faute, il sera sur ses gardes, encore plus difficile à coincer.

– Mais comment ça ?

– Lorsque je l'ai repéré dans la foule, le jour de la procession, il n'a pas semblé me reconnaître. Il pensait que j'étais de la police. Mais quand je me suis battu avec lui, je n'ai pas pu m'empêcher de lui dire qui j'étais. Je ne voulais pas qu'il s'imagine que je protégeais seulement le roi. J'étais tellement sûr et certain que l'un de nous deux ne sortirait pas vivant des égouts. Je voulais qu'il sache qu'il payait pour la mort de George.

Voyant que son ami se mettait dans tous ses états,

Jack se retint de dire ce qu'il pensait : que leur tentative de vengeance était un fiasco complet. Pour commencer, ils s'étaient embarrassés de précautions inutiles et, maintenant, à cause de Montmorency, ils avaient perdu leur seul avantage. Mais Jack s'efforça de le réconforter :

– Ne vous inquiétez pas. Vous ne pouviez pas savoir que Malpensa ne vous avait pas reconnu. Ce n'est pas votre faute. Le plus important, c'est que vous vous en soyez sorti. Et dès que vous serez remis sur pied, nous filerons en Amérique pour les retrouver, Moretti et lui.

Montmorency ne voulait rien entendre.

– Désormais, Malpensa se méfiera. La seule chose que j'avais à faire, c'était me taire… et au lieu de ça, je lui ai dit qui j'étais et pour quelle raison je le traquais. Tout est clair maintenant. Tu avais raison, tout au début, quand tu as dit que Malpensa ne faisait jamais le sale boulot lui-même. J'aurais dû comprendre pourquoi il venait à Londres. Tu ne saisis pas ? Nous n'avons pu repérer aucun anarchiste parce qu'il n'y en avait pas. Leur réseau est complètement démantelé. C'est pour cela que Malpensa assistait à la procession, il devait agir seul, pour une fois, parce qu'il n'y avait personne pour le faire à sa place. Et il n'était pas prêt. Il a pris la fuite dès qu'il s'est senti menacé. Ceux qui étaient sous ses ordres avaient plus de cran que lui. Ils ont tout sacrifié pour mener à bien leurs missions. Mais lui, il a détalé. Sa propre existence a trop de valeur à ses yeux pour qu'il me laisse en vie. Où qu'il aille, il me guettera, dorénavant.

Jack aurait voulu lui dire que non, mais il voyait bien qu'il avait raison. Montmorency avait le souffle court, il se cramponnait à lui, poussant des cris désordonnés, de rage et de désespoir. Il essaya de prendre son visage entre ses mains, l'appelant tour à tour Frank, Jack ou Lecassé. Son ami essaya de le calmer, répondant à chacun de ces noms, affirmant que tout allait bien se passer. Mais lorsque Gus et Vannini entrèrent dans la chambre avec un bol fumant, Montmorency sombra de nouveau dans le coma.

25
Le portrait

– Pas la peine de verser dans l'hystérie ! s'écria Gus pour tenter de calmer Jack qui se démenait pour ranimer son ami. Je vais appeler le médecin. Recule un peu pour lui laisser de l'air.

– Votre père a raison, intervint Vannini. Si nous paniquons, ça ne l'aidera pas.

Mais Jack restait sourd.

– Regardez-le, il est livide ! Je croyais lui apporter de bonnes nouvelles et j'ai aggravé son état !

– Il va s'en remettre, assura le peintre en posant la main sur le front de Montmorency. Il n'a pas de fièvre. C'est le choc, voilà tout.

La voix forcée que Gus réservait aux communications téléphoniques résonna dans le hall :

– Très bien, nous vous attendons dans un quart d'heure. Au revoir, docteur. Au revoir.

– Voilà, fit Paul. Le médecin arrive. Détendez-vous.

La meilleure chose à faire, ce serait d'échafauder un plan d'action pour le présenter à Montmorency quand il se réveillera.

– Un plan ? répéta Jack. Mais comment ? Malpensa sait tout. Il sait qu'on est à ses trousses. C'est fichu !

– Mais non, affirma le duc en revenant. Réfléchis, Jack. Avant que Paul n'arrive, Montmorency et toi, vous étiez persuadés que Malpensa vous traquait. En fait, il ne s'est écoulé qu'un court moment, une heure tout au plus, où tu as cru le contraire. Et tu viens d'apprendre qu'il va sans doute éviter Montmorency dorénavant.

– L'éviter ? Après ce qui s'est passé dans les égouts, il veut le tuer, oui.

– Il risque de montrer une certaine hostilité envers lui, effectivement. Mais nous avons de bonnes raisons de croire qu'il ne se trouve pas en Grande-Bretagne actuellement. Et qu'il n'est pas au mieux de sa forme. Je suis sûr que Montmorency l'a salement amoché.

– D'accord, mais en définitive ça ne sert à rien que Paul soit venu ici, fit valoir son fils. On se retrouve au point de départ.

Vannini le coupa :

– Mais non ! Alexander est sur la piste d'un groupe d'anarchistes en Italie…

Jack émit un reniflement méprisant.

– Alex ! À mon avis, il est plutôt en train d'admirer les sculptures et les fresques.

– Et il semble que les hommes qui vous intéressent soient aux États-Unis.

– C'est grand, l'Amérique. On ignore où chercher. Et de toute façon, Montmorency ne sera pas en état de faire le voyage avant longtemps. Vous croyez que je devrais y aller tout seul ?

– Non ! s'écria le duc. Je m'y oppose formellement ! Tu restes ici. Tout le monde reste ici le temps que Montmorency se remette. En attendant, Paul peindra mon portrait.

Jack savait que ce n'était pas la peine de contredire son père. Et il ne voyait pas comment traquer Malpensa et Moretti seul. Il se renferma dans un silence boudeur.

Paul tenta de réchauffer l'atmosphère.

– Oui, le portrait ! Vous avez une idée de ce que vous voulez ?

Gus lui décrivit les autres portraits de Glendarvie et fut ravi d'apprendre qu'il peignait volontiers dans un style académique. Il représenterait le duc dans sa tenue d'apparat, sur un fond approprié. Ce dernier point présentait quelque difficulté : Gus habitait la campagne alors que le tableau allait être réalisé à Londres. Mais Paul décida de commencer par le personnage, quitte à se rendre à Glendarvie dans un second temps pour élaborer le décor.

– C'est de la triche, commenta Jack.

– Oui, mais de nombreux artistes procèdent de cette manière. Même les plus célèbres. En fait, les plus grands peintres sont souvent les plus grands tricheurs. Ils se contentent de représenter le visage et confient le reste à leurs élèves. Au moins, là, c'est moi qui peindrait tout le tableau.

– Bien, comment souhaitez-vous que je me tienne ? demanda le duc en adoptant une posture théâtrale.

– Pour le moment, pas la peine de prendre la pose. Il faut d'abord que je fasse quelques croquis d'étude, expliqua Paul. Pour me familiariser avec vos expressions, vos gestes. Nous nous attaquerons aux choses plus sérieuses dans quelques jours. Si cela ne vous dérange pas, je vais commencer par vous suivre avec mon carnet de croquis. Ne faites pas attention à moi. Continuez à vivre votre vie comme si je n'étais pas là.

On sonna à la porte et ils entendirent Chivers escorter le médecin au premier étage. Il examina Montmorency et les rassura en affirmant que ce genre de rechute se produisait souvent. D'après lui, le patient reprendrait bientôt conscience. Il leur laissa quelques bouteilles d'un coûteux élixir vitaminé à lui administrer à ce moment-là.

Effectivement, Montmorency reprit connaissance vers midi le lendemain. Ce repos lui avait été salutaire. Gus le convainquit qu'ils avaient encore toutes leurs chances de coincer Malpensa et que, s'il s'appliquait à retrouver la santé, il pourrait bientôt embarquer pour l'Amérique en compagnie de Frank. Il lui présenta Paul Vannini et les deux hommes sympathisèrent immédiatement.

Montmorency fut ravi d'avoir des nouvelles fraîches d'Italie et d'entendre l'interprétation que lui donna Paul du document codé. La cuisinière lui prépara à nouveau du bouillon et Montmorency se remit vite. Deux jours plus tard, il descendit au rez-de-chaussée et s'installa dans une chaise longue pour admirer l'artiste à l'œuvre.

Paul en était toujours au stade du croquis. Il suivait les moindres faits et gestes de Gus en lui répétant d'oublier sa présence. Le duc s'y efforçait mais, du coin de l'œil, il apercevait Paul juste au moment où il était avachi ou en train de se décrotter le nez. Il s'empressait alors de se redresser pour prendre une pose plus digne.

– Pas de ça, je vous en prie, détendez-vous, suppliait Paul.

Mais bien évidemment, plus on lui disait de se détendre, plus il se crispait, gâchant le travail du peintre.

– Je peux regarder ? demanda Montmorency en s'approchant de lui avec ses béquilles.

– Oui, mais je ne suis pas content de ce dessin. Je n'ai pas encore réussi à saisir exactement son expression.

Montmorency se pencha. Paul avait raison. Il n'avait pas dessiné Gus. Il avait en revanche fait un portrait étrangement ressemblant de son frère jumeau.

– Mon Dieu…, fit Montmorency. Regardez, Gus. C'est George.

Le duc posa le livre qu'il faisait semblant de lire.

– Bonté divine ! Ça alors, c'est extraordinaire. Nous étions presque identiques, vous savez, Paul. Mais vous êtes parvenu à mettre en évidence ce qui nous différenciait.

– Je ne l'ai pourtant jamais rencontré, se défendit le peintre. C'est le plus complet hasard.

Montmorency s'empara du carnet de croquis pour l'examiner à la lumière.

– Puis-je prendre ce portrait ? J'ai quelques photographies de George mais aucune qui soit aussi expressive.

– Bien sûr, répondit Vannini. Je ne veux pas le conserver, il est complètement raté.

– Mais non, c'est un chef-d'œuvre, au contraire. Je vais le garder précieusement. D'ailleurs, pourrais-je vous commander un portrait de George lorsque vous aurez fini celui de Gus ? Ou même un tableau nous représentant ensemble, George et moi ? Vous seriez capable de me faire ça ?

– Eh bien, peindre quelqu'un que je n'ai jamais vu n'est pas une requête ordinaire… Mais si vous y tenez vraiment, je ne vois pas pourquoi ce ne serait pas possible. Je sais que vous étiez très proches.

– Je lui dois tout, expliqua Montmorency. Même la vie, à vrai dire. George et Robert m'ont sauvé de la mort plus d'une fois.

– Robert ? fit Paul, perplexe, avant de réaliser de qui il s'agissait. Oh, le docteur Farcett. L'homme qui est interné en Écosse, c'est ça ?

– Tout à fait. Un homme de cœur. Même malade, il a accepté de changer d'identité pour nous aider. Je craignais que ce ne soit trop lui demander, mais il a l'air déterminé à jouer le rôle de Lord Francis Fox-Selwyn. Peut-être trop, même. J'ai l'impression qu'il a un peu oublié qui il était vraiment.

Montmorency se tourna vers Gus.

– Avez-vous eu des nouvelles de Strathgillon récemment ? Quelle honte, j'étais tellement préoccupé par mes petits ennuis que j'ai à peine pensé à Robert depuis que je suis tombé malade.

– Apparemment, il va mieux. Vi n'est pas très bavarde dans ses lettres. Elle se montre extrêmement prudente, comme nous le lui avons recommandé.

– Parle-t-elle de Tom ? demanda Montmorency d'un ton qu'il voulait dégagé, sans montrer qu'il s'inquiétait pour son fils.

– Pas un mot, répondit Gus. Mais, à mon avis, il n'a aucun mal à se faire passer pour un domestique. Malgré ses origines.

Montmorency toussota afin de rappeler la présence du peintre au duc. Pourtant celui-ci poursuivit :

– Oh, ne vous en faites pas. Paul est au courant, pour Tom. Il sait que ce garçon est tout ce qui nous reste de George. Vous seriez étonné de voir comme les langues se délient lorsqu'on se fait peindre le portrait. Je lui ai raconté tout ça durant l'une de nos séances de pose.

Gus changea soudainement de ton.

– C'est fou, quand on y pense. Que ce jeune rustre soit le fils de George. Une malheureuse affaire. Je me demande si je ne devrais pas m'inquiéter davantage de son éducation afin de le préparer au monde dans lequel il devra vivre lorsqu'il recevra son héritage.

Montmorency savait qu'il aurait dû lui dire la vérité, lui avouer que Tom n'était pas le fils de George. Vi avait été tout à fait explicite dans l'une de ses premières lettres. Il se devait d'être honnête, maintenant que Tom était au courant. Mais il avait du mal à trouver les mots. Il allait se lancer quand Jack fit irruption dans la pièce. Il apportait moins de soin à son déguisement ces derniers temps. Lorsqu'il tendit le bras pour prendre une part de gâteau sur le plateau d'argent, Montmorency ne put s'empêcher de remarquer les poils roux qui couvraient ses mains.

Il s'alarma soudain :

– Jack, tes poils, tes cheveux ! Il faut que tu continues à les teindre. On ne peut pas prendre de risques. Et si nous étions sous surveillance ?

Le jeune homme allait répliquer qu'il se sentait désormais parfaitement en sécurité dans les rues de Londres et qu'il ferait plus attention lorsqu'ils partiraient en Amérique, mais l'angoisse qu'il vit briller dans les yeux de Montmorency l'arrêta. Il ne tenait pas à ce que son ami replonge dans son délire fiévreux, comme la dernière fois. Jack promit donc d'être plus prudent. Puis son regard tomba sur les croquis de Vannini.

– Ça alors ! Incroyable ! C'est oncle George. Oh, Paul ! J'aimerais tellement avoir un portrait de lui. Vous pourriez m'en faire un ?

– Nous aimerions tous en avoir un, affirma le duc. Et peut-être serait-il judicieux que le jeune Tom en possède également un. Nous étions justement en train de parler de lui. C'est ton cousin, après tout.

N'y tenant plus, Montmorency intervint. Tout le monde était là, c'était le bon moment.

– Excusez-moi, Gus, mais en réalité… non.

– Comment ? Que dites-vous ?

– Tom n'est pas des vôtres.

– Comment ça ? Il est de la famille. Sinon pourquoi diable George lui aurait-il légué autant d'argent ?

– Je l'ignore. Et il est trop tard pour lui poser la question. Mais je connais en revanche l'identité du père de Tom. Il est grand temps que je l'assume. Tom est mon fils. Vi est catégorique.

Personne ne savait comment réagir. Gus n'aurait pu dire si l'émotion qu'il ressentait était une profonde déception ou un immense soulagement. Jack, qui avait toujours considéré Tom comme un camarade de jeu plus que comme un cousin, n'avait, lui, pas trop de mal à croire ce qu'il venait d'entendre. Jamais il n'avait réussi à voir en ce garçon mince et brun le fils de son oncle George et il avait été très surpris en apprenant qu'il en avait fait son héritier.

Montmorency, affreusement mal à l'aise, tenta de faire diversion.

– Je suis entièrement d'accord avec vous, Gus. Il est grand temps de s'occuper de l'éducation de ce garçon. Peut-être sauriez-vous me conseiller ?

Un peu gêné d'avoir assisté à une conversation aussi intime, Paul proposa :

– Je peux peut-être vous aider. Je pourrais me rendre à Strathgillon afin d'être le précepteur de Tom. Ma propre scolarité n'est pas si lointaine et je pense pouvoir lui enseigner les bases. Je pourrais même lui apprendre à peindre, si cela l'intéresse.

– Quelle bonne idée ! s'écria Gus, content de revenir à des considérations plus pratiques. Et vous pourriez profiter que vous êtes dans les parages pour vous rendre à Glendarvie et peindre le décor de mon portrait.

– Et aussi tenter d'en apprendre davantage sur ce que Malpensa a bien pu bricoler là-bas pendant si longtemps, enchaîna Montmorency. Je ne comprends toujours pas. Vous pourriez également nous donner votre avis sur l'état de Robert. Vous savez, à propos des réserves que j'ai émises un peu plus tôt. Je ne voudrais pas que ce changement d'identité le perturbe trop. Vous nous direz comment il s'en sort. S'il a besoin de quelque chose. Bien sûr, il faudra que l'on vous apprenne notre code. Nous devons rester sur nos gardes. À part ce document que vous nous avez apporté d'Italie, nous n'avons aucune certitude que Moretti et Malpensa aient vraiment quitté le pays.

– Je comprends. Mais je n'aurai peut-être pas besoin du code. En voyant Gus peiner à déchiffrer la lettre de Vi l'autre jour, j'ai pensé à un autre moyen de communiquer. Si je me rends à Strathgillon, je pourrai le mettre en pratique : il s'agirait de cacher des messages dans mes tableaux.

– Hein ? Vous voulez faire des rébus ?

– Non, non. Regardez…

Il décrocha un cadre.

– Ce petit paysage peint à l'huile ne présente pas grand intérêt, n'est-ce pas ?

– Pour être honnête, je ne l'avais jamais remarqué avant que vous ne l'ôtiez du mur, reconnut Montmorency. Il devait être là quand j'ai emménagé. Pourquoi cette question ?

– Parce que je voudrais réaliser une expérience, si cela ne vous ennuie pas. Mais si ça ne fonctionne pas, la peinture risque d'être endommagée.

– Oh, allez-y ! Vous avez piqué ma curiosité.

Paul Vannini fouilla dans son matériel et en tira une fiole d'encre et une de vernis.

– Maintenant, imaginez que je veuille vous dire quelque chose. Quelque chose qui sort des codes que vous avez prévus. Prenons une courte phrase, juste pour essayer.

– Que diriez-vous de « Frank est à Tarimond » ? suggéra Jack.

– Parfait. Je vais l'écrire ici sur ces gerbes de maïs dans le coin, d'accord ?

Ils le regardèrent faire.

– Maintenant laissons sécher une minute. Je vais assombrir légèrement ce vernis et en passer sur tout le tableau.

Le paysage lumineux perdit aussitôt de son éclat. Il paraissait vieux, poussiéreux.

– Mm, il est mieux ainsi, commenta Montmorency en riant.

– Alors, fit Paul, est-ce que vous voyez mon message ?

Ils examinèrent tous attentivement le tableau. Jack pensait avoir repéré le « T-a-r » de Tarimond mais les autres étaient sans voix.

– Mon écriture s'est fondue dans le tableau, conclut le jeune peintre. Maintenant, allons faire un tour en attendant que le vernis sèche.

Comme l'heure du dîner approchait, ils se rendirent

dans la salle à manger, heureux d'échapper à l'odeur entêtante du produit.

– J'ai deviné votre intention, affirma Jack. Vous allez ôter le vernis pour révéler le message.

– J'espère que ça va fonctionner, fit Paul. J'ai peur que l'encre ne parte avec.

– On peut essayer, maintenant ? demanda Gus, tout excité.

– Non, c'est encore trop tôt. En principe, il faudrait attendre une semaine. Les tableaux mettront plusieurs jours à être acheminés d'un endroit à un autre, et entretemps, le vernis durcira. Il risquera donc d'être un peu plus difficile à enlever. Mais je n'ai pas la patience d'attendre autant. On tentera l'expérience après le repas.

Après avoir dîné en vitesse, ils s'empressèrent de regagner le salon de dessin. Montmorency prit le tableau pour l'admirer.

– Ce vernis lui donne un petit air ancien qui n'est pas pour me déplaire. Et personne ne pourrait soupçonner qu'il y a un message caché là-dessous.

– Espérons qu'il y soit encore ! s'exclama Paul.

Il prit un morceau de coton qu'il imbiba d'un liquide odorant.

– Quelle puanteur ! s'exclama Gus.

– Oui, c'est très fort. Mais il le faut, j'espère que cela va dissoudre le vernis.

Il frotta le coin du tableau.

– Oui, parfait, il se ramollit.

Les autres s'attroupèrent autour de lui tandis qu'il essuyait la pâte gluante. En dessous la peinture avait retrouvé tout son éclat et on lisait clairement le message : « Frank est à Tarimond. »

– Bien joué, Paul, fit Gus. Vous nous laisserez une fiole de produit et ainsi nous pourrons découvrir vos messages sans avoir à les décoder ! Quel soulagement !

– Mais où allez-vous trouver tous ces tableaux ? voulut savoir Jack.

– Je les peindrai, voyons. Ou ce sera Tom. Ou même le docteur Farcett. Je leur donnerai des cours. N'oubliez pas que j'y vais pour ça, après tout. Bon, maintenant, essayons d'ôter l'encre.

Vannini fit plusieurs essais, sans parvenir à trouver un mélange qui efface le message.

– Je suis terriblement confus, Montmorency. J'espérais pouvoir redonner à ce tableau son aspect initial. Voulez-vous que j'ôte le reste du vernis pour que vous puissiez le raccrocher au mur ? Je ne pense pas que quiconque remarque les quelques mots griffonnés dans le bas.

– Non, non, ne vous donnez pas cette peine. Mais, quand vous serez en Écosse, ne nous envoyez pas de chefs-d'œuvre, sinon nous aurons trop de scrupules à les jeter après avoir lu le message.

Paul remballa son matériel, abandonnant le tableau dans un coin, étrange paysage sombre avec un coin plus clair, étincelant à la lueur du feu.

– J'ai hâte d'être à Strathgillon. Je partirai dès que j'aurai fini votre portrait.

– Oh, ne vous en faites pas pour ça, le rassura Gus, ravi à la perspective de pouvoir enfin vaquer à ses occupations sans être espionné. Nous avons encore du temps devant nous, avant le couronnement.

Montmorency était également soulagé. Cette histoire de tableau leur avait permis d'oublier ses révélations au sujet de Tom. Maintenant, c'était fait. Il n'y avait plus de secret, il allait enfin pouvoir traiter son fils comme tel en public. Il décida de lui rendre visite à Strathgillon, dès qu'il serait en état de voyager.

26
Démasqué !

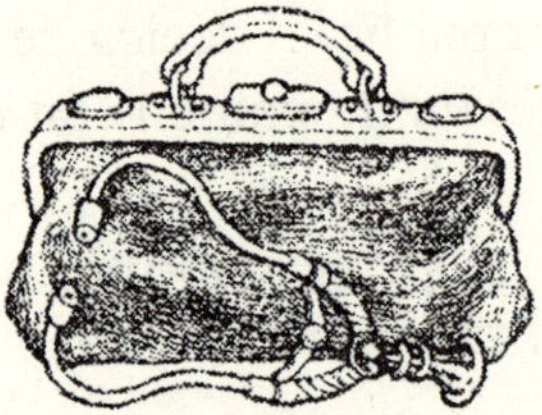

Paul Vannini se plut tout de suite à Strathgillon. Il peignait chaque jour, conservant les œuvres dont il était fier, et mettant également de côté des « croûtes » pour le jour où il aurait besoin d'envoyer un message. Le professeur Frost le prit tout de suite en amitié et accepta avec plaisir qu'il donne des cours à Tom et encourage certains patients à peindre pour passer le temps.

Lorsque Paul se retrouva seul avec Tom, il lui remit une lettre de Montmorency, où celui-ci lui promettait d'être un meilleur père dans le futur. Vi confia au jeune peintre son soulagement que la vérité soit enfin faite.

Quant au docteur Farcett – ou plutôt Lord Francis Fox-Selwyn –, Vi et le professeur Frost se réjouissaient de ses progrès, cependant Paul ne partageait pas leur enthousiasme. L'homme était calme et poli, discutant volontiers d'art ou de la campagne environnante. Il parut fier de lui présenter ses cochons, en particulier Doris, l'énorme truie gestante. Mais chaque fois que Paul essayait de lui parler de ce qui se passait à Londres, des avancées de la mission contre les anarchistes, il se fermait. Il ne répondait ni au nom de Farcett ni au titre de docteur, répétant invariablement qu'il s'appelait Francis, Lord Francis Fox-Selwyn. Lorsque Paul fit allusion à sa carrière de médecin, il nia. Au début, le jeune peintre pensa qu'il se montrait simplement prudent. Après tout, rien ne lui prouvait qu'il n'était pas un ennemi. Mais, au fil du temps, Paul se rendit compte que son obsession de la propreté avait été remplacée par une autre maladie. Farcett se prenait réellement pour Francis Fox-Selwyn. Il avait complètement oublié sa véritable identité.

Paul envisagea d'envoyer un message à Gus et à Montmorency pour leur demander la permission de révéler la vérité au professeur Frost. Mais il lui semblait difficile de cacher une requête aussi complexe dans un tableau. Puisque Montmorency lui avait fait part de ses inquiétudes quant à la santé mentale de Robert Farcett, il estima que cela lui conférait le droit d'agir de sa propre initiative. Il décida donc un soir d'aller voir Frost pour lui révéler qui était vraiment son patient.

Il frappa à la porte de son bureau.

– Entrez.

Le jeune peintre fut surpris de trouver le professeur dans une pose parfaitement détendue, les pieds sur la table, en train de lire un magazine tout en fumant la pipe.

– Ah, Paul ! fit-il en reprenant une attitude plus digne. Quelle bonne surprise. J'allais justement me préparer une tasse de thé. Voulez-vous vous joindre à moi ?

– Oui, merci, professeur. Mais je voulais vous parler d'un sujet sérieux.

Il se mit à bafouiller.

– Ce n'est pas facile... C'est assez délicat.

– Oh, non ! J'espère que vous ne voulez pas un avis médical. Je suis sûr que vous comprendrez que, même dans mon métier, on a besoin de décrocher de temps à autre.

– Bien sûr. Non, non, il ne s'agit pas de moi. C'est à propos de l'un de vos patients.

Il lui raconta dans les grandes lignes la véritable histoire du docteur Farcett et ce qui l'avait amené à Strathgillon.

– Extraordinaire, souffla Frost. C'est à peine croyable. Il m'a laissé perplexe au départ. Il me semblait plus âgé qu'il ne l'était. Mais jamais il n'a laissé soupçonner qu'il cachait son identité. Il est même très à cheval sur son nom : Lord Francis Fox-Selwyn.

– Tout à fait. Et il ne fait pas semblant. Vous n'avez pas remarqué ? Il y croit réellement. Comme ce pauvre homme qui passe ses journées à faire des discours dans le jardin, convaincu d'être le prince Albert. Robert Farcett est malade et il ne me semble pas bon de le laisser s'enfoncer dans sa pathologie.

– Mm, j'aimerais lui poser quelques questions. Allons le voir tout de suite. Je vais juste m'arranger un peu.

Le professeur alla dans la pièce voisine et revint avec sa blouse blanche.

– Bizarre, fit-il en refermant une porte au passage. En principe, ce placard est verrouillé. J'y range mon matériel médical d'urgence. Mes scalpels, etc. Juste au cas où. S'il y avait un accident ou autre. Ce n'est pas le genre d'instruments dont un psychiatre se sert tous les jours. Je vais quand même vérifier qu'il ne manque rien.

Son ton jovial s'évanouit.

– Oh, non ! Ma trousse n'est plus là !

Il se mit à paniquer.

– Il faut fouiller tous les patients. Comment cela a-t-il pu se produire ? Je ne comprends pas. Mademoiselle Brown !

L'infirmière arriva en courant et, aussitôt, le personnel passa l'hôpital au peigne fin en s'efforçant de cacher son inquiétude aux patients, conscient que l'un d'eux se promenait peut-être avec un instrument tranchant à la main. Au détour d'un couloir, Paul et le professeur Frost croisèrent Vi, complètement affolée.

– Francis a disparu, haleta-t-elle. Il n'est pas dans sa chambre. Je ne le trouve nulle part.

– On fait fouiller tout l'hôpital, répondit Frost. Je suis sûr qu'il ne doit pas être bien loin.

– Une infirmière m'a dit que des scalpels avaient été volés, c'est vrai ?

– Gardez votre calme, Vi, je vous en prie. Nous n'avons aucune raison de supposer qu'ils sont entre les mains d'un individu dangereux.

– Oui, mais il y a des patients déprimés, qui n'ont plus envie de vivre. Et si c'était l'un d'eux qui les avait pris, il risquerait de se blesser…

– Je sais, Vi, répondit le professeur, en tentant de ne pas laisser paraître son exaspération. C'est pour cela que nous faisons l'appel. Quand avez-vous vu Frank pour la dernière fois ?

– Au dîner. Il avait l'air contrarié. Préoccupé. Oh, professeur, vous ne pensez pas qu'il aurait pu faire une bêtise, hein ?

Paul la coupa :

– Non, Vi. Je suis sûr qu'il ne ferait jamais une chose pareille. Et j'ai une petite idée d'où il se trouve…

Il se tourna vers le médecin.

– Vous auriez une lanterne, professeur ? Nous devrions aller jeter un coup d'œil chez les cochons.

En sortant du bâtiment, ils aperçurent de la lumière venant de la porcherie. Vi courut devant.

– Il est là ! s'exclama-t-elle.

Puis les deux hommes l'entendirent étouffer un cri d'horreur. En la rattrapant, ils comprirent immédiatement pourquoi. Robert Farcett était à genoux dans la paille, les mains dans le sang jusqu'aux coudes. Doris, sa truie préférée, gisait devant lui, un chiffon dans la gueule et le ventre ouvert. Farcett leva la tête puis, d'une voix assurée que Frost ne lui connaissait pas, il ordonna :

– Venez m'aider. Nous n'avons pas beaucoup de temps.

Paul n'en revenait pas. L'incision était profonde.

« Pourquoi ? se demandait-il. Pourquoi tuer un animal qu'il aime tant ? »

Farcett reprit la parole :

– Tenez-lui la tête. Faites en sorte qu'elle inhale le produit. Ça lui évitera d'avoir mal.

Frost comprit alors ce qui se passait. Le chiffon était imbibé d'un anesthésique rudimentaire. Son patient n'avait pas éventré le cochon pour le tuer, mais pour le soigner.

– Elle était en difficulté, expliqua Farcett en glissant les mains dans l'abdomen de la truie. Les petits étaient coincés. C'était le seul moyen de les faire sortir.

Il dégagea sept petits corps, l'un après l'autre. Frost, Vi et Paul s'en chargèrent, les frictionnant, tentant de les faire respirer tandis que Farcett s'occupait de la mère. Il fouilla dans la mallette qu'il avait volée.

– Il faut la recoudre. Il y a le nécessaire là-dedans ?

Frost l'aida à trouver une aiguille à suture et du fil.

– Ça ne suffira pas.

– Attendez, intervint Vi en ôtant l'un de ses bas. Je n'ai qu'à détricoter ça.

Et elle tira un morceau de coton.

– On ne peut pas utiliser ça, affirma Frost. C'est de la folie de penser qu'on peut sauver cet animal. Il a été charcuté. Mieux vaut le laisser mourir.

– C'est sans doute de la folie, professeur, mais ici, nous avons tous le droit à notre part de folie, répliqua Farcett en s'efforçant de rapprocher les deux bords de l'incision. Soyez gentil, donnez-moi ma chance.

Frost se tourna vers Paul.

– Allez prévenir le personnel qu'on a retrouvé les scalpels. Au moins, le calme pourra revenir dans le service, même si c'est l'apocalypse ici. Je vais rester l'aider.

Durant l'heure qui suivit, le professeur, Vi et Farcett formèrent une étrange équipe chirurgicale, comme des urgentistes sur le champ de bataille, tentant de sauver la vie de Doris.

Vi confia les petits à une autre truie qui venait de mettre bas. Ils se blottirent contre elle et se mirent aussitôt à téter. Paul revint avec de l'eau chaude, des serviettes et du savon. Dans la pénombre, ils s'efforcèrent d'alléger les souffrances de Doris. Farcett refusait de l'abandonner. Il resta à lui caresser doucement la tête, alors qu'elle était déjà morte depuis longtemps.

Finalement, ce fut le professeur Frost qui rompit le silence.

– Vous êtes médecin, n'est-ce pas ?

– Oui, confirma Farcett, je suis médecin. Je tue des gens.

27
Un message d'Italie

À Londres, Jack se ruait sur la porte dès qu'il entendait le facteur, espérant qu'il lui remettrait un tableau. Mais dix jours s'étaient écoulés depuis qu'ils avaient reçu le premier : une nature morte sur un fond particulièrement sombre. Montmorency et le duc s'étaient disputé le privilège d'ôter le vernis. Gus avait gagné et s'était aussitôt attaqué au coin inférieur gauche de la toile. Les lettres étaient bientôt apparues.

Tout va bien. Tom est un gentil garçon. Il apprend vite.

– C'est tout ? s'était étonné Jack.

– Ce n'est pas possible, avait affirmé Montmorency. Donnez-moi le dissolvant, Gus. Je vais essayer.

Ils avaient nettoyé le tableau à tour de rôle. Mais au final, ils n'avaient découvert qu'une nouvelle phrase :

C'est juste un essai.

– Au moins, on sait que ça marche, avait conclu Jack, en s'efforçant de voir le bon côté des choses.

– Oui, mais ces vapeurs me donnent mal au cœur, avait déclaré Gus en jetant la toile dans la cheminée.

Elle avait pris feu d'un seul coup, et cette grande flamme chimique les avait fait reculer d'un pas.

– Vous vous rendez compte que vous venez de brûler un Vannini, avait commenté Montmorency. Si ça se trouve, ça vaudra une fortune, un jour.

– J'en doute, avait répliqué Gus. Surtout avec le gribouillis dessus. Autant l'utiliser comme combustible. Le prochain sera peut-être plus intéressant.

Mais ils n'avaient plus reçu ni tableau, ni courrier, jusqu'à l'arrivée d'une lettre de la duchesse, en provenance d'Italie. Entre deux paragraphes de potins mondains, elle y détaillait les travaux qu'il faudrait accomplir dans sa demeure au sommet d'une colline dominant Florence. Le véritable sens était bien camouflé : que Gus ne s'inquiète pas ; Béatrice et Angelica allaient bientôt quitter Florence tandis qu'Alexander resterait encore un peu. Il travaillait maintenant pour le ministère des Affaires étrangères britannique. Certains dossiers le retenaient, mais une fois qu'il les aurait réglés, il partirait également.

– Je reconnais bien mon frère. Quel égoïste ! s'écria Jack. Son travail est plus important à ses yeux que sa femme et sa belle-mère. Et où doit-il aller ensuite ?

– Je ne crois pas que ce soit indiqué, répondit Gus en survolant de nouveau la lettre à la recherche d'un autre message secret. Ah, là, là ! Quel charabia !

– Puis-je y jeter un œil ? proposa Montmorency.

Lorsque Gus lui tendit la lettre, une bande de dentelle tomba de l'enveloppe.

– Qu'est-ce que c'est que ça ?

– Oh, elle en parle dans sa lettre. Elle dit que c'est pour nettoyer mes lunettes. Mais je ne vois pas pourquoi, étant donné que je n'en porte pas.

– Justement ! s'exclama Jack. Il y a sûrement un sens caché…

Montmorency intervint :

– Cette dentelle va sans doute nous permettre d'y voir plus clair.

Il l'examina à la lumière. Ce n'était qu'un entrelacs de fils délicats… Soudain il remarqua des traces d'encre autour de certains trous.

– Regardez, on dirait que quelqu'un s'en est servi comme buvard.

Jack approcha.

– Ou comme cache, pour écrire dans les trous.

– Oui ! C'est ça ! s'écria Montmorency. Elle a posé la dentelle sur sa feuille et a noté son message dans les trous. Il n'y a plus qu'à reposer le tissu au bon endroit sur le papier.

Ce n'était pas si facile. Il étala les feuilles sur la table et plaça la dentelle dessus. Effectivement, des lettres apparaissaient dans les trous, mais ils eurent beau essayer différentes positions, ils ne voyaient qu'une liste sans suite, pas de mot identifiable ni de code cohérent.

Cependant, lorsqu'ils en furent à la page où Béatrice

annonçait qu'elle et sa belle-fille allaient quitter Florence, la dentelle se positionna parfaitement et, sur chaque ligne, une lettre se détacha clairement, formant le mot : « P-a-r-i-s ».

– Béatrice et Angelica partent pour Paris, affirma Montmorency. Je suis sûr que c'est ça.

– Faites voir, intervint Jack.

Il vérifia cette page, puis passa aux suivantes. En arrivant à celle qui concernait Alexander, d'autres lettres apparurent en diagonale.

– Washington ! s'exclama-t-il. Alex reste un peu à Florence avant de se rendre à Washington.

Gus se pencha sur la dentelle.

– Mais c'est que vous avez raison ! Ça ne peut pas être une simple coïncidence. Béatrice a dû d'abord noter les noms de ces villes, puis construire sa lettre tout autour. Pas étonnant que ce soit un peu confus.

– Pourquoi une telle précipitation ? Pourquoi tant de précautions ? s'étonna Montmorency.

– Eh bien, visiblement, ils estiment qu'il faut rester prudent, répondit Gus. Et je ne peux que m'en féliciter.

– J'aimerais aller à Washington, intervint Jack. Moi, je ne passerais pas tout mon temps en compagnie de vieux diplomates coincés, comme Alexander. Je me lancerais tout de suite à la recherche de Malpensa et de Moretti.

– Tu ne devrais pas critiquer ton frère. Il sert son pays.

– Eh bien, il devrait d'abord penser à sa famille. On dirait qu'il se fiche complètement d'oncle George.

– Frank ! s'écria Gus, oubliant pour la première fois depuis des mois de l'appeler Jack. Je ne tolérerai pas ce genre de discours.

– Vous prenez toujours son parti, d'abord, marmonna Jack, reprenant les griefs qu'il ruminait depuis l'enfance.

– Pas du tout.

– Si, et j'en ai assez ! Je ne peux plus vous voir !

Il quitta la pièce en furie, dévala l'escalier de service et fila dans la rue. Gus et Montmorency savaient qu'il reviendrait à l'aube, soûl et en piteux état.

– Je n'aurais pas dû le laisser reprendre le nom de Lecassé, soupira Montmorency. Je reconnais bien là les errances que j'ai connues.

28
Un sentiment de culpabilité

Le professeur Frost administra au docteur Farcett un puissant sédatif pour l'aider à traverser les jours qui suivirent la mort de Doris. Il empêcha le fermier d'envoyer la truie à la boucherie, sachant que Farcett tiendrait à lui faire un enterrement digne de ce nom, pour avoir par la suite un endroit où se recueillir. Tom et Paul creusèrent une tombe et, quand Robert fut assez solide (et avant que le corps ne sente trop fort), il les aida à reboucher le trou. On planta quelques fleurs des champs sur le tas de terre pour marquer l'endroit où Doris reposait.

À compter de ce jour, Frost passa la majeure partie de son temps en compagnie de Farcett, dont le cas l'intéressait grandement. Le choc de l'opération l'avait ramené à la réalité. Il assumait maintenant son identité de médecin et fut heureux de raconter toute son histoire au professeur. Mais il avait une nouvelle angoisse et le psychiatre supposait que c'était le même processus qui l'avait conduit à son obsession de l'hygiène. Le docteur Farcett était pétri de culpabilité et s'accablait de reproches. Il était convaincu qu'il avait été un mauvais médecin, et même un médecin dévoyé. Il avait honte.

– Mais tous les praticiens commettent des erreurs, Robert, fit valoir le professeur Frost. À commencer par moi. La semaine dernière, j'ai laissé mes clés dans une poche de ma veste, sur le dos de ma chaise. Si elles étaient tombées entre les mains d'un patient dangereux, cela aurait pu faire un carnage. J'ai eu de la chance, c'est tout. C'est vous qui m'avez pris mes clés, n'est-ce pas ? Pour vous procurer des scalpels ?

– Oui, et j'ai tué Doris.

– Doris est morte, Robert. Sans votre intervention, ce serait arrivé de toute façon. Mais vous avez sauvé ses sept petits. Sans vous, ils seraient morts également.

– Mais je l'ai tuée. Tout comme j'ai tué Maggie.

– Parlez-moi un peu de Maggie.

Farcett lui expliqua alors comment sa chère amie et assistante était décédée suite aux expériences sur les rayons X auxquelles il l'avait soumise.

– Vous ne l'avez pas fait exprès, Robert. Vous ignoriez que ces rayons étaient dangereux. Personne ne le savait à l'époque.

– Si j'avais fait mon travail, au lieu d'essayer de me forger un nom grâce à ces maudits rayons, j'aurais combattu l'épidémie de grippe, j'aurais pu sauver des vies.

– La grippe est un adversaire coriace, Robert. Ces gens ne sont pas morts par votre faute.

– Et j'ai encore tué un autre homme. Il y a seize ans. Jamais je ne l'oublierai.

– Pourquoi employez-vous le mot « tuer » ? Vous êtes médecin, il se peut que, parfois, vous n'arriviez pas à guérir vos patients, mais ça ne veut pas dire que vous les tuez.

– Lui, je l'ai tué. Croyez-moi. C'est mon ambition qui l'a tué.

Farcett lui raconta l'épisode de cette démonstration médicale où il avait tenté de retirer la vessie d'un homme en parfaite santé, en public. L'opération avait échoué, le patient était mort, sans même se douter qu'il n'avait pas besoin d'être opéré.

Le professeur ne répondit rien.

– Ça, c'est mal, n'est-ce pas ? insista Farcett.

L'autre hocha la tête.

– Oui, Robert, c'est mal. Mais ces gens dont vous me parlez sont morts. Et le fait que vous vous torturiez ne les ramènera pas à la vie. Si vous vous enfermez dans votre monde obscur, personne n'en bénéficiera. La meilleure façon de réparer vos erreurs est de reprendre votre vie et de bien faire votre travail. Allez-y, il ne tient qu'à vous d'être un bon médecin.

– Mais ce n'est pas tout, j'ai fait le mal autour de moi, et pas seulement en tant que médecin. Cela prouve bien que je suis un homme mauvais.

– Alors racontez-moi, nous verrons si j'estime, moi aussi, que vous êtes impardonnable.

– Il y avait un prêtre, à Tarimond. J'ai lancé de terribles accusations à son encontre. J'ai dit qu'il avait tué des enfants, qu'il avait tué tous les bébés nés sur l'île pendant sept longues années.

– Et c'était vrai ?

– Je le croyais à l'époque. J'en étais convaincu, sur le coup. Seulement c'était faux. Ce n'était pas lui. Si j'avais attendu d'avoir des preuves, j'aurais su qu'il était innocent. Comme il a souffert. Il a été chassé de chez lui, chassé loin des siens, loin de sa vie. Comment pourrais-je me le pardonner ?

– Lui avez-vous demandé pardon ?

– Nous en avons discuté brièvement, une fois. Peu après les événements. Il s'était installé à Glasgow. J'avais l'intention de lui rendre visite régulièrement, de lui écrire, mais je n'ai pas pu. Je ne supportais pas la vue d'un homme à qui j'avais causé tant de mal.

– Où est-il, maintenant ?

– Je ne sais pas. Mort peut-être. Il n'était pas jeune à l'époque, en 1886. Il doit avoir environ soixante-dix ans, je pense.

– Pourquoi n'essayez-vous pas de le retrouver pour lui présenter vos excuses ?

– Je ne suis pas en état de partir à sa recherche…

– Ce n'est pas ce que je vous demande. Vous devez rester dans un endroit protégé tant que vous n'allez pas mieux. Et ne vous inquiétez pas, nous continuerons à cacher votre identité. Du moment que vous savez que vous êtes Robert Farcett, je vous laisserai emprunter le nom de Francis Fox-Selwyn. Ainsi, quand vous vous sentirez prêt, vous pourrez reprendre votre carrière de médecin sans que personne ne soit au courant de ce petit épisode de votre vie.

– Mais le père Michael…

– Le prêtre ? Il pourrait vous rendre visite. Je vais demander à notre ami Paul Vannini de le retrouver et de vous l'amener ici.

Farcett protesta mais le professeur ne voulut rien entendre. Il le poussa à raconter à Paul tout ce qu'il savait sur le père Michael avant qu'il ne parte à sa recherche. Le jeune peintre se demandait bien comment expliquer tout cela à Gus et à Montmorency. Finalement, il leur envoya un second tableau parlant de guérison et de rebondissements intéressants, et ajouta au dernier moment qu'aucun étranger n'avait été aperçu aux abords de l'hôpital. Sa nouvelle mission – retrouver le père Michael et aider Farcett à recouvrer la santé – finissait par l'occuper davantage que la tâche que la duchesse lui avait assignée en l'envoyant en Grande-Bretagne. Il était censé protéger la famille des anarchistes mais, au fil du temps, sans le moindre signe de leur présence, il finissait par oublier la menace de Malpensa et de Moretti.

– Je peux venir avec vous ? demanda Tom, en le voyant faire ses bagages.

– Oui, pourquoi pas ? Si ta mère est d'accord, je serai ravi d'avoir de la compagnie.

Ils s'en furent donc ensemble, avec le matériel de peinture de Paul – ce qui leur fournissait une couverture et leur permettrait d'envoyer des messages à Londres.

– Je sens que ça va me plaire de jouer les détectives, remarqua Tom. Comme mon père.

– Oui, et il sera fier de toi quand il apprendra ce qu'on a fait.

En réalité, si Montmorency avait été au courant, il aurait éprouvé plus de jalousie que de fierté. Il commençait à en avoir assez d'être cloîtré avec Gus et Jack, mais il était encore trop faible pour reprendre ses activités, vexé d'être incapable de traquer les assassins de George et d'être obligé de se terrer chez lui au cas où ils seraient dans les parages. Mais Gus était intransigeant et il avait raison. Montmorency devait attendre d'avoir repris des forces pour se lancer à leur poursuite, en pleine possession de ses moyens.

Pour l'instant, ils menaient une petite vie tranquille. Montmorency était en robe de chambre, en train de briser la coquille de son œuf mollet lorsque la nouvelle tomba. En cette fin de mois de mai, les fenêtres étaient ouvertes. La douceur de l'air et le chant des oiseaux lui apportaient un calme et une sérénité qu'il n'avait pas connus depuis une éternité. Jack arriva avec le journal. Il n'avait jamais le courage de le lire lui-même et Gus ne s'intéressait pas tellement à ce qui se passait dans le monde, mais Montmorency aimait à se tenir informé. Son regard fut attiré par un petit article dans une colonne, sur le côté. Le texte était rédigé en style télégraphique et composé à la va-vite comme si on l'avait rajouté à la dernière minute. Montmorency le lut à haute voix :

L'ASSASSIN RETROUVÉ MORT

> Gaetano Bresci, Meurtrier du Roi Umberto d'Italie, a été retrouvé mort dans sa Cellule à la Prison de Santo Stefano, sur une petite Île au large de Rome. La cause officielle de sa mort est le suicide. Bresci a été condamné aux Travaux Forcés après avoir assassiné le roi lors d'une compétition sportive à Monza le 29 juillet de l'année dernière. La loi italienne ne permettait pas son exécution. Notre correspondant nous fait part de rumeurs laissant entendre qu'il aurait été tué par les gardiens de la prison. Après sa découverte, son corps aurait été jeté à la mer.

Jack, Gus et Montmorency restèrent sans voix. Ils gardaient chacun un souvenir bien différent de l'assassinat, un an auparavant. Gus était aux premières loges, au sens littéral puisqu'il avait assisté à la manifestation sportive de Monza dans la loge royale. Jack et Montmorency, alors en Grande-Bretagne, n'avaient appris la nouvelle que plus tard. Aucun d'eux ne savait alors ce dont ils étaient aujourd'hui tous convaincus : que George était mort parce qu'il avait essayé d'empêcher l'attentat. Selon eux, Bresci était donc responsable de sa mort, tout autant que Malpensa et Moretti. Et voilà qu'il venait d'être tué. Oui, mais par qui ?

Une fois n'est pas coutume, Gus réagit assez vite. Il pensa aussitôt à sa femme qui avait quitté l'Italie précipitamment quelques jours auparavant. Et maintenant Alexander, qui partait aussi. Il était resté un moment, pour une raison inconnue, mais il devait désormais être en route pour Washington. Simple coïncidence ? Il n'en croyait rien, mais il laissa les autres parler.

Jack n'éprouvait que de la rancœur.

– J'aurais voulu le tuer de mes propres mains. Ce n'est pas lui qui a tiré sur George, mais sans lui, il serait encore des nôtres.

– Je sais, acquiesça Montmorency, je sais. Mais Bresci est mort, Jack. Il ne reste plus que les deux autres. Je n'en peux plus d'attendre. Viens, on va sortir prendre l'air et marcher un peu. Dès que j'aurai recouvré la santé, nous nous occuperons de Malpensa et de Moretti.

29
Glasgow

Paul et Tom prirent une chambre dans l'hôtel le plus confortable qu'ils purent trouver. À la réception, le concierge ne cacha pas sa surprise lorsqu'ils lui demandèrent comment se rendre à l'église St Aloysius, dernier domicile connu du père Michael. Il leur montra le chemin sur un plan.

– On dirait un raccourci, dit-il en désignant un dédale de ruelles, mais ne passez pas par là. Restez dans les rues principales. C'est déjà assez sinistre, je vous assure.

Ils se mirent en route. Les immeubles étaient de plus en plus hauts, de plus en plus serrés à mesure qu'ils approchaient de l'église. Lorsqu'ils avaient traversé le centre-ville, le soleil inondait la grande place, mais la densité des bâtiments empêchait ses rayons de pénétrer dans le quartier. Il flottait un fumet écœurant, celui des humains entassés les uns sur les autres. L'église était petite, ses murs de pierre noircis par la suie. Paul poussa la porte. Elle s'ouvrit en grinçant, laissant échapper une forte odeur d'encens. Le sas d'entrée était plongé dans l'obscurité. Tom chercha une poignée de porte à tâtons et pénétra avec précaution dans la nef de l'église. Quel changement radical d'atmosphère ! Des centaines de petites bougies éclairaient les statues et les tableaux représentant les saints. Un rayon de soleil perçait à travers un vitrail, illuminant une scène dramatique de crucifixion. Une vieille dame s'approcha d'eux, une balayette à la main. Elle vit tout de suite qu'ils n'étaient pas du coin.

– Puis-je vous aider, messieurs ? Vous êtes venus admirer les tableaux ?

– Hélas, non, répondit Paul, luttant contre l'envie d'en examiner certains de plus près. Nous sommes à la recherche d'un prêtre qui officiait ici. Et qui peut-être y travaille encore. Le père Michael, il venait de Tarimond.

La dame secoua la tête d'un air affligé.

– Le père Michael n'est plus des nôtres. Une malheureuse affaire. Oui, une histoire regrettable.

Paul était conscient depuis le début qu'il y avait une chance que le père Michael soit mort, mais il fut néanmoins attristé de l'apprendre. Il savait à quel point il importait à Farcett d'obtenir le pardon du prêtre afin de pouvoir retrouver une certaine paix.

– Oh, je suis désolé. Quand est-il décédé ?

La femme eut l'air surprise.

– Mais il n'est pas mort ! Ça en aurait pourtant arrangé certains, je vous le dis. Le père Michael a quitté l'Église.

– Il vit toujours à Glasgow ?

– Oui, quand il n'est pas par monts et par vaux en tournée avec son spectacle.

– Comment ça ? s'étonna Paul. Quel spectacle ?

– Le père Michael est devenu artiste de music-hall, si on veut. Il dit l'avenir. Il fait des sketches. Vous voyez le genre ? Il a dû partir d'ici. On l'aimait bien, au début. C'était un homme bon. Et drôle, aussi. Mais, ensuite, il a eu des ennuis. La boisson, les rumeurs. On disait qu'il jouait de l'argent, qu'il aurait eu une histoire avec une femme de la chorale. Et puis un dimanche, il est monté en chaire pour annoncer qu'il ne croyait plus en Dieu. On avait encaissé tout le reste, mais Dieu, quand même… enfin, croire en Dieu, c'est le minimum pour faire ce boulot. Pour être prêtre, je veux dire.

– Et donc il fait du théâtre, maintenant ? demanda Paul.

– Oui, il est à l'affiche d'une grande salle de Trongate. Paraît-il qu'il attire pas mal de monde. J'y suis jamais allée. Ça me ferait trop de peine de le voir faire le clown à son âge, juste pour gagner sa vie.

Elle leur indiqua comment s'y rendre et Paul fit un don substantiel à la paroisse. Puis, se remémorant la tristesse et la désolation alentour, il remit de l'argent dans le tronc.

– Merci, monsieur, fit la dame. Et si vous voyez le père Michael, saluez-le de la part de Mme McCracken.

Il ne faut pas tourner le dos aux pécheurs, il nous le répétait toujours.

– Je lui passerai le bonjour, promit Paul tandis qu'elle les raccompagnait jusqu'à la sortie.

Le théâtre était un grand bâtiment carré avec plusieurs rangées de fenêtres en ogive. Les panneaux annonçaient les spectacles les plus divers, des animaux savants à la revue dansante. Au beau milieu de tout ça, sur une somptueuse affiche, s'étalait la photo d'un homme âgé, avec les cheveux blancs peignés en arrière et des yeux pétillants, vêtu d'une longue cape parsemée d'étoiles et de lunes argentées. En gros caractères, on lisait une phrase d'accroche : « Attention ! Il lit dans vos pensées ! »

– Ça doit être lui, affirma Tom en déchiffrant le reste de l'affiche : « Un vrai scandale ! Magie, voyance et divination avec Micky McGuire ! »

– « Tous les soirs à dix-huit heures trente et vingt et une heures », lut Paul. Bon, allons voir s'il est là.

Ils se présentèrent à l'entrée des artistes où un bonhomme grincheux tenta de les refouler.

– Nous aimerions voir M. McGuire, s'il vous plaît, de la part de M. Vannini.

– Vannini, c'est quoi, ça ? Italien ?

– Oui, italien, tout à fait, confirma Paul en forçant un peu sur son accent chantant. Je dois parler à M. McGuire pour une affaire de la plus haute importance.

– Y a déjà un Français sur le coup, vous savez. Vous n'êtes pas le seul. Y a de la concurrence.

Paul n'avait aucune idée de ce qu'il racontait, mais il joua le jeu comme s'il était une sorte d'impresario.

– C'est ce que nous allons voir, répondit-il. M. McGuire est à l'intérieur ?

Il entendit remuer derrière une cloison et un homme élancé vint les saluer. Il portait la cape qu'ils avaient vue sur l'affiche, mais ses cheveux blancs étaient tout ébouriffés comme s'il venait juste de sortir du lit. Quand les pans de sa cape s'écartèrent, ils aperçurent une chemise élimée garnie de vieilles bretelles.

Le portier se montrait beaucoup plus courtois désormais.

– Monsieur McGuire, ce M. Vannini vient pour vous voir, monsieur.

– Enchanté de faire votre connaissance, Signor Vannini, fit McGuire qui avait visiblement entendu le début de la conversation. Et vous êtes ? demanda-t-il en tendant la main à Tom.

– Tom Evans, monsieur. Nous aimerions vous parler.

– Avec plaisir. Suivez-moi dans ma loge, messieurs.

Il les fit entrer dans une petite pièce remplie de vieux journaux et de bouteilles vides. McGuire offrit la seule chaise à Paul et dégagea le couvercle d'une malle pour Tom.

– Que puis-je faire pour vous ? demanda-t-il. Je dois vous prévenir que j'ai reçu une proposition des Folies des Anglais, à Paris. Le fait que je sois écossais ne les dérange pas, apparemment. J'ai trouvé un créneau porteur : un vieil homme respectable qui se dévergonde et se donne en spectacle, ça plaît beaucoup. Le directeur des Folies pense que ça pourrait attirer les touristes britanniques en visite dans la capitale. Vous envisagez de produire le même genre de spectacle en Italie ?

Paul ne put s'empêcher de le taquiner.

– Eh bien, si vous lisez dans les pensées, vous devez déjà le savoir.

– Ah ! Un petit malin ! Je suis un homme d'affaires avant tout. Les gens payent pour bénéficier de mon don, et je n'ai pas encore vu la couleur de votre argent, monsieur Vannini.

– Eh bien, il se trouve que je n'ai pas d'argent à vous offrir. Et j'ai bien peur de ne pas être celui pour qui vous me prenez. Nous sommes ici pour une tout autre raison. Nous recherchons un prêtre, un homme qui eut autrefois en charge les âmes de la petite île de Tarimond, le père Michael.

McGuire baissa la tête. Il poussa un long soupir en fermant les yeux. Tom pensait qu'il n'allait pas leur répondre, mais finalement, il les regarda et acquiesça.

– C'était moi, le père Michael. Mais je n'ai plus le droit d'user de ce titre. J'ai cessé de porter la robe. Quoique, un coup d'œil à l'étiquette de cette cape vous apprendrait qu'elle a été confectionnée par l'un des meilleurs fabricants de robes ecclésiastiques d'Écosse. J'ai cousu les étoiles et les lunes moi-même pour les besoins du spectacle.

– Père Michael, reprit Paul Vannini en employant délibérément son titre ecclésiastique afin de jouer sur la corde sensible et de le replonger dans le passé, nous avons besoin de vous. Pour aider un de nos amis qui a de sérieux ennuis. Vous l'avez connu à Tarimond.

– Je vous aiderai avec plaisir. Si je peux. De qui s'agit-il ?

– De quelqu'un qui vous a fait beaucoup de mal, père Michael, et qui est maintenant rongé par la culpabilité. Vous souvenez-vous du docteur Farcett ?

Le père Michael tressaillit.

– Robert Farcett. Oui, je vois de qui vous voulez parler. Vous avez raison. Ses allégations ont bouleversé ma vie. Il m'a fait subir de rudes épreuves. Mais c'était il y a fort longtemps. Vous dites qu'il a des ennuis ? De quel genre ?

Vannini lui expliqua dans quel état se trouvait Farcett, en ajoutant que le professeur Frost pensait que le pardon du père Michael pourrait lui permettre de guérir.

– Ah, le pardon ! s'exclama ce dernier. Un mot que je connais bien : chaque dimanche, j'encourageais mes ouailles à pardonner à ceux qui les avaient offensées. C'est un drôle de truc, le pardon. Mais ce qu'on dit rarement, c'est que, en réalité, c'est plus facile pour celui qui pardonne que pour celui qui est pardonné. J'ai pardonné au docteur Farcett depuis longtemps, car je sais que la soif de vengeance peut consumer une âme. Je lui ai déjà pardonné. Pour mon propre bien. Reste la véritable question : peut-il se pardonner à lui-même ?

– Pas sans votre aide, père Michael. Accepteriez-vous de nous accompagner à Strathgillon pour le voir ? De prendre le temps de l'aider à se reconstruire, malgré le mal qu'il vous a fait ?

Le père Michael demeura pensif.

– Ce n'est pas si facile. Je suis lié par contrat à ce théâtre. Vous avez vu les affiches : je donne deux représentations par soir. Je ne peux pas m'en aller comme ça. Si je romps mon contrat, il faut que j'en trouve un autre, que j'accepte éventuellement l'offre de Paris. Mais je ne suis plus aussi jeune qu'autrefois. Et il faut que je gagne ma vie. Si je vous suis, vous devrez m'assurer le gîte et le couvert.

– Oh, je suis sûr que le duc de Monaburn y pourvoira.

– Le duc ? En quoi est-il impliqué dans cette affaire ?

– Il prend soin du docteur Farcett depuis la mort de Lord George Fox-Selwyn.

– George est mort ? s'étonna le père Michael. Je l'appréciais énormément. Il m'a rendu visite en prison, vous savez, quand tout le monde me prenait pour un assassin. Nous sommes restés en contact, mais j'ai cessé de répondre à ses lettres lorsque j'ai quitté l'Église. Quand est-il mort ?

Paul lui raconta toute l'histoire et ce qui s'était passé depuis.

– Et Montmorency ? s'enquit le père Michael. Il doit avoir été très affecté par tout ça. Avec George, ils étaient très proches. Si l'on m'avait demandé qui, de lui ou de Farcett, finirait à l'asile, j'aurais parié sur Montmorency. Comment va-t-il ?

Cette fois, ce fut Tom qui répondit :

– Il a été gravement malade, monsieur. Il a été blessé en luttant contre l'un des hommes responsables de la mort de George. Mais je voulais vous dire autre chose : Montmorency est mon père.

Le vieux prêtre prit son visage entre ses mains.

– Oui, oui, effectivement, ça se voit, affirma-t-il en plongeant les yeux dans les siens. Eh bien, ça alors ! Montmorency a un fils. Un bon garçon à ce que je vois ! Ta mère doit être une femme merveilleuse !

Devant l'air vexé de Tom, le père Michael ajouta aussitôt :

– Je plaisante, fiston !

Paul changea de sujet :

– Vous venez avec nous, alors ? Disons à la fin de la semaine ?

– Je vais y réfléchir. Je ne peux pas vous dire mieux pour l'instant. Mais vous, viendrez-vous voir mon spectacle ? Je vais vous donner deux places pour ce soir à vingt et une heures. Maintenant, désolé, mais je dois travailler. La voyance demande énormément de préparation, vous savez. Passez-moi le journal du soir, je vais lire la colonne naissances, mariages et décès.

– Pourquoi fait-il ça ? demanda Tom alors qu'ils sortaient du théâtre.

– Je ne sais pas, répondit Paul. On comprendra sûrement ce soir.

30
Le voyant

La salle de spectacle était bondée, surchauffée et mal aérée, équipée de simples rangées de bancs où s'entassait la foule tapageuse. Paul et Tom furent bousculés, écrasés, copieusement arrosés de bière. Mais ils passèrent un excellent moment, reprenant en chœur les chansons et sifflant les danseuses de revue. Enfin, après les jongleurs, vint l'heure du dernier numéro. Le jovial maître de cérémonie s'avança sur la scène.

– Mesdames et messieurs, vous vous amusez bien ?

– Oui ! crièrent les spectateurs.

– Je n'ai rien entendu. Vous vous amusez bien ?

– Oui ! crièrent-ils plus fort.

– Vous en voulez encore ?

– Oui !

– Bon, vous avez été formidables, ce soir, alors je vais voir ce que je peux faire. Mesdames et messieurs, vous avez vu un humoriste venu d'Angleterre. Un cracheur de feu du pays de Galles. Il paraît que la plus jolie danseuse de la revue est originaire d'Irlande. Il est temps qu'on fasse monter sur scène quelqu'un de chez nous, vous ne croyez pas ?

– Oui ! beuglèrent-ils tous en chœur (même Paul qui n'avait pas la moindre racine écossaise).

Le présentateur poursuivit :

– Non seulement il vient d'Écosse, mais il est de Glasgow même. Ce n'est pas un simple amuseur, c'est un véritable magicien. Un homme incroyable qui sait lire dans les esprits. Alors attention, mesdames et messieurs, pas de mauvaises pensées ! Même vous, petite dame. Car c'est un ancien homme de Dieu ! Mesdames et messieurs, moi aussi, je lis dans les pensées. Je sais ce que vous vous dites. Vous vous dites : « Allez, ça suffit ! » Vous vous dites : « Faites-le entrer, qu'on le voie, ce bonhomme. On veut de la magie. On veut des merveilles. On veut Micky McGuire ! »

La foule rugit, déchaînée, et l'orchestre entama un morceau entraînant. Paul reconnut la mélodie, mais il n'arrivait pas à savoir où il l'avait entendue. Ah si ! C'était une version un peu arrangée et modernisée d'un chant d'église qu'il avait appris à l'école. Le père Michael monta sur scène, maquillé d'une épaisse couche de fond de teint, sa cape volant derrière lui et scintillant sous les projecteurs.

– C'est un scandale ! s'écria-t-il. Un vrai scandale ! Que dirait le cardinal s'il me voyait ? Il me ferait défroquer à nouveau, je parie.

Quelqu'un poussa un cri dans le poulailler.

– Qu'est-ce qu'il y a, madame ? Je peux vous défroquer quand j'en ai envie ? Ooooh ! C'est un scandale ! Vous êtes terribles, vous les gens de Glasgow ! Qu'est-ce qu'on va bien pouvoir faire de vous ?

Dans le public, un homme se leva pour sortir de la salle. Paul le reconnut : il s'agissait du portier, qui jouait les complices. Le père Michael l'apostropha :

– Vous nous quittez, monsieur ? Je vous comprends. C'est un scandale !

L'homme se retourna pour crier :

– C'est une honte ! Ça devrait être interdit.

– Je sais, soupira le père Michael. C'est un…

Il fit signe au public de reprendre en chœur avec lui.

– … scandale ! Un vrai scandale ! hurlèrent-ils tandis que l'homme remontait l'allée.

– Laissez-le partir ! ordonna le père Michael. Je lis dans ses pensées et je vais vous dire, mesdames et messieurs, je préfère ne pas vous répéter ce qui se passe là-dedans. C'est un…

– … scandale ! Un vrai scandale ! s'esclaffa le public alors que la porte se refermait.

Paul savait ce que le père Michael était en train de faire. Il mettait toutes ses ressources d'ancien homme d'Église en œuvre pour accrocher les spectateurs. Il était sûr qu'il allait les faire chanter, rire et trembler.

Le père Michael chauffait effectivement la salle, cherchant à mettre le public dans sa poche. Il leur proposa de tester sa mémoire. Un brouhaha s'éleva de la foule. Il choisit une question, la répétant à haute voix avant de répondre :

– Le massacre de Glencoe ? 1692. Combien Shakespeare a-t-il écrit de pièces ? Trente-sept. Peut-être plus. Mais certaines auraient fait scand... Enfin, bref, ce n'est pas le moment. Combien de livres composent la Bible ? Soixante-six et je les ai tous lus jusqu'au dernier. Qui était surnommé « le Lion de Belfort » ? Pierre Denfert-Rochereau. Oui, j'ai dit « d'enfer », madame. Je sais ce que vous pensez...

À nouveau, Paul comprit son petit manège. Soit les questions étaient déjà prévues, soit personne ne les avait posées.

Tout en arpentant la scène, le père Michael exécutait quelques tours de magie rudimentaires, tirant un bouquet de fleurs de sa manche, un drapeau de derrière son oreille, une cigarette de sa narine. À chaque numéro pathétique, il faisait rugir le public :

– C'est un scandale ! Un vrai scandale !

Puis il reprenait son petit jeu de questions-réponses :

– Avec qui ai-je passé la soirée d'hier ? Madame, je crois que, vous et moi, nous préférerions le taire.

Et il fit de nouveau réagir le public :

– C'est un scandale ! Un vrai scandale !

Soudain, au milieu des rires, il se figea. Il leva les mains pour réclamer le silence et l'obtint instantanément. En quelques secondes, le bouffon avait disparu pour laisser place à une figure d'autorité.

– Il suffit, mes amis. Des messages essaient de me parvenir. Il y a quelqu'un dans cette pièce qui n'est pas heureux. Quelqu'un qui souffre. Je sens son chagrin.

Il tendit le bras, ferma les yeux et le fit pivoter jusqu'à ce qu'il pointe vers le côté gauche de la salle.

– Ici. Par ici. Quelqu'un s'inquiète au sujet d'un garçon. Un garçon dont le prénom commence par un J. C'est vous ?

Quatre mains se levèrent. Le reste du public se tourna pour les fixer.

– La deuxième lettre est un O.

Deux mains se baissèrent.

– C'est John. Oui, John. Qui s'inquiète pour John ?

Il ouvrit les yeux.

– Oui, madame. Je vois un nombre. Douze. Ce petit John est-il âgé de douze ans ?

Tandis que la femme acquiesçait, la foule retint un cri de surprise.

– Mais ce n'est pas votre fils... Il n'est pas de la famille... C'est quelqu'un que vous connaissez. Un voisin, peut-être ?

– Oui ! confirma-t-elle. Il habite dans ma rue.

– Et il a eu un accident, n'est-ce pas ? Je vois des sabots, des chevaux. Je vois un attelage. Je vois du sang.

– Oh, oui, oui ! Il s'est fait renverser en rentrant de l'école hier.

Murmures dans l'assistance. Le père Michael porta les mains à ses tempes comme s'il recevait un nouveau message.

– Allez trouver sa mère. Dites-lui qu'il va s'en sortir. Qu'il va guérir.

Le public l'acclama.

– Bien…

Le père Michael ferma les yeux et tendit à nouveau le doigt.

– Je sens autre chose. Ça vient de par ici.

Il désigna un couple au premier rang et sa voix se fit plus guillerette :

– Oh, là, là, monsieur ! Je lis dans vos pensées. Et vous aussi, madame ! Vous n'êtes pas très concentrés. Vous pensez à ce que vous allez faire après le spectacle. Oh, mon Dieu ! Mesdames et messieurs, je vais vous dire… C'est un…

– … scandale ! Un vrai scandale ! crièrent-ils tous en chœur.

Il pivota sur lui-même et lança des prévisions en rafale en désignant la foule.

– Cette dame là-bas se demande si elle a laissé le gaz allumé. Non ! Et vous, monsieur, est-ce que vous allez attraper votre bus ? Oui ! Vous, mademoiselle, est-ce que votre linge est resté dehors ? Oui, et il pleut à verse. Dites-moi si je me trompe, mais si j'ai raison, dites-le à vos amis !

Il s'arrêta, les yeux clos, les index sur les tempes.

– Chut ! fit-il et ils se turent immédiatement. Je sens l'angoisse planer. Tom. Y a-t-il un Tom dans la salle ?

Plusieurs mains se levèrent.

– Ce Tom-là est jeune. Il pense à quelqu'un dont le nom commence par un R ou un F.

Deux mains restèrent en l'air.

– C'est un homme. Un homme dont les initiales sont R. F.

Tom se trémoussait sur le banc, le bras levé, complètement fasciné.

Le père Michael reprit la parole :

– Je vois un hôpital. Je vois un patient qui attend un visiteur. Est-ce exact ?

– Oui ! s'écria Tom.

Dans la salle, tous les regards se tournèrent vers lui.

– J'ai un message pour vous, Tom. Au sujet de R. F. Le visiteur va venir. Le visiteur viendra dès demain.

Tom se leva d'un bond.

– Oh, merci, merci ! hurla-t-il, tandis que, autour de lui, les spectateurs applaudissaient et sifflaient.

Le père Michael réclama le silence et s'avança sur le devant de la scène.

– Mes amis, je détecte encore d'autres ondes cérébrales. Extrêmement puissantes. Quelqu'un dans cette salle vient de prendre une importante décision. Il espère qu'il ne le regrettera pas car, désormais, il ne peut plus revenir en arrière.

Il baissa la voix et la foule se calma aussitôt.

– Mes amis, cette personne, c'est moi. Je viens de décider que ce sera mon dernier spectacle dans cette ville. Vous avez été fantastiques, mais le devoir m'appelle !

Le public resta abasourdi un instant. Puis, dans le poulailler, un petit plaisantin s'écria :

– C'est un scandale !

Et tout le monde éclata de rire.

Le père Michael enchaîna avec le boniment qui clôturait le spectacle :

– C'est tout pour ce soir et pour un bon moment. Je sais, c'est un…

– … scandale ! hurla la foule.

– Mais n'oubliez pas, je lis dans vos esprits ! Je sais que vous vous êtes bien amusés. Alors maintenant, soyez sages et bons, et pardonnez mes fâcheuses manières comme je vous pardonne vos mauvaises pensées !

L'orchestre se remit à jouer tandis que le père Michael quittait la scène, revenant à plusieurs reprises pour saluer.

Le présentateur reprit la parole :

– C'était Micky McGuire ! Faites-lui un triomphe, messieurs-dames ! Je suis sûr qu'il plaisantait lorsqu'il a annoncé son départ. Il vous faisait marcher. Il est sur scène à dix-huit heures trente et vingt et une heures tous les soirs, alors parlez-en à vos amis. Mais attention, prévenez-les que c'est un vrai scandale ! Maintenant, nous allons clore ce spectacle en musique…

Pendant que le public reprenait en chœur un vieux refrain populaire, le père Michael regagna sa loge où il dut affronter la fureur du directeur. Mais il tint bon.

– Je me fais vieux, expliqua-t-il. Et ça ne peut pas attendre. Désolé, mais je dois partir.

L'homme claqua la porte en marmonnant un chapelet de jurons au moment où Paul et Tom rejoignaient leur nouvel ami en coulisses.

– C'est extraordinaire ! s'extasia le jeune garçon. Vous avez deviné exactement ce que je pensais.

– C'est du spectacle, Tom. Je suis bon acteur, mais ce n'est pas vrai.

– Mais cette femme qui s'inquiétait pour le petit garçon renversé. Vous avez bien lu dans ses pensées. Vous ne pouviez pas savoir qu'elle serait dans le public !

– Non, mais je savais qu'un des spectateurs aurait forcément entendu parler de l'accident.

Il tendit le journal à Tom. Le fait divers était entouré au crayon.

– Ça s'est produit à moins de un kilomètre d'ici. C'est un gamin du quartier. J'étais sûr que quelqu'un dans le public le connaîtrait et que ce ne serait pas un parent proche. Son père et sa mère ne seraient pas venus au spectacle alors que leur fils était à l'hôpital.

Voyant la déception se peindre sur le visage de Tom, il essaya de lui remonter le moral.

– Mais ce que je t'ai dit, c'était la vérité. Je vais vous accompagner à Strathgillon. D'ailleurs, j'apprécierais que vous m'aidiez à faire mes bagages. Le directeur est furieux, il veut que je vide les lieux sur-le-champ.

Ils rassemblèrent donc ses maigres affaires. La pièce était encombrée de bazar mais le peu de chose qu'il voulait garder tenait dans un carton. Lorsqu'ils sortirent dans la nuit, l'affiche annonçant le scandaleux spectacle de Micky McGuire avait déjà été barrée d'une banderole « ANNULÉ ».

31
Le pardon

Le père Michael resta trois semaines à Strathgillon. Farcett ne le reconnut pas tout de suite. Il était en train de donner à manger aux porcelets lorsqu'il vit le professeur arriver en compagnie d'un étranger. Il se dépêcha de nettoyer la porcherie pour les accueillir. En les regardant approcher, il eut l'impression que le visiteur lui était vaguement familier. Sa démarche, sa chevelure ébouriffée lui disaient quelque chose. Mais le père Michael lui tendit la main avant qu'il ait pu le situer.

– Oh, père Michael, je ne vous avais pas remis sans la robe, s'exclama-t-il en s'essuyant les paumes sur son pantalon. Je ne pense pas que vous teniez à me serrer la main…

– Mais si, Robert, affirma le vieil homme en ajoutant malicieusement : même si vous êtes tout crotté.

Une poignée de main solennelle scella leurs retrouvailles. Puis le père Michael l'étreignit chaleureusement.

– Robert, je suis content de vous revoir. Ça fait tellement longtemps. Si j'avais su où vous trouver, je serais venu avant pour vous remercier.

– Me remercier ? Mais de quoi ? J'ai sali votre nom, je vous ai chassé de chez vous. Pourquoi voudriez-vous me remercier ?

– Parce que, sans le vouloir, vous avez changé ma vie, Robert. Grâce à vous, je suis retourné à Glasgow et j'ai rencontré des gens qui ont remis en cause ma vocation. J'ai réalisé que je n'étais pas fait pour être prêtre.

– Mais vous étiez un bon prêtre, Michael. Je vous ai vu à l'œuvre à Tarimond. Les gens vous respectaient. Moi-même, j'étais captivé par vos sermons.

– Oui, d'accord, j'étais doué pour ce versant du boulot. Et c'est justement pour ça que ce n'était pas bien. J'aimais le côté théâtral, Robert. J'aimais jouer les stars, mais au fond de moi, je n'étais pas assez bon. Je l'ai prouvé à Glasgow. Je n'ai pas été digne de ce qu'on attendait de moi. Je me suis fait jeter dehors par l'Église, et maintenant, enfin, je fais quelque chose qui me convient mieux.

Il lui raconta alors sa vie d'artiste et la carrière qui l'attendait à Paris.

– C'est rare d'avoir la chance de tout recommencer à mon âge, Robert. Et c'est pour cela que je tenais à vous remercier.

Dans les jours qui suivirent, le père Michael employa

tout son talent à convaincre Farcett que lui aussi pouvait prendre un nouveau départ. Ils eurent de longues conversations sur le passé et l'avenir et, pour la première fois, le médecin commença à envisager de reprendre sa vie à l'extérieur de l'hôpital. Au bout d'une semaine, le professeur tenta l'expérience de laisser la porte de la salle de bains ouverte et de mettre une cuvette et un savon à disposition dans la chambre de Robert. Ce dernier les utilisa, mais pas plus qu'un autre. Frost rechignait toujours à employer le mot « guéri », mais il était satisfait des progrès de Farcett. Extrêmement satisfait.

Au bout d'un certain temps, l'appel de Paris se fit sentir. Un soir, le père Michael, Paul Vannini et le professeur Frost se réunirent autour d'un verre pour en discuter.

– Robert a énormément changé depuis que vous êtes là, remarqua Frost. Vous allez lui manquer. Vous manquerez à tout le monde.

– Je me demandais justement, commença le père Michael : serait-il possible qu'il vienne avec moi ? Doit-il encore rester ici ?

– Pour être honnête, sans les circonstances exceptionnelles qui ont entouré son admission, j'autoriserais sa sortie. Mais n'oubliez pas qu'il est ici sous le nom de Francis Fox-Selwyn. Je ne peux pas le laisser partir sans mettre milord en danger. Il me faudrait au moins l'autorisation du duc. Je devrais peut-être lui téléphoner ?

– Non, intervint Paul. J'ai un moyen plus sûr de communiquer avec lui. Je vais lui demander de venir, ainsi nous pourrons en parler de vive voix.

Il envoya donc un tableau à Londres et, en réponse à son message, Gus arriva dans la plus grande discrétion. Paul vint le chercher à la gare voisine et le conduisit à l'hôpital à bord d'un simple attelage, comme s'il s'agissait d'un médecin venu rendre visite à des collègues pour raison professionnelle.

– Bienvenue, Votre Grâce, le salua le professeur, une fois dans l'intimité de son bureau.

Le duc embrassa Vi et serra la main de Tom. Paul le présenta au père Michael.

– Quel bonheur de retrouver ma chère Écosse ! s'exclama Gus. Je ne m'étais pas rendu compte à quel point l'air pur et le doux crachin me manquaient ! Bien, professeur, Paul m'a exposé la situation. Vous pensez que Robert est en état de quitter l'hôpital.

– Oui, mais bien sûr, je ne ferais rien qui puisse mettre votre fils en danger.

– Nous allons prendre le risque, affirma Gus. Frank s'est bâti une nouvelle identité – pas des plus reluisantes, je dois dire – mais il est néanmoins méconnaissable. De toute façon, je suppose que Robert ne ressemble plus vraiment au Francis Fox-Selwyn que l'étranger qui s'était introduit en ces lieux avait vu ?

– Oui, il a complètement changé. Il a retrouvé l'allure de l'éminent médecin qu'il est.

Vi intervint alors :

– Si vous m'y autorisez, je lui raserai la barbe. Les gens qui l'ont croisé lorsqu'il était malade ne pourront plus le reconnaître.

– Très bien. Vi, reprit Gus, vous qui côtoyez Robert

depuis des années, croyez-vous qu'il soit en état de voyager ?

– Tout à fait. Je pense même qu'il est souhaitable qu'il quitte cet hôpital. Sans vouloir vous vexer, professeur, ce n'est pas vraiment un endroit pour vivre, n'est-ce pas ? Il ne redeviendra jamais complètement normal s'il est entouré de fous toute la journée.

Le professeur se mit à rire.

– Comme d'habitude, Vi, vous êtes franche et directe. Je me demande parfois si je suis bien « normal » à force !

Gus marqua sa décision en tapant sur ses cuisses.

– Bien, professeur, je pense dans ce cas que nous pouvons le laisser accompagner le père Michael à Paris s'il le désire. Sous son vrai nom, bien entendu. Mon épouse et ma belle-fille s'y trouvent, elles pourront veiller sur lui.

– Peut-être pourriez-vous vous y rendre également ? suggéra Paul.

– Bien que ma femme me manque énormément, je ne pense pas, non. Je viens de réaliser à quel point je déteste la ville, je préfère rester à la campagne.

– Alors pourquoi ne pas venir à Tarimond avec moi ? proposa Vi. La maison est restée vide trop longtemps. J'aimerais l'aérer un peu avant l'été. Vous pourriez vous reposer avant de retourner à Londres pour le couronnement.

– Excellente idée, oui, ça me convient tout à fait, déclara Gus.

Tom toussota.

– Maman ? Je suis obligé de te suivre à Tarimond ?

– Pourquoi ? Où veux-tu aller sinon ? répliqua Vi, blessée.

– J'aimerais les accompagner à Paris.

– Mais Robert et le père Michael ne pourront pas s'occuper de toi, fit-elle valoir.

Paul intervint :

– Je m'en chargerai. Et en chemin, nous pourrions nous arrêter à Londres pour proposer à Montmorency et à Frank de se joindre à nous.

– À Jack, corrigea le duc. Il faut l'appeler Jack ou il n'ira nulle part.

– Jack, bien sûr, reprit Paul. Je suis certain que Béatrice et Angelica seront heureuses de les voir.

– Eh bien, tout cela me semble parfait, conclut Gus. Tâchez seulement d'être discrets. Pas de grands adieux ni de piles de bagages. Vi, si ça ne vous dérange pas d'attendre, nous partirons après tout le monde.

– Pas de problème. Voulez-vous que j'aille chercher Robert ? Il faut lui annoncer la nouvelle.

32

Le bibliothécaire et l'étranger

À Paterson, dans le New Jersey, Mary Gibson ouvrit le tiroir de sa coiffeuse. La lettre était toujours là, cachée sous sa pile de mouchoirs en soie. Elle commençait à être abîmée. Elle la dépliait et la repliait plusieurs fois par jour depuis des mois, maintenant, sans pour autant se résoudre à répondre. Cela faisait un an et demi qu'elle n'avait pas vu Montmorency et qu'elle n'avait pas eu de ses nouvelles, à part cette lettre. Il implorait son pardon, mais promettait de la laisser tranquille si tel était son désir. Elle avait envie de lui pardonner, mais elle ne trouvait pas les mots pour le lui dire. Elle avait eu beau maintes fois rédiger sa réponse dans sa tête, jamais elle n'était parvenue à la coucher sur le papier.

Mais aujourd'hui, elle n'avait plus le choix. Il fallait

qu'elle lui écrive. Il en était de son devoir. Montmorency lui avait envoyé le portrait d'un dangereux criminel en lui demandant de le prévenir si elle le voyait, soupçonnant qu'il avait fui Florence pour se cacher au sein de la communauté immigrante italienne de Paterson. Il s'appelait Antonio Moretti. Il avait le visage rond et des lunettes cerclées de métal. Il était cultivé, poli et présentait bien. Il correspondait en tout point à l'employé efficace qui l'avait aidée à la bibliothèque municipale ce matin. Il s'appelait Agostino Grasso, ce qui sonnait bien italien. Elle lui avait demandé d'où il venait. Il avait répondu de Rome, non de Florence. Mais n'était-ce pas normal qu'un criminel mente sur ses origines et change son nom ? Il fallait qu'elle écrive à Montmorency pour l'avertir.

Elle s'assit, plume en main.

L'homme à la cape noire était de retour à Strathgillon. Il fit le guet devant le portail de l'hôpital, espérant repérer le jeune domestique, mais en vain. Finalement, une infirmière sortit, poussant un fauteuil roulant.

– Excusez-moi, mademoiselle ! cria-t-il.

– Oh, vous m'avez fait peur ! Qui êtes-vous ? Qu'est-ce que vous voulez ?

– Je suis venu voir Lord Francis Fox-Selwyn.

– Il n'est plus ici, répondit-elle.

– Il a été transféré dans un autre hôpital ?

– Non, il est guéri. J'imagine qu'il est rentré chez lui, mais il a pu aller n'importe où !

Elle rit.

– Oui, vous avez raison, j'imagine. On dirait que je suis venu pour rien.

– Quel dommage. C'était gentil de votre part de passer.

Elle désigna l'homme avachi dans le fauteuil roulant.

– Cette pauvre âme ne reçoit jamais de visites. À croire qu'il n'a ni famille, ni amis. J'espère que vous retrouverez Francis. Je suis sûre qu'il sera content de vous voir. C'est un homme charmant.

– Oui, j'espère que je vais le retrouver, répondit l'inconnu.

33
Priorités

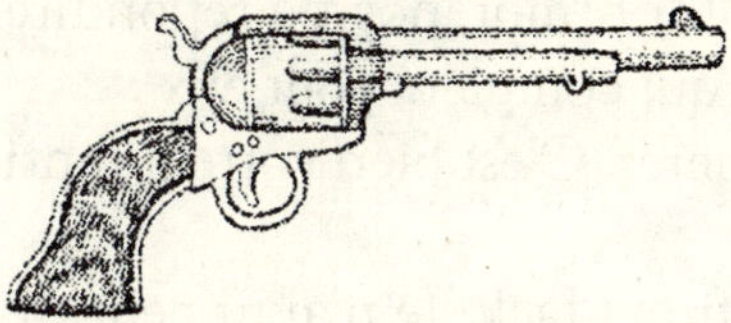

Lorsque la lettre de Mary arriva à Londres, toute la maison s'affairait à préparer le voyage à Paris. Montmorency alla trouver Jack qui vidait les verres abandonnés sur la table du déjeuner. Il lui montra le courrier.

– Il faut qu'on parte pour Paterson sur-le-champ. S'il s'agit vraiment de Moretti, c'est une chance à ne pas laisser passer.

– Allez-vous l'annoncer aux autres ou préférez-vous que je m'en charge ? demanda Jack. Je ne pense pas qu'ils seraient très contents d'être mis devant le fait accompli.

Il avait raison. Paul et Tom furent aussi déçus l'un que l'autre. Mais c'est le père Michael qui réagit le plus violemment. Il était furieux.

– Regardez-vous, dit-il en prenant Jack et Montmorency à partie. On dirait deux gamins qui cherchent la bagarre.

– Mais, Michael, nous avons enfin une piste susceptible de nous mener à Moretti ! fit valoir Montmorency. C'est normal que nous soyons excités. Il s'agit de l'homme qui a tué George !

– Et ? fit le père Michael.

– Et on va tout faire pour le coincer, tiens, dit Jack.

– Et après ?

Ni Jack ni Montmorency ne répondirent. C'est le père Michael qui compléta pour eux :

– Vous le tuerez. C'est bien votre intention, n'est-ce pas ?

– Oui, confirma Jack. Je n'ai ni peur ni honte de le dire. On va le tuer. Je veux le voir mort.

– Et à quoi cela vous avancera ?

– Eh bien, ça me soulagera pour commencer, affirma Jack.

– Ah bon ? Vous êtes sûr ? Vous pensez que ça m'aurait soulagé de décharger ma colère sur Robert ?

– Peut-être. Vous auriez dû essayer.

– Ne pensez pas que je n'en ai pas eu envie. Ne croyez pas que je ne lui en ai pas voulu. Mais j'ai été prêtre pendant assez longtemps pour voir le mal que la colère et la soif de vengeance peuvent causer aux gens, Jack. J'ai vu leur vie dévastée par leur propre fureur, j'ai tenté de les aider à se reconstruire.

Montmorency intervint :

– D'après vous, il vaudrait mieux ne rien faire, alors ? Laisser ce monstre se promener tranquillement dans les rues de Paterson pour le reste de sa vie ?

– Non, non, ce n'est pas ce que j'ai dit. Mais laisser les autorités, la justice s'en charger.

– Les autorités ! La police ! s'écria Jack. Comment pourraient-ils nous venger ?

– J'essaie justement de vous faire comprendre qu'il ne s'agit pas de vengeance. Qu'avoir du sang sur les mains n'y changera rien. Il y a d'autres façons de faire, concentrez-vous sur votre devoir.

– Ah oui ? Quel devoir ? Je ne vois pas ce qui pourrait être plus important que de rendre hommage à la mémoire de mon oncle !

– Vous avez des obligations envers les vivants. Le duc vous a demandé de veiller sur la duchesse et sur Angelica. Vous devez prendre soin de Robert. Quant à vous, Montmorency, vous devriez montrer l'exemple à votre fils et vous comporter en homme civilisé au lieu de foncer sans réfléchir comme un cow-boy du Far West !

– Attendez, vous nous demandez de pardonner à Moretti ? fit Jack.

– Ce serait une idée, oui, reconnut le père Michael. Le pardon est un lourd fardeau pour celui qui est pardonné. Demandez à Robert, il doit vivre avec le mien.

– Je pense qu'il a raison, intervint l'intéressé. Parfois, je préférerais qu'il me frappe. Au moins, j'aurais l'impression que nous sommes quittes.

– Vous êtes tous complètement malades ! cria Jack avant de sortir en claquant la porte.

Le père Michael reprit plus doucement :

– Je suis sérieux, Montmorency. Ne vous laissez pas emporter par votre soif de vengeance. Quand avez-vous admiré un coucher de soleil ou écouté un morceau de musique pour la dernière fois ? Ne laissez pas la colère prendre les rênes de votre vie. Et ce pauvre gamin, fit-il en désignant la porte, il est sur la mauvaise pente. La rage lui dévore le cœur. S'il tue une fois, il risque de recommencer. Vous êtes plus âgé, Montmorency. Soyez un modèle pour lui.

– Mais… et Moretti ?

– Moretti est à des milliers de kilomètres. Vous êtes loin, alors qu'Alexander est en mesure de prévenir les autorités sur place. La police américaine pourra s'en charger. Pendant ce temps, Jack et vous, vous vous occuperez des vivants et non des morts. George n'apprécierait pas que vous négligiez Béatrice et Angelica, sous prétexte de le venger. Jamais il n'aurait voulu que vous vous mettiez dans un tel état. Je vous en supplie. Venez à Paris. Essayez, au moins, de pardonner et de vivre en paix.

Montmorency regarda autour de lui, attendant que quelqu'un le soutienne. Mais Paul et Tom fixaient la pointe de leurs chaussures.

Farcett plongea ses yeux dans les siens.

– Il a raison, vous savez. J'ai besoin de vous, Montmorency. J'aimerais que vous m'accompagniez à Paris au cas où il m'arriverait quelque chose. Si vous partez en Amérique, armes au poing, je me ferai tant de souci pour vous. Et je ne pense pas quc George aurait aimé que son neveu se noie dans la haine et la rancœur. Aidez-le à retrouver la paix, pour George. Quel genre d'homme est-il en train de devenir, Montmorency ? Un alcoolique colérique et instable. Combien de temps reste-t-il avant qu'il ne finisse dans le caniveau ? Vous savez comment ça se passe. Arrêtez-le. Montrez-lui les meilleurs côtés de la vie.

Montmorency réfléchit un long moment.

– D'accord, finit-il par dire. Je vais transmettre le message de Mary à Alexander, à Washington, et je vous accompagnerai à Paris. Mais je vous préviens, si ça ne va pas là-bas, Jack et moi, nous partirons pour l'Amérique.

Montmorency écrivit à Alexander en prenant soin d'utiliser son titre complet. Il adressa le courrier au marquis de Rosseley et ajouta la mention « Urgent et confidentiel » afin qu'il soit envoyé à Washington par la valise diplomatique. Il venait de poser l'enveloppe sur la table pour que Chivers la porte au ministère des Affaires étrangères, lorsque Jack revint.

– C'est quoi ? demanda-t-il en lisant l'adresse tout haut, trébuchant sur le nom de son frère.

– Une lettre pour Alex. Il est mieux placé que nous pour agir. Le père Michael a raison, tu sais. Notre place est à Paris, pour le moment.

Malgré l'alcool qui lui montait à la tête, Jack parvint à se contrôler.

– Ah oui ? Changement de programme ? On part pour Paris ?

– Oui, demain matin, avec les autres.

– D'accord, je vais porter cette lettre tout de suite, alors, proposa Jack.

– Non, Chivers peut le faire.

– Non, non, je suis debout, mieux vaut que Chivers nous aide à faire les bagages. Je reviens tout de suite.

Jack ressortit dans la rue. Il ne supportait pas l'idée de laisser à son frère, ce diplomate rasoir, la tâche de traquer Moretti. Il allait les suivre à Paris, d'accord, mais de là, il trouverait un moyen de filer en Amérique.

Il se rendit au ministère des Affaires étrangères à pied, en s'arrêtant dans quelques pubs en chemin. Il ne voulait pas éveiller les soupçons de Montmorency en rentrant trop vite. Des diplomates en costume entraient et sortaient du bâtiment : des hommes stables, dignes de confiance, et ennuyeux comme son frère aîné. Il ne voyait pas comment ce genre de personne pourrait réserver à Moretti le sort qu'il méritait. Jack n'avait donc pas le choix : il allait le faire lui-même. Ce n'était pas un boulot pour Alexander.

Il avisa une bouche d'égout qui s'ouvrait dans le caniveau. La grille comportait des fentes, comme une boîte aux lettres. Titubant légèrement, Jack se pencha pour la glisser dedans.

Qu'elle aille rejoindre les égouts. Le royaume de Lecassé. Où était sa place.

34
Fregoli

Ils s'attendaient tous à trouver la duchesse et Angelica plongées dans l'angoisse. Quelle ne fut pas leur surprise en découvrant qu'elles s'amusaient comme jamais à Paris. La duchesse avait loué le rez-de-chaussée et le premier étage d'un hôtel particulier dans le centre de la capitale. Les deux autres étages étaient occupés par une vedette de renommée internationale : Leopoldo Fregoli, le célèbre imitateur italien, en tournée mondiale avec son spectacle comique. Au début, sa vie un peu dissolue les avait dérangées. Il recevait de la visite à n'importe quelle heure et, n'éprouvant visiblement jamais le besoin de dormir, se mettait à chanter ou à jouer de la musique au beau milieu de la nuit. Béatrice était donc montée se plaindre, mais l'élégant petit homme, qui portait toujours un œillet à la boutonnière, l'avait finalement invitée. Il fut ravi d'apprendre qu'elle parlait italien et encore plus ravi de faire la connaissance d'Angelica. Bientôt, elles furent des habituées de ses fêtes incessantes et, lorsque Montmorency et les autres arrivèrent, ils furent aussitôt intégrés à la bande.

Fregoli leur dégotta des places pour son spectacle qui se jouait tous les soirs à guichets fermés dans l'une des plus grandes salles de la ville. Le père Michael, dont les représentations au plus modeste théâtre des Folies des Anglais n'avaient pas encore commencé, espérait glaner quelques trucs.

– J'ai entendu dire qu'il était très doué.

– Oui, il semble extrêmement populaire, en effet, confirma Montmorency en jouant des coudes pour se frayer un passage jusqu'à leur loge.

– Enfin, n'oublions pas que, dans les années quatre-vingt-dix, les Parisiens ont porté aux nues un homme qui ne faisait rien de plus que péter en public, ajouta Vannini.

– Ah, le pétomane ! s'esclaffa le père Michael. Quel talent ! J'aurais bien aimé l'imiter, mais je n'ai pas sa maîtrise !

La duchesse toussota.

– Revenons-en à Fregoli, si vous permettez. Je ne voudrais pas gâcher la surprise en vous racontant le spectacle mais je vous assure que vous allez vous amuser.

Le rideau se leva sur une jeune femme. Elle disait au revoir à son mari qui partait en voyage d'affaires. Quelques secondes plus tard, son amant débarquait. Le mari revenait alors à l'improviste, le forçant à aller se cacher. Les trois personnages, ainsi qu'une femme de chambre, ne cessaient d'aller et venir, pris de panique, emportés dans un tourbillon de faux-semblants. C'était drôle, vif, astucieux, et ce n'est qu'à la moitié du spectacle que Tom comprit la subtilité de la pièce. Les personnages dialoguaient, se disputaient, mais il n'y en avait toujours qu'un seul sur scène, car Fregoli jouait tous les rôles à la fois, filant dans les coulisses pour changer de costume en un éclair sans cesser de dire son texte. Tout était méticuleusement orchestré et s'enchaînait à la perfection, tandis que le public se tordait de rire. Les rebondissements se succédaient à un rythme effréné, plus cocasses les uns que les autres. La toile de fond était descendue, remontée et baissée à nouveau pour changer de décor. Lorsque le rideau tomba, Montmorency, ses amis et la salle entière avec eux applaudirent à tout rompre.

– Vous allez voir, fit Béatrice à l'entracte. La deuxième partie est complètement différente.

Effectivement. Fregoli incarnait ensuite les artistes de music-hall les plus célèbres du moment : chanteurs, danseurs, jongleurs, magiciens. En un instant, il changeait soixante fois de costume, alternant femme et homme, modifiant complètement son apparence, sa voix, sa démarche pour que le public reconnaisse ses vedettes préférées. Il entonna même un extrait de *Carmen*, vêtu d'une robe de flamenco avec la coiffe assortie et un immense éventail.

Après un second entracte, un grand écran fut dressé sur la scène. On baissa les lumières et Fregoli vint présenter la troisième et dernière partie du spectacle : son invention, le Fregoliscope. Des images vacillantes défilèrent sous les yeux des spectateurs. Cette fois, c'était un

Fregoli en noir et blanc qui présentait ses sketches en film. Le public était captivé. Ils applaudirent durant toute la projection et lancèrent des fleurs à la star lorsqu'elle vint saluer en chair et en os à la fin du spectacle.

– Et maintenant, la cerise sur le gâteau ! s'exclama la duchesse. Leopoldo nous a invités dans les coulisses. Nous allons découvrir l'envers du décor !

De chaque côté de la scène, cachées à la vue du public, se dressaient de hautes étagères où s'entassaient perruques, chapeaux, fausses barbes, gants et chaussures. Les costumes étaient pendus sur des cintres, dans un ordre précis, et soigneusement étiquetés, prêts à être enfilés. Une équipe d'accessoiristes s'affairait à tout remettre en place pour le spectacle au lendemain. Fregoli, loin du joyeux drille qu'ils connaissaient dans l'intimité, surveillait les opérations, concentré, pour s'assurer que tout était en parfait état. Montmorency et ses amis, fascinés, n'avaient qu'une envie : revenir.

Ils attendirent que les admirateurs se soient dispersés pour sortir par l'entrée des artistes.

– Alors, père Michael, qu'en avez-vous pensé ? demanda Fregoli alors qu'ils rentraient à pied. Il est toujours intéressant d'avoir l'avis de ses confrères.

– Je suis mortifié, Leopoldo. Vraiment. En comparaison, mon spectacle est, comme mon public vous le confirmerait, un scandale. Un vrai scandale.

– Et toi, jeune Tom ? T'es-tu amusé ?

– J'ai adoré. Mais vous savez ce que j'ai préféré ?

– La petite pièce en première partie ? Ou peut-être le Fregoliscope ?

– Non, c'est la visite des coulisses. Oh, monsieur Fregoli, est-ce que vous recrutez parfois du personnel ? Je donnerais n'importe quoi pour travailler avec vous !

– C'est une tâche difficile, Tom, répondit Fregoli, et je suis extrêmement exigeant. Il faut des années pour réunir une équipe en qui l'on peut avoir confiance.

– Je comprends, murmura Tom en s'efforçant de cacher sa déception.

– Cependant il se trouve que, justement, j'aurais besoin d'un petit coup de main, ajouta Fregoli avec un grand sourire. Mais il faut que tu me promettes de prendre ta mission au sérieux.

– Oh oui ! s'écria Tom en jetant un coup d'œil à Paul pour obtenir son autorisation.

Fregoli suivit son regard.

– Êtes-vous d'accord, Paul ? Je sais que vous êtes responsable de lui. Vous êtes le bienvenu pour vérifier qu'on ne l'exploite pas. Et évidemment, s'il travaille bien, je le paierai.

– Si je suis dans la salle, pourrais-je en profiter pour faire quelques croquis ? J'aimerais essayer de vous fixer sur la toile. Vous accepteriez ?

– Avec plaisir. Je suis même flatté, monsieur, répondit Fregoli alors qu'ils arrivaient à l'hôtel particulier. Maintenant, il est temps de fêter la nouvelle !

Ils étaient tous épuisés alors que Fregoli, qui n'avait pas arrêté de la soirée, semblait déborder d'énergie. Des acteurs et des musiciens accoururent de toutes les salles de spectacle de la ville et ils passèrent une bonne partie de la nuit à boire et à rire. En observant tout cela, le docteur Farcett eut une idée. C'était le premier projet professionnel qui lui traversait l'esprit depuis sa maladie. Il se demandait comment le corps de Fregoli faisait pour tenir le coup. Comment son cœur et ses poumons pouvaient suivre le rythme d'enfer qu'il leur imposait sur scène, quel aspect avaient ses cordes vocales avant et après le spectacle. Il lui demanda donc s'il consentirait à être son sujet d'étude, dans l'idée d'une éventuelle publication. Fregoli acquiesça avec joie.

Le lendemain, Tom, Paul et le docteur Farcett travaillèrent donc en coulisses. Montmorency se joignit à eux en tant que simple spectateur tandis que le père Michael allait rencontrer son nouveau directeur aux Folies des Anglais et que Jack s'accoudait à un bar. Il enrageait, de plus en plus convaincu que sa place était en Amérique, sur les traces de Malpensa et de Moretti. Il craignait que Montmorency ne veuille plus quitter Paris. Son ami prenait visiblement très au sérieux son rôle auprès de Farcett et des dames et il avait l'air ravi de pouvoir enfin passer du temps auprès de Tom qui, fasciné par le monde du théâtre, ne voudrait jamais abandonner son nouveau poste. Mais Jack se trompait. Finalement, ce fut grâce à Fregoli qu'ils purent enfin gagner les États-Unis. L'imitateur n'avait plus que deux semaines à Paris avant de partir jouer à New York. Alors que la fête battait son plein ce soir-là, il leur proposa à tous de le suivre de l'autre côté de l'Atlantique.

35
Mauvaise rencontre

Angelica était ravie. Elle allait pouvoir rejoindre son époux, récemment installé à Washington. En revanche, Béatrice ne souhaitait pas les accompagner. Il était temps pour elle d'aller retrouver Gus. Depuis qu'il était à Tarimond, ils avaient encore plus de mal à échanger des nouvelles. Il devait s'inquiéter pour elle, sans se douter qu'elle s'amusait comme une folle. Paul proposa de l'escorter jusqu'à la petite île écossaise où il peindrait le portrait du duc, à condition que Montmorency promette de s'occuper de Tom.

– Évidemment, répliqua-t-il. C'est mon fils, tout de même !

– Oui, mais ce sera la première fois que vous en serez réellement responsable. Vous ne pourrez pas courir après le premier anarchiste qui passe sans réfléchir. Il faudra d'abord penser à Tom.

– D'accord, promit Montmorency.

– J'y veillerai, assura le docteur Farcett. J'ai très envie

de retourner en Amérique. J'aimerais rendre une petite visite à Edison.

Le père Michael était obligé de rester à Paris. Il ne pouvait pas claquer la porte à nouveau. De plus, Fregoli lui avait fait de la publicité en ajoutant une parodie hilarante de son numéro dans son spectacle. Grâce à lui, la réplique « C'est un scandale ! Un vrai scandale » était sur toutes les lèvres, même si la plupart des Parisiens ignoraient d'où elle était issue.

Malgré les préparatifs du voyage, chacun profita au maximum des derniers jours dans la capitale française. Jack était plus serein et plus sociable maintenant qu'il savait qu'il partait. Il se rendit utile en rangeant accessoires et costumes dans d'immenses malles en osier.

Le dernier soir, il profita du premier entracte pour sortir fumer une cigarette avec Montmorency sur les bords de Seine. La nuit commençait tout juste à tomber et, après une chaude journée, l'eau exhalait la légendaire puanteur parisienne.

– Je ne comprends pas pourquoi leurs égouts ont une odeur si différente des nôtres, remarqua Montmorency. J'avais l'intention d'y descendre pour essayer de comprendre, mais le temps a filé si vite… Il faudra que je revienne.

– Ce qui vous est arrivé la dernière fois ne vous a pas passé l'envie de mettre les pieds dans les égouts ? s'étonna Jack.

– Le risque que je me fasse battre à mort ici est des plus réduits, non ?

– Infime, répondit Jack. J'aime beaucoup cet adjectif. Robert l'a employé à propos de je ne sais quoi l'autre jour !

– Ce devait être à propos d'une partie de ton anatomie, je présume ! s'esclaffa Montmorency.

Jack se mit à glousser et tousser en même temps.

Mais ils entendirent tous deux un autre rire derrière eux. Un ricanement mauvais, vite étouffé.

Ils se retournèrent et aperçurent le pan d'une cape dépassant d'un porche. Ils s'approchèrent instinctivement, et Montmorency sut de qui il s'agissait, tandis que Jack le devinait.

– Malpensa, murmura Montmorency.

L'homme pivota imperceptiblement. Ce devait être lui.

Montmorency et Jack n'eurent pas besoin de se parler, conscients qu'ils avaient l'avantage. Ils étaient deux, l'autre était seul. Jack avait grossi, il était en mauvaise condition physique, mais il était jeune. Montmorency avait retrouvé toute son énergie. Alors que Malpensa boitait. Ils pouvaient le coincer. Ils se jetèrent sur lui d'un seul mouvement.

Mais il était déjà loin. Comment avaient-ils pu le rater ? Comment pouvait-il se déplacer si vite ?

Jack fut le premier à comprendre. Il chevauchait une bicyclette ! Il avait beau tressauter sur les pavés, sa jambe invalide sur le côté, ils avaient toutes les peines du monde à ne pas le perdre de vue. Il les entraîna dans un vrai labyrinthe de ruelles. Ils étaient sur le point de le rattraper lorsqu'il fit volte-face sur sa monture, posa un pied à terre, sortit une arme et tira.

Ils se jetèrent au sol.

– Séparons-nous ! cria Montmorency en tournant les talons pour repartir d'où il venait.

Il entendait la bicyclette grincer derrière lui avec Malpensa qui haletait, à bout de souffle, comme dans les égouts. Montmorency rasait les murs, restant soigneusement dans l'ombre. À proximité du théâtre, il remarqua qu'il longeait un muret assez bas. Il savait qu'il donnait sur une cour, derrière le guichet de location. S'il trouvait la force de sauter par-dessus, il transformerait l'avantage de Malpensa en handicap. Il serait bloqué sur sa bicyclette. Montmorency bondit donc et Malpensa tira de nouveau, sans succès. Un fracas métallique indiqua que la bicyclette était tombée à terre. Montmorency avait gagné un peu de temps, il avait intérêt à bien l'employer. Il aurait pu se cacher dans le théâtre, mais il craignait que Jack n'ait besoin de lui. Il fallait qu'il retourne dans la rue sans se faire voir.

Les échos du spectacle de Fregoli donnèrent une idée à Montmorency. Il s'introduisit dans le bâtiment en forçant une fenêtre et se faufila jusque dans les coulisses. Tom était fidèle au poste, prêt à arracher le costume de l'acteur pendant qu'une habilleuse lui passait une tenue de clown.

En tentant de lui faire comprendre par gestes qu'il voulait se déguiser, Montmorency articula sans bruit :

– Donne-moi un coup de main.

Devant le visage maculé de poussière et de sueur de son père, Tom comprit tout de suite qu'il avait des ennuis. Fregoli s'en aperçut également dès qu'il pénétra dans les coulisses, en continuant à déclamer son texte afin de tenir le public en haleine pendant qu'il se changeait. Lorsque Tom lui ôta son costume, il le tendit aussitôt à Montmorency qui glissa ses bras dans les manches avant de se retourner. Fregoli le lui attacha lui-même sans interrompre sa scène, improvisant même quelques répliques supplémentaires pour gagner du temps. Tandis qu'on lui enfonçait une nouvelle perruque sur la tête, Montmorency posait l'ancienne sur son crâne. Il se saisit de l'éventail et fila juste au moment où l'artiste enfilait d'énormes chaussures puis rentrait sur scène, déclenchant des rugissements de rire dans le public.

Une fois dehors, Montmorency se plaqua contre le mur, dissimulant son visage derrière son éventail. Il scruta les environs pour repérer Malpensa et son vélo. Mais il n'était pas en vue et Jack non plus. Il entendit deux détonations au loin. Coups de révolver ? Fusées de feu d'artifice ? Ou peut-être bruitages du spectacle ?

Trois hommes remontaient la rue, visiblement ivres. Montmorency se rencogna dans l'ombre, mais ils l'avaient aperçu et, émoustillés par le frou-frou de sa jupe dans la nuit, ils se dirigèrent vers lui.

– Bonsoir, ma jolie ! dit le premier. Mon copain trouve que t'es une vraie beauté.

– J'aime les filles bien charpentées, renchérit le copain en question.

– C'est combien ? demanda le troisième tandis que le premier tendait la main vers sa perruque.

Montmorency leva son éventail. Il lui en aurait bien flanqué un coup sur le nez, mais il ne voulait pas dévoiler son visage, avec son menton mal rasé.

– Allez-vous-en ! couina-t-il de la voix la plus aiguë qu'il put. Laissez-moi tranquille.

Quelqu'un déboucha brusquement au coin de la rue. Les trois hommes reculèrent d'un pas, craignant d'être surpris en train d'accoster une femme. Une bicyclette surgit, visiblement à sa poursuite. Elle gagnait petit à petit du terrain. Montmorency aurait aimé se débarrasser des ivrognes mais il ne pouvait pas risquer d'attirer l'attention de Malpensa. Et pour le moment, les trois gaillards lui fournissaient la meilleure des couvertures.

Du coin de l'œil, il aperçut Jack qui s'engageait dans une rue sur la droite, Malpensa sur les talons. Puis, alors qu'ils venaient de disparaître hors de sa vue, il entendit une détonation. Pas de doute, cette fois, c'était bien un coup de feu.

Les trois hommes se précipitèrent. Montmorency les suivit, de l'air le plus dégagé possible, malgré la jupe longue qui entravait ses pas. En arrivant au coin de la rue, il découvrit la scène qu'il redoutait tant : Jack était couché à terre et se tenait le bras. Il avait été touché. Malpensa était debout devant lui, son arme à la main. Il le força à le regarder et posa un pied sur sa poitrine. La surprise ayant réduit les ivrognes au silence, la voix de Malpensa résonna dans la nuit.

– Ce n'est pas toi que je voulais ! clama-t-il d'un ton accusateur comme si c'était la faute de Jack s'il s'était trompé. Je t'aurais bien achevé, mais il ne me reste plus qu'une balle et je préfère la garder pour ton ami.

Comme il se retournait vers les trois hommes, Montmorency recula dans l'ombre. Malpensa parlait d'un ton haineux et autoritaire, en appelant à la lâcheté des ivrognes :

– Laissez-le là. Ne l'aidez pas. Filez, vous n'avez rien vu. Vous m'avez entendu ? Ouste !

Il ne put résister à l'envie de les menacer de son arme. Puis il pesta en se rappelant qu'il était à court de munitions. Il remonta sur sa bicyclette et s'éloigna. Les trois hommes s'enfuirent dans la direction opposée. Enfin seul, Montmorency se rua auprès de Jack, il le traîna sur le trottoir pour l'amener à l'abri, dans le théâtre, malgré ses cris de protestation véhémente.

Le docteur Farcett était là, prêt à prendre la température de Fregoli dès qu'il sortirait de scène. Il porta Jack dans une loge et lui arracha sa chemise pour examiner sa blessure.

– Ça doit faire très mal, mais je t'assure que ce n'est pas si grave. Il y a beaucoup de sang, cependant la balle a traversé sans toucher l'os.

– Comment nous a-t-il retrouvés ? gémissait Jack, paniqué. Je croyais qu'il était en Amérique.

– Je ne sais pas, soupira Montmorency. Il est revenu… Ou alors quelqu'un en Italie lui a dit où Béatrice était partie.

– Peut-être qu'il nous espionne depuis Londres, nous n'avons pas été assez prudents…

– Non, Jack. Tu as été parfait. Tu as toujours pris

soin de masquer qui tu étais. Malpensa ne t'a même pas reconnu ce soir. C'est moi le coupable. Je lui ai dit mon nom et je suis venu ici sans prendre la peine de changer d'identité. Robert et toi, vous avez fait l'impossible alors que moi, je me suis cramponné à ce nom, qui n'est même pas vraiment le mien. Tout est ma faute. Je ne peux m'en prendre qu'à moi-même.

Le docteur Farcett secoua la tête.

– Non, Montmorency. C'est Malpensa, le responsable. Ce n'est pas une vie de se camoufler sans cesse. C'est Malpensa qui a tiré sur Jack. Dirigez votre colère sur lui au lieu de la retourner contre vous.

– Je peux quand même partir demain ? s'inquiéta Jack.

– Je ne sais pas, marmonna Montmorency. Nous ferions peut-être mieux de rester ici, maintenant. Pour essayer de le coincer.

– Mais, intervint Jack, Malpensa peut être n'importe où à l'heure qu'il est, alors que nous savons où trouver Moretti. Même si les informations du document codé d'Italie étaient fausses, Mary Gibson pense l'avoir reconnu. Je vous en prie ! J'attends ce moment depuis si longtemps ! Nous avons pris nos billets, nos bagages sont prêts. Il ne reste plus qu'à aller le cueillir à Paterson. Nous n'allons pas laisser passer cette chance !

– Et Malpensa ? Il aurait pu te tuer. Je veux lui faire payer.

– À mon avis, Malpensa viendra à vous ! affirma Jack. Je vous en supplie, je n'en peux plus d'attendre, partons coincer Moretti !

– D'accord, fit Montmorency. Je vais dire à Paul d'avertir ton père que Malpensa est quelque part en Europe.

Il se tourna vers le docteur Farcett qui était en train de nettoyer la blessure de Jack.

– Robert, pensez-vous qu'il soit en état de voyager ?

– Oui, confirma Farcett. Au moins, à bord, vous serez à l'abri de Malpensa et quelques jours alité ne feront pas de mal à Jack, même s'il souffre à nouveau du mal de mer. De toute façon, je serai là. Je vais panser la blessure. Jack a raison. Malpensa vous en veut. Filez. Occupez-vous de Moretti si vous voulez. C'est lui qui a tué George après tout. Mais ne vous exposez pas délibérément au danger. Jack n'est pas en état de se défendre, maintenant.

– Bien, bien, fit Montmorency. Partons.

Il regarda Farcett bander le bras de son ami. Tout horrifié qu'il était par les événements de ce soir, il était cependant heureux d'entendre à nouveau Robert parler comme un médecin.

36
De retour en Amérique

Ils voyagèrent à nouveau à bord du *Campania*, le bateau qui les avait emmenés à New York deux ans auparavant. Le décor leur était familier, à l'exception d'un petit détail : les photos qui ornaient les couloirs avaient été changées. Le *Campania* avait été le seul transatlantique autorisé à se joindre à la grande flottille qui avait escorté le cercueil de la reine Victoria de l'île de Wight à Portsmouth. La compagnie maritime avait donc accroché dans des cadres noirs des images de l'événement ainsi que des portraits des têtes couronnées étrangères et des dignitaires britanniques qui étaient à bord en ce jour de deuil. En revanche, les passagers qui venaient d'embarquer n'étaient pas d'humeur funèbre, bien au contraire. Ils s'amusèrent tout le long du voyage. Fregoli avait précisé au capitaine qu'il ne souhaitait donner aucune représentation, mais même sans costume, il ne put s'empêcher d'improviser de petits numéros ici et là dans le bateau.

Grâce aux soins du docteur Farcett, la blessure de Jack était en voie de guérison, cependant, au bout d'une semaine de traversée, il n'avait toujours pas retrouvé l'usage de son bras. Il avait l'intention de filer directement à Paterson dès qu'ils auraient accosté, mais Montmorency se montra inflexible. Il fallait d'abord que Jack se remette. Ils passeraient quelque temps à New York où Tom travaillerait dans les coulisses du spectacle de Fregoli. Moretti patienterait le temps qu'ils soient tous les deux en forme. En outre, Alexander s'était peut-être déjà chargé de lui.

En arrivant, Montmorency laissa Tom accompagner l'équipe de Fregoli. Un convoi spécial avait été affrété pour transporter accessoires et costumes du port à la salle de spectacle. Ils n'avaient pas une minute à perdre s'ils voulaient être prêts pour la première représentation. Montmorency, Jack et le docteur Farcett se rendirent à l'hôtel. À leur grande surprise, un visiteur les y attendait déjà. Il était visiblement américain : de haute stature, large d'épaules, avec un visage halé qui faisait ressortir son sourire d'un blanc éclatant. Il portait un élégant costume dont la coupe et la couleur intriguèrent Montmorency. La veste était plus courte que la mode ne le voulait en Europe, le gilet plus ajusté et les jambes de pantalon plus resserrées. Sa cravate était nouée de façon assez lâche autour du col de sa chemise. Il tenait son chapeau à la main – un feutre mou, peu profond, au bord étroit. Il sortit son portefeuille afin de lui montrer discrètement une plaque d'identité, qui ne lui en apprit pas davantage.

– Je suis Jerrold Armitage, je travaille pour le gouvernement fédéral. Je souhaiterais avoir un entretien avec vous, monsieur.

– Mais certainement, répondit Montmorency. Peut-être pourriez-vous nous accompagner dans notre suite. Ce groom va nous y conduire.

Il enchaîna en faisant les présentations :

– Voici le docteur Robert Farcett et mon assistant, Jack Leca…

– Je sais qui vous êtes, le coupa Armitage en se dirigeant vers l'ascenseur.

Dans l'intimité de la suite, il tendit un télégramme à Montmorency. Il provenait de l'inspecteur Howard, à Londres.

Montmorency Farcett Lecassé arrivent vendredi sur Campania STOP *au courant de rien* STOP *pouvez vous recommander de moi* STOP *Howard Scotland Yard* STOP

– « Au courant de rien » ? Qu'est-ce que ça signifie ? s'étonna Jack.

– Vous étiez à bord du bateau, nous n'avons pas pu vous prévenir, expliqua Armitage. L'inspecteur Howard m'a dit que vous pourriez m'apporter votre aide dans une affaire de sécurité nationale. Nous avons reçu une série de menaces contre la vie du Président. Bien sûr, c'est monnaie courante, mais vous comprendrez que les récents événements impliquant les anarchistes nous obligent à les prendre au sérieux. Howard m'a confié que vous l'aviez efficacement secondé pour les funérailles de la reine Victoria.

– Enfin, nous avons essayé, corrigea Montmorency. Ça n'a pas abouti à grand-chose. J'ai démasqué un terroriste, mais il s'est enfui...

– Je sais. L'inspecteur nous a tout raconté. Et, Lord Francis, j'ai discuté avec votre frère...

– Ne m'appelez pas comme ça, s'il vous plaît, intervint Jack. C'est très important. Personne ne doit savoir qui je suis en réalité.

– Désolé, monsieur Lecassé. Le marquis de Rosseley m'a assuré que vous accepteriez de m'aider. Il m'a confirmé que vous seriez en mesure d'identifier des individus dangereux inconnus de nos services, mais dont vous avez de bonnes raisons de croire qu'ils se trouvent actuellement aux États-Unis.

– Effectivement, c'est ce que nous pensions, mais nous avons maintenant la preuve que l'un d'entre eux, Malpensa, était à Paris il y a quelques jours, corrigea Montmorency. Évidemment, cela ne veut pas dire qu'il ne viendra pas ici. En fait, s'il apprend que nous sommes là, il risque de nous suivre. Je croyais au départ que nous étions à ses trousses, alors qu'en réalité, il nous pourchasse également.

Armitage poursuivit :

– Le Président a un emploi du temps très chargé dans les prochaines semaines. Il aime aller au-devant des gens, rencontrer son peuple. Nous avons besoin de toutes les ressources disponibles pour surveiller la foule et repérer ceux qui pourraient constituer une menace. Pourrez-vous nous y aider ?

– Nous comptions nous rendre à Paterson dans le New Jersey où nous avons des affaires importantes à régler. Washington n'est pas du tout sur notre chemin, protesta Jack.

– En fait, il ne s'agit pas d'aller à Washington. Et si vous aviez l'intention d'aller à Paterson pour y débusquer des anarchistes, je peux vous assurer que c'est inutile. Nous venons d'y démanteler une cellule entière. Non, je veux vous envoyer à Buffalo. C'est dans l'État de New York, à quelques heures de train. Le président McKinley s'y rend pour visiter l'Exposition panaméricaine. Il va voir les chutes du Niagara et faire le tour des pavillons. Il est entouré par ses gardes du corps et son équipe de sécurité habituelle, mais ils auraient bien besoin de quelques paires d'yeux supplémentaires car il va être vraiment exposé au public. Seriez-vous d'accord pour nous aider ?

Bien que Jack n'ait pas l'air convaincu, Montmorency accepta. Armitage les remercia.

– J'ai vu des brochures touristiques sur les chutes du Niagara et l'Exposition panaméricaine dans le hall de l'hôtel, vous pourriez les consulter. Quant à vous, docteur Farcett, ça ne peut que vous intéresser : toutes les avancées technologiques américaines seront présentées, aussi bien dans le domaine de la médecine que des sciences en général. Je crois que vous êtes un fervent admirateur de Thomas Edison. Si vous voulez, vous pouvez nous accompagner.

– Oui, répondit Farcett, mal à l'aise.

Cet homme qu'ils ne connaissaient pas semblait tout savoir d'eux.

– Dans ce cas, rendez-vous dans le hall demain matin et nous irons prendre le train pour Buffalo.

– Oh..., fit Montmorency. Vous avez besoin de nous immédiatement ?

– J'en ai bien peur. Cela vous pose problème ?

– Non, pas du tout.

– Et que faites-vous de votre fils, Montmorency ? le coupa le docteur Farcett.

Comme il le regardait sans comprendre, Robert dut lui rappeler l'existence de Tom.

– Vous ne pouvez pas le laisser tout seul ici, quand même !

– Oh non ! gémit Montmorency, honteux d'avoir déjà failli à ses responsabilités paternelles, comme Paul l'avait prévu. Je suis sûr que l'on doit pouvoir s'arranger avec Fregoli...

Pressé de partir avant qu'ils ne changent d'avis, Armitage remit son chapeau en déclarant :

– Je vous laisse vous organiser. Rendez-vous demain matin dans le hall à dix heures.

Trop polis pour émettre une quelconque objection, les Anglais acquiescèrent. Mais lorsque la porte se fut refermée sur Armitage, Jack explosa :

– Nous n'irons jamais à Paterson, alors ! À croire que vous tenez à ce que Moretti nous échappe ! Nous sommes arrivés depuis une heure à peine et déjà tous nos projets sont bouleversés. C'est bien le genre d'Alexander de proposer nos services sans même savoir si nous sommes d'accord. Non mais, pour qui se prend-il ?

– Pour un diplomate britannique proposant son aide à une puissance amie, répliqua Montmorency. Il fait son travail, c'est tout. Et n'oubliez pas qu'il est au courant pour Moretti. Il doit s'en être chargé. Vous avez entendu ce qu'a dit Armitage.

Jack ne répondit rien. Le moment était mal choisi pour avouer qu'il avait jeté le courrier de Montmorency et qu'Alexander n'était au courant de rien.

– De toute façon, reprit Montmorency, qui sait ? Si Malpensa vient aux États-Unis, cette exposition est exactement le genre d'endroit où il essaiera d'attenter à la vie du Président. Il veut me tuer, certes, mais son but ultime est l'anéantissement de toute autorité. Je ne suis qu'un obstacle sur sa route.

– Nous allons donc une fois de plus faire passer notre devoir civique avant nos propres priorités ? résuma Jack. Je n'en peux plus !

– Nous n'avons pas le choix, affirma Montmorency. Le père Michael a raison : il faut avant tout protéger les vivants, notre soif de vengeance passe après. Le président McKinley est en vie et il a besoin de nous.

– Je suis en vie et j'ai le bras en écharpe, grogna Jack. Je veux me venger de celui qui m'a fait ça !

Farcett préféra s'éclipser.

– Je descends dans le hall essayer de trouver les brochures concernant l'exposition. Voulez-vous que j'aille au théâtre voir si Fregoli pourra veiller sur Tom en votre absence ?

– Si ça ne vous dérange pas, répondit Montmorency. D'après ce qu'a dit Armitage, nous en avons pour une semaine tout au plus.

Il savait que Tom n'aurait pas le temps de s'ennuyer avec son travail en coulisses. Mais il était père depuis peu et n'avait jamais eu de père lui-même, il ne pouvait donc pas se douter que Tom serait blessé qu'il parte sans lui et qu'il n'ait même pas eu le courage de le lui annoncer en personne.

37

Czolgosz-Neiman

Pendant que Jerrold Armitage exposait la situation à Montmorency et à ses amis à New York, un jeune Américain à l'allure peu avenante s'achetait une arme chez Wallbridge à Buffalo. Le vendeur le complimenta sur son choix. Ce revolver Iver Johnson calibre .32 était parfait : assez petit pour tenir discrètement dans la poche ou dans la paume de la main. Mais le client l'avait choisi pour une autre raison : il était de la même marque que celui qu'avait utilisé Gaetano Bresci pour assassiner le roi Umberto d'Italie à Monza un an plus tôt.

Ce client s'appelait Léon Czolgosz. Fils d'un immigré polonais, il était né à Detroit. Il en avait eu assez d'expliquer aux gens comment prononcer son nom qui, aux yeux des Américains, n'était qu'une suite de lettres parfaitement incompatibles. « Chole-goz », disait-il, les autres répétaient en s'efforçant de ne pas s'emmêler la langue, mais ils trébuchaient immanquablement sur son nom la fois suivante. Aussi s'était-il résolu à en prendre un autre : Fred Neiman. Ce qui voulait dire « Fred Personne » et résumait parfaitement le rôle qu'il jouait dans ce monde ; le peu d'impact qu'il avait eu sur cette société, jusqu'à aujourd'hui. C'était également une bonne couverture. Il avait, sous le nom de Fred Neiman, fréquenté différents sympathisants anarchistes à travers tout le pays. Il avait bu leurs discours dénonçant l'injustice d'un pouvoir exercé par un seul homme sur les autres et glorifiant l'assassinat du roi Umberto d'Italie. C'est sous le nom de Fred Neiman qu'il prit une chambre à l'hôtel Novak de Buffalo pour y attendre la venue du Président.

Montmorency, Jack et Farcett arrivèrent le lendemain. Le train les déposa directement à l'exposition et Jerrold Armitage leur fit faire un tour dans le parc grouillant de monde. L'annonce de la visite du Président avait attiré les foules qui avaient jusque-là boudé l'exposition depuis son ouverture en mai. Les Anglais avaient lu la brochure. Ils savaient qu'il s'agissait de l'une des plus grandes foires jamais organisées, mais ils n'étaient cependant pas préparés à ce qu'ils découvrirent. L'Exposition panaméricaine constituait à elle seule une petite ville, avec ses larges avenues, ses voies ferrées et ses immenses bâtiments présentant toutes les réalisations humaines possibles et imaginables et tous les aspects du mode de vie américain, du campement inuit au rodéo du Far West. Il y avait un jardin zoologique, des serres horticoles, des galeries d'art, des manèges, un stade, des fontaines, des plans d'eau où faire du bateau, des restaurants, des magasins… Farcett s'intéressait surtout aux halls d'exposition sur la médecine. Selon la brochure, les tout derniers équipements y étaient présentés, et en particulier des couveuses en verre pour maintenir les bébés prématurés en vie.

– Si j'ai bien compris, il y a vraiment des nourrissons à l'intérieur. On paie pour les voir.

– La ville de Buffalo a dépensé dix millions de dollars pour cette exposition, leur expliqua Armitage, et la plupart des bâtiments seront détruits à la fin de l'année lorsqu'elle fermera.

– Mais pourquoi démolir de telles merveilles ? s'étonna Farcett en admirant un palais où chérubins, anges et animaux fantastiques entouraient un dôme en or.

– Parce que ce n'est pas de la vraie pierre ! C'est un mélange de papier et de bois. Ils ont craint que les pluies diluviennes ne détruisent tout avant qu'ils aient fini, mais le résultat est étonnant, non ?

Les Anglais durent admettre qu'ils étaient impressionnés.

– Attendez qu'il fasse noir, renchérit Armitage en désignant les guirlandes de boules blanches ornant les frontons des bâtiments comme des colliers de perles. Vous avez vu ? Ce sont des ampoules. La nuit, tout brille de mille feux. Quand ils allument, le soir, cette immense tour s'illumine de haut en bas. On se croirait en plein jour. Et l'électricité est entièrement fournie par les chutes du Niagara. Nous irons les voir avec le Président. C'est quelque chose, je vous préviens ! Mais il faudra ouvrir l'œil. Beaucoup de gens estiment que c'est mal de tirer de l'énergie de la nature. Ils seront là en masse pour manifester leur désaccord devant McKinley.

Deux jours plus tard, Czolgosz se trouvait également aux chutes, espérant pouvoir approcher le Président d'assez près pour étrenner son revolver, mais les services secrets américains étaient sur leurs gardes et surveillaient attentivement la foule. Il comprit qu'il n'avait aucune chance. Il avait suivi le Président à travers toute l'exposition, l'avait entendu s'extasier sur ce chef-d'œuvre célébrant la prospérité de l'Amérique et son influence croissante dans le monde. Il l'avait vu passer en revue les troupes, assister à un ballet, goûter glaces et pop-corn, sourire, saluer la foule et galvaniser son public en hochant la tête ou en l'effleurant de la main. Le Président continuait son manège devant les chutes, débordant d'énergie, alors que la Première Dame commençait à fatiguer et avait manifesté le désir de s'allonger un moment.

McKinley persévérait, malgré la chaleur étouffante, dans son épais costume de ville. Il visita la centrale hydroélectrique et confirma qu'après le déjeuner, il retournerait à l'exposition, afin de serrer d'autres mains au Temple de la musique.

En revenant des chutes du Niagara, Montmorency et Jack firent une pause et burent un verre de salsepareille bien fraîche pendant que le Président changeait de chemise avant la réception prévue à seize heures. Jack bâilla.

– Cette chaleur me tue. La sueur me coule dans les yeux.

Il leva le bras pour s'essuyer la figure dans son écharpe.

Montmorency lui tendit un mouchoir.

– Tiens, prends plutôt ça.

Jack s'épongea le visage et le lui rendit.

– Non, non, garde-le. J'ai vu qu'ils vendaient des mouchoirs brodés aux couleurs de l'exposition. Je vais aller en acheter deux. J'ai l'impression que le stand fait fureur par cette chaleur.

Il y avait déjà une longue file de badauds devant le Temple de la musique. Armitage fit entrer Montmorency et Jack par l'arrière afin de les présenter aux agents des services secrets américains et aux gardes du corps chargés de la sécurité. Un homme sur les nerfs supervisait l'installation de palmiers en pot et de tentures autour de l'endroit où se tiendrait le Président.

– Monsieur Quackenbush, commença Armitage, ces deux gentlemen vont nous aider cet après-midi. Ils surveilleront la queue pour repérer d'éventuels indésirables. Où voulez-vous qu'ils se placent ?

– Ravi de faire votre connaissance, répondit Quackenbush. Je vais tout vous expliquer. Vous voyez ces chaises disposées en forme de L ? Le Président se tiendra là.

Il se mit à l'intersection des deux branches du L, serrant des mains invisibles, comme s'il était McKinley.

Puis il se dirigea vers la porte Est.

– Les gens entreront par là. Je vais positionner des soldats ici et à chaque coin, pour donner un air de solennité et leur faire comprendre qu'ils doivent bien se tenir. Les visiteurs suivront ce parcours, échangeront une poignée de main avec le Président, puis continueront leur chemin pour sortir à l'autre bout du L, là-bas. Je propose que vous vous installiez ici, face à l'entrée, ainsi vous pourrez mieux scruter les visages.

Quackenbush les toisa de la tête aux pieds. Montmorency arborait le costume chic du parfait gentleman anglais, et Jack avait passé les « habits du dimanche » de son personnage de domestique. Il les prit donc pour des policiers en civil.

– Bien, bien, fit-il en rajustant la veste de Jack. J'ai déjà plein d'hommes en uniforme, ce qui me manque, c'est justement des gens comme vous. Vous vous mêlerez aux journalistes qui seront dans ce coin. Pas mal, le bras en écharpe, ça donne une touche d'authenticité, ajouta-t-il en lui assenant une petite tape.

Jack dut se mordre les lèvres pour ne pas hurler de douleur, mais Quackenbush ne remarqua rien. Il s'approcha de Montmorency et épousseta son manteau.

– Quant à vous, si vous vous tenez bien droit, vous pourrez passer pour un fonctionnaire venu de Washington. Bien, bien, vous vous fondrez parfaitement dans le décor. Bon, il faut que je continue l'installation.

Il regarda l'heure.

– Le Président arrive dans cinq minutes. À vos postes, à vos postes !

Les soldats se mirent en position tandis que Montmorency et Jack saluaient d'un hochement de tête les agents en civil qu'ils avaient croisés durant la journée.

Ils entendirent le murmure de la foule s'amplifier jusqu'à exploser en un tonnerre d'applaudissements et d'acclamations. Les journalistes furent introduits par une porte latérale pendant que McKinley prenait place à l'endroit que Quackenbush avait préparé, entouré de fougères et de palmiers, avec la bannière étoilée en toile de fond. Le Président fit signe à un assistant qui fit signe à Quackenbush. Quackenbush fit signe à l'organiste qui attaqua son morceau. On ouvrit les portes. Les badauds pénétrèrent dans le bâtiment.

McKinley prit la main que le premier de la file lui tendait, la serra et lui dit quelques mots tout en le tirant fermement vers la sortie. Puis il se tourna vers le suivant. Chacun reçut exactement le même traitement, subtil mélange d'efficacité et de sincérité. Il y eut quelques écarts dans le cérémonial : une femme qui était arrivée les bras chargés de souvenirs en fit tomber un que le Président l'aida à ramasser. Une adorable petite fille avec un cheveu sur la langue attendrit l'assistance. Un vieil homme qui voulait rester à discuter dut être poussé vers la porte. Mais c'était épuisant. Les gens, en nage, s'épongeaient le front avec leur mouchoir ou leur manche, pour ne pas être trop ruisselants en arrivant devant le grand homme.

Exactement comme lors des funérailles de la reine Victoria, Montmorency et Jack avaient du mal à rester alertes, à scruter le moindre visage, alors que, à dire vrai, il ne se passait pas grand-chose. Mais soudain il y eut un mouvement dans la foule. L'un des gardes du corps avait remarqué quelqu'un de louche dans la queue. Il donna un coup de coude à un collègue en montrant l'homme du menton. À leurs yeux, son teint basané et son air surexcité le désignaient comme un anarchiste potentiel, aussi le prirent-ils discrètement à part. Montmorency les regarda fouiller ses poches. Rien. Ils le laissèrent reprendre sa place dans la file avec toutes leurs excuses. Bientôt il serra la main de McKinley qui l'attira vers la sortie comme les autres.

À côté de Jack, un assistant brandissait un chronomètre.

– Le Président tient à faire cinquante poignées de main à la minute, murmura-t-il. Il faut qu'on accélère le rythme.

Il alla à l'entrée et pressa les gens pour que tout le monde puisse passer avant que McKinley ne s'en aille. Encore dehors, Czolgosz se demandait s'il parviendrait à entrer avant la fermeture des portes. Mais il ne voulait pas attirer l'attention en poussant. Tout était prêt. Le revolver était dans sa poche. Il draperait un mouchoir autour de son poing pour le cacher lorsqu'il le sortirait. Il répéta la scène dans son esprit. Avancer, viser, tirer. Il n'était plus qu'à quelques mètres de l'entrée.

À l'intérieur, Jack réprimait un nouveau bâillement lorsqu'il sentit comme une décharge électrique. Par ennui, son regard avait dévié vers la file de gens qui avaient déjà serré la main du Président et se dirigeaient vers la sortie. La démarche de cet homme lui était familière : il avait les pieds en dedans si bien que les bouts de ses chaussures se touchaient presque. Petit, rondouillard, le crâne dégarni… Jack ne voyait pas son visage, mais il en était sûr : c'était Moretti.

Que fabriquait-il ? Il était déjà passé devant le Président, lui avait serré la main. Avait-il eu l'intention d'attenter à sa vie pour finalement se raviser en voyant l'homme juste devant lui être attiré à l'écart ? Avait-il perdu son sang-froid au dernier moment ? Ce n'était pas grave. Il était là, maintenant, Jack avait l'occasion de le coincer et de lui faire payer ce qu'il avait fait à George. Il y avait plein de policiers et de soldats dans la pièce. Ils étaient bien assez pour repérer les fauteurs de troubles dans cette file de badauds dégoulinants.

Jack savait ce qu'il devait faire. Il allait suivre Moretti. Montmorency regardait dans la direction opposée, concentré sur un jeune homme à la main bandée qui venait d'entrer dans le bâtiment. Jack lui tapota le bras en articulant « Moretti » avant de se faufiler entre gardes et journalistes vers la sortie, en prenant soin de ne pas attirer l'attention. Il ne voulait pas troubler la cérémonie présidentielle ni risquer que Moretti sente qu'il était suivi. Il fallait bouger au ralenti. Montmorency, sur ses talons, prenait les mêmes précautions. Le temps qu'ils arrivent à l'extérieur, l'homme avait une bonne vingtaine de mètres d'avance sur eux. Il s'enfonça parmi la foule qui s'attroupait dans l'espoir de voir le Président quitter le

Temple de la musique. Montmorency et Jack se frayèrent un chemin dans la cohue pour essayer de le rattraper.

À l'intérieur, Léon Czolgosz n'était plus qu'à quelques mètres de McKinley. Personne ne prêta attention à sa main bandée d'un mouchoir. Il tendit le bras et tira deux fois. Le mouchoir prit feu. Un garde du corps se jeta sur Czolgosz mais un soldat l'immobilisa, le prenant pour l'assaillant. L'homme qui suivait Czolgosz dans la file lui mit son poing dans la figure. Le Président porta la main à sa poitrine et sentit une moiteur qui ne pouvait être que du sang.

Alors que Montmorency et Jack rattrapaient leur suspect, ils entendirent les coups de feu. Il les entendit aussi et se retourna vers le Temple de la musique. Un cri d'horreur collectif se propagea dans la foule. Montmorency et Jack eurent un double choc. On avait tiré sur le Président. Et l'homme qu'ils poursuivaient n'était pas Moretti.

38
État d'urgence

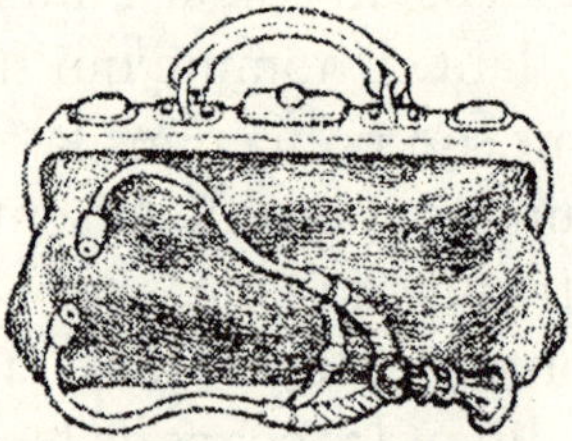

Pendant ce temps, le docteur Farcett était en train d'admirer les couveuses. Il avait payé son entrée vingt-cinq cents et se sentait un peu mal à l'aise de regarder ces petits patients exhibés contre de l'argent. Mais il était fasciné. Il n'avait jamais rien vu de pareil. Ce bâtiment de deux étages, au beau milieu des attractions de fête foraine, abritait douze caisses en verre, munies d'un tuyau qui les alimentait en air frais filtré et d'un thermostat permettant de garder les bébés à la température optimale. Devant chaque couveuse, une affichette renseignait les visiteurs sur son petit occupant, les circonstances de sa naissance et ses chances de survie. À l'étage du dessus, on avait installé une nursery accueillant les bébés ayant pris assez de poids et de forces pour quitter la couveuse.

Quelqu'un fit soudain irruption dans la pièce, en

bafouillant qu'on avait tiré sur le Président et qu'il avait besoin d'un médecin.

– Je suis médecin, annonça Farcett.

Aussitôt, on l'entraîna avec l'une des infirmières vers le centre de secours de l'exposition.

Le Président n'était pas encore arrivé mais on racontait qu'on l'amenait en voiture, toujours vivant, mais dans un état grave. Farcett examina les locaux. Ils étaient parfaitement adaptés pour faire face aux malaises et autres incidents qui pouvaient se produire lors d'un événement public rassemblant autant de monde. Mais ils ne possédaient pas l'équipement nécessaire pour opérer une blessure par balle. Il n'y avait pas assez de lumière ni d'instruments. L'éminent chirurgien responsable des lieux était à l'hôpital, en plein milieu d'une opération. En attendant, le médecin le plus expérimenté était un gynécologue qui était en train de recoudre une plaie du cuir chevelu. Les choses ne se présentaient pas bien. Farcett supposait qu'ils allaient transférer le Président vers un grand hôpital.

Mais lorsqu'il arriva, on décida de le soigner sur place. L'une des balles tomba quand ils lui ôtèrent sa chemise, ne laissant qu'un hématome sur sa poitrine. Mais l'autre blessure était plus grave. Farcett se présenta et proposa son aide. Il assista modestement les médecins américains qui s'efforçaient de réparer les dommages causés par la balle à la lumière de l'unique fenêtre. Elle avait traversé l'estomac du Président pour aller se loger plus profond dans l'abdomen. Ne parvenant pas à la retrouver, ils décidèrent de la laisser à l'intérieur. Farcett trouva étrange qu'ils ne posent pas de drain pour limiter les risques d'infection. Il s'inquiétait des effets que pourrait avoir cette balle sur le Président, mais il n'osa pas parler, se contentant de faire ce qu'on lui disait et de croiser les doigts.

Jack et Montmorency étaient dehors, au milieu de la foule. Montmorency se sentait affreusement coupable. Pour la deuxième fois, il avait failli à son devoir pour assouvir sa soif de vengeance personnelle. La première fois, aux funérailles de la reine Victoria, cela n'avait pas porté à conséquence. Le cortège s'était déroulé sans incident alors qu'il ne le surveillait plus. Peut-être même qu'en se lançant à la poursuite de Malpensa, il l'avait empêché de tirer sur le roi. Mais cette fois, Montmorency s'était laissé entraîner par la colère, il avait quitté son poste, et le Président avait été blessé. Sa vie était en jeu. Le coupable avait été emmené par la police. Il s'était rendu sans opposer la moindre résistance et avait avoué son crime. C'était l'homme que Montmorency observait au moment où Jack lui avait tapoté l'épaule. Il se souvenait que sa main bandée l'avait intrigué. Si seulement il avait suivi son instinct et intercepté Czolgosz… Il avait tellement honte !

Jack était plus furieux que désolé. Cette mission à Buffalo s'était soldée par un échec lamentable et l'avait détourné de son but véritable. En outre, Armitage venait de lui apprendre qu'ils ne pourraient pas quitter la ville tout de suite. Ils devaient rester pour les procédures judiciaires et l'enquête qui suivraient. Tous ceux qui se trouvaient au Temple de la musique cet après-midi-là seraient interrogés, sans doute à plusieurs reprises. Jack et Montmorency seraient coincés à Buffalo pendant que, à des kilomètres de là, Moretti vaquait tranquillement à ses occupations, sans être inquiété pour le meurtre de George.

39
Drame et conséquences

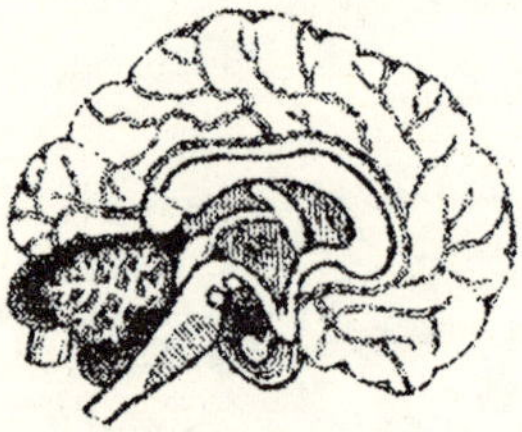

Dans les quelques jours qui suivirent la fusillade, les nouvelles étaient bonnes. Les médecins publiaient des bulletins optimistes sur la santé du Président et, en ville, l'excitation l'emportait sur la peur. McKinley était un patient facile, gai et plein de bonne volonté. Personne ne se doutait que les tissus qui entouraient la balle étaient en train de pourrir, que la gangrène progressait et que le corps du Président s'intoxiquait progressivement. Huit jours après l'attentat, il était mort. Le pays entier s'abîma dans le deuil et la colère. Dans l'esprit des gens, les médecins de Buffalo, autrefois considérés comme des héros, n'étaient plus que de vulgaires bouffons. Les journaux consacrèrent de longs articles aux origines et au passé de Czolgosz. Ils critiquèrent les personnes en charge de la sécurité du Président qui ripostèrent en affirmant qu'il n'existait guère de moyen d'empêcher un assassin déterminé et agissant seul de passer à l'acte. Le vice-président, Theodore Roosevelt, interrompit ses vacances dans les montagnes Adirondack pour revenir de toute urgence. Il dut même emprunter une veste pour la cérémonie de passation des pouvoirs organisée en catastrophe chez un particulier. On avait prévu des funérailles grandioses, rivalisant avec celles de la reine Victoria, où après de longs trajets en train et une procession dans les rues de Washington, McKinley serait finalement enterré dans sa ville natale de l'Ohio. Montmorency demanda à Jerrold Armitage s'il aurait besoin de leurs services, à Jack et à lui. Celui-ci s'efforça de garder un ton courtois pour refuser leur offre. Il ne pouvait pardonner aux deux Anglais d'avoir quitté leur poste juste avant l'attentat.

– Non, merci, ce ne sera pas nécessaire. Dès que le procès aura pris fin, vous pourrez partir.

– Et Moretti ? demanda Jack. Il ne se trouvait pas à l'exposition mais il rôde encore. Il complote peut-être quelque chose. Vous ne voulez pas aller jeter un œil à Paterson ?

– Je vous l'ai déjà dit, nous avons démantelé la cellule anarchiste de Paterson après l'assassinat du roi d'Italie. Et nous y sommes allés pour vérification cette semaine, bien évidemment.

– Avez-vous appréhendé l'homme dont je vous avais parlé, insista Jack, celui qui travaille à la bibliothèque ?

Armitage commençait à perdre patience.

– En effet, et ses papiers étaient en règle. Il est originaire de Rome et non de Florence. Un homme charmant, très impliqué dans la vie de la ville. Votre informateur a dû se tromper. Avez-vous envisagé, ne serait-ce qu'un seul instant, que votre Moretti pourrait ne pas être aux États-Unis, finalement ?

– Oui, répondit Montmorency. Alexander aurait sans doute retrouvé sa trace, s'il était ici. Et nous n'avons pas eu de nouvelles de lui depuis que nous sommes arrivés.

– Il doit être extrêmement occupé, affirma Armitage. Washington est sens dessus dessous avec tous les préparatifs pour les funérailles et l'accession au pouvoir du nouveau Président. Peut-être pourriez-vous lui rendre visite quand le calme sera revenu. Bien, je dois y aller.

Il leur serra la main, sans pouvoir se résoudre à les remercier.

– Nous passerons vous voir quand nous serons à Washington, dit Montmorency.

Armitage eut un sourire triste.

– Si j'y suis encore. Ils me gardent pour les funérailles, mais après ce qui s'est passé, je ne suis pas sûr de conserver mon poste.

Montmorency réalisa alors que l'échec de leur mission aurait des répercussions pour nombre de personnes auxquelles il n'aurait même pas pensé.

Le docteur Farcett avait suivi avec beaucoup d'attention les bulletins de santé du Président. Il avait compris avant tout le monde que quelque chose clochait. McKinley avait un pouls trop rapide, ce qui laissait craindre une infection interne. Robert regrettait de ne pas avoir donné son avis durant l'opération, de ne pas avoir suggéré de poser un drain. Mais il n'avait pas osé ouvrir la bouche. Il n'avait aucun document sur lui prouvant qu'il était médecin. Pour quelle raison les chirurgiens l'auraient-ils cru, alors que quelques mois plus tôt seulement, il ne croyait plus en lui-même ?

Désormais, il s'intéressait au cas de Czolgosz, ou Neiman comme il s'était fait appeler lors de son arrestation. Pourquoi avait-il voulu tuer McKinley ? Nageait-il en plein délire ou pouvait-il être décrit comme sain d'esprit ? Et si c'était un malade mental, pouvait-il être considéré comme responsable de ses actes ? Sa place n'était-elle pas dans un hôpital plutôt qu'en prison ? Tout en condamnant fermement son crime, Farcett avait l'impression de le comprendre un peu. Peut-être à cause de ses deux noms : Czolgosz et Neiman. L'homme ne savait visiblement pas qui il était. Czolgosz ne faisait sans doute qu'exécuter les ordres de Neiman. Et ça, Farcett le comprenait. À Strathgillon, il n'était pas le seul patient à s'interroger sur sa véritable identité, loin de là. Il savait à quel point la personnalité est une chose fragile.

Il fallait qu'il en parle à quelqu'un. Buffalo disposait d'un splendide asile pour malades mentaux. Un magnifique bâtiment, comme tant d'autres dans cette ville prospère, qui pouvait s'enorgueillir de réunir les plus éminents psychiatres d'Amérique. Farcett les contacta et ils furent ravis de discuter du cas Czolgosz avec un confrère. Mais aucun d'eux ne se sentait de taille à s'opposer à ce qu'il soit jugé. Le peuple était en colère et l'assassin tout à fait prêt à payer pour son crime.

Quelques semaines plus tard, Léon Czolgosz fut donc envoyé à la chaise électrique. Les relations que Farcett avait à l'hôpital lui proposèrent un laissez-passer pour assister à l'exécution. Mais Robert ne put s'y résoudre, même si, d'un point de vue purement professionnel, il aurait trouvé intéressant de voir les effets qu'un courant de 1 800 volts pouvait avoir sur le corps humain.

Toujours à la pointe de l'innovation, Buffalo, la ville de l'électricité, serait la première à utiliser le courant alternatif pour un condamné à mort. Après coup, Farcett lut que Czolgosz n'avait opposé aucune résistance lorsqu'on l'avait sanglé dans la chaise avant de lui poser les électrodes. Il avait crié : « J'ai tué le Président parce que c'était un ennemi du peuple, des bonnes gens qui travaillent. Je ne regrette pas mon geste. » Puis tout son corps s'était contracté sous l'effet de la décharge, il était retombé sans vie lorsqu'elle avait cessé.

Farcett avait néanmoins accepté d'assister à l'autopsie. Il était extrêmement curieux de voir le cerveau de l'assassin. Le médecin légiste, le docteur E. A. Spitza, commença par commenter l'allure générale du corps, décrivant Czolgosz comme « un jeune homme de vingt-huit ans, assez bien de sa personne, avec un visage agréable ». Puis il scia la calotte crânienne et délogea le cerveau qui fut pesé et examiné attentivement. Il fut jugé « au-dessus de la normale », sans aucune anomalie pouvant excuser ses actes. Le docteur Spitza déclara que Czolgosz était « un pervers sociopathe, ne souffrant d'aucune maladie mentale », ajoutant que « la bête sommeille en chacun de nous et qu'on ne peut invoquer la folie chaque fois qu'elle se réveille ».

40
Un indice

La demeure londonienne de Montmorency était close, plongée dans l'obscurité. Les domestiques étaient partis après avoir recouvert le mobilier de draps et de housses. Une petite lanterne projeta l'ombre d'un intrus sur les murs. Il cherchait désespérément un indice qui le mettrait sur la piste de Lord Francis Fox-Selwyn. Il avait demandé dans toutes les auberges qui jalonnaient la route de Strathgillon à Glendarvie, en vain. On avait aperçu le duc en compagnie d'un certain docteur Farcett, mais personne n'avait vu son fils. Il était sur le point d'abandonner, lorsqu'il avait entendu une femme de chambre de Glendarvie mentionner le nom de Montmorency. Contre un petit billet, il avait obtenu son adresse à Londres. Mais, visiblement, la maison n'était pas habitée depuis un moment.

Dans la bibliothèque, il avait fouillé la paperasse qui jonchait le bureau. En majeure partie des factures. Montmorency avait des goûts de luxe, surtout en ce qui concernait le vin et les vêtements. Il n'était pas à jour de son adhésion au Bargles mais, où qu'il soit en ce moment, il avait apparemment l'intention de revenir. Il avait commandé du papier peint pour retapisser la salle à manger et du champagne pour regarnir la cave.

Soudain, le rôdeur sursauta et tira une arme de sous sa cape. Un bruit suspect résonnait dans l'obscurité, à l'autre bout de la pièce. Il se figea, tendit l'oreille et distingua comme un battement d'ailes, suivi d'un fracas métallique et d'un choc assourdi, puis plus rien. Reprenant sa lanterne, il s'approcha lentement de la cheminée et découvrit un pigeon dans l'âtre. Le volatile était tombé par le conduit, dans une pluie de suie. Il pencha la tête sur le côté avant de s'envoler pour aller se percher en haut d'une étagère. La lueur de la lanterne éclaira alors un cadre posé contre le mur. Il était étrange, avec un coin plus clair que les autres, comme si l'on avait effacé le voile terne du temps. L'homme l'examina à la lumière. Il s'agissait d'un paysage, avec des gerbes de maïs dans l'angle qui avait été nettoyé. Il remarqua une inscription au milieu des épis. Une signature, peut-être ? Non, il déchiffra quatre mots à l'encre noire : « Frank est à Tarimond. » Bizarre. Un message caché dans un tableau, quelle idée astucieuse ! Il réfléchit un instant. Lors de sa seconde visite à Strathgillon, la tenancière de l'auberge lui avait parlé d'un peintre qui avait séjourné quelque temps à l'hôpital. Il se rendait fréquemment à la poste, chargé de grands paquets rectangulaires, portant une adresse à Londres. « Frank est à Tarimond. » On ne pouvait être plus clair. Il tira un atlas de la bibliothèque. Oui, voilà, c'était une petite île à l'est de l'Écosse. Il fallait qu'il s'y rende, de toute façon, il n'avait plus d'autre piste. Il sortit de la maison par une petite fenêtre donnant sur l'arrière, laissant le pigeon prisonnier à l'intérieur.

41
Théâtre itinérant

Jerrold Armitage avait beau être convaincu qu'il était parfaitement inutile de chercher Moretti à Paterson, Montmorency avait une autre raison de s'y rendre. Il ne pouvait pas repartir sans avoir essayé de voir Mary Gibson. La seule femme qu'il ait jamais aimée et admirée. Il l'avait perdue à la suite d'un enchaînement malheureux de circonstances et se demandait s'il pouvait espérer la reconquérir.

Jack était ravi d'aller à Paterson. Il savait que son frère n'avait pas pu mener l'enquête sur Agostino Grasso, le bibliothécaire. Et pour cause, grâce à lui, Alex n'en avait jamais entendu parler. De plus, Jack ne faisait absolument pas confiance aux services secrets américains. Il connaissait Moretti, il saurait instantanément si ce Grasso et lui n'étaient qu'une seule et même personne. Il se regarda dans le miroir. Aucune chance pour que Moretti reconnaisse en ce jeune homme brun et grassouillet le Frank qu'il avait croisé à Florence. Jack réalisa à quel point il avait changé durant cette année à parcourir le monde pour tenter de venger son oncle. Il vérifia ses cheveux. La teinture qu'il avait achetée ici, en Amérique, tenait bien mieux que les produits britanniques. Il sortit sa flasque de sa poche, imbiba un chiffon de liquide noir et s'en tamponna les sourcils, la barbe et les poils des bras. Il examina ensuite sa blessure. Elle était guérie maintenant, mais avait laissé une cicatrice qui lui rappellerait toujours l'existence de Malpensa et des siens.

Jack et Montmorency avaient entrepris de préparer leur voyage lorsque Farcett les interrompit :

– Vous n'avez pas l'impression d'oublier quelque chose ? Ou plutôt quelqu'un ?

– Excusez-moi ? fit Montmorency sans comprendre.

– Tom ! Votre fils, Montmorency ! Il est toujours à New York. Vous devriez y retourner pour le voir et peut-être l'emmener avec vous à Paterson. Vous ne pouvez pas le laisser en permanence aux bons soins des autres. Il vient juste d'apprendre que vous étiez son père. Il a le droit de passer un peu de temps avec vous !

Montmorency baissa les yeux, honteux. Il avait à peine pensé à Tom ces derniers temps. Et il savait pourquoi Farcett lui en voulait autant. Pendant des années, le docteur s'était imaginé que Tom était peut-être son fils. Il devait se dire qu'il aurait fait un bien meilleur père. Et il avait sans doute raison.

– Mm, on devrait repasser par New York, n'est-ce pas ? murmura-t-il sans attendre de réponse.

Jack était furieux que leur départ pour Paterson soit encore reporté, mais il comprenait.

– Bon, fit-il masquant à grand-peine son irritation, brièvement alors.

– Oui, brièvement. Juste pour voir comment va Tom et prendre des nouvelles de Fregoli.

Tom fut content de les voir. Quant à Fregoli, c'était la coqueluche du moment, il jouait à guichets fermés tous les soirs. Mais son contrat touchait à sa fin et il envisageait de rentrer en Italie pour prendre quelques vacances.

– Enfin, je ferai peut-être un petit tour dans le pays, avant. J'ai reçu des propositions de salles aux quatre coins des États-Unis, expliqua-t-il à Montmorency en exhibant une liasse de lettres venues de milliers de kilomètres à la ronde.

Montmorency les parcourut.

– Fantastique… San Francisco. La Nouvelle-Orléans. Le choix va être difficile. Personnellement, j'ai toujours eu envie d'aller à Chicago…

Il s'interrompit soudain.

– Tiens, Paterson. Le théâtre de Paterson aimerait vous accueillir.

– Jamais entendu parler, répliqua Fregoli en continuant à s'épiler les sourcils afin de rendre ses personnages féminins plus convaincants.

– Moi, je connais bien. C'est dans le New Jersey, l'État voisin de celui-ci. Une ville très animée. Une industrie prospère, des gens fortunés. Regardez ce théâtre…

Il montra l'entête de la lettre à Fregoli.

– Ils l'appellent l'Opéra. Un bâtiment magnifique, ça vous plairait.

– Et je me suis laissé dire que vous aviez l'intention de vous y rendre, remarqua Fregoli en riant. Je vois clair dans votre petit jeu, Montmorency. Vous voulez que j'aille jouer à Paterson afin d'avoir votre fils à vos côtés.

– Eh bien, oui, avoua celui-ci, penaud. De plus, si Jack et moi nous voyageons avec votre troupe, notre arrivée paraîtra moins suspecte.

– Bah, pourquoi pas ? En outre, cela réduira les frais, étant donné que ce n'est pas très loin. En réalité, vous me rendez service en décidant pour moi !

Fregoli téléphona au directeur de l'opéra de Paterson. Celui-ci était tellement impatient de mettre son spectacle à l'affiche qu'il proposa même d'annuler le contrat qui le liait à la troupe shakespearienne normalement prévue au programme. Montmorency s'empressa d'annoncer la nouvelle à Jack, qui eut peine à croire qu'ils allaient enfin se rendre dans la ville où sa vie avait pris un si grand tournant et où celle de Montmorency pourrait bien changer à jamais. Ils s'intégrèrent à la troupe de Fregoli, aidant à empaqueter les accessoires et réservant des chambres d'hôtel pour tout le monde. Le directeur de l'opéra avait organisé une cérémonie d'accueil pour la grande star : une fanfare les attendait à la gare et il y avait des affiches dans toute la ville. Les billets se vendaient déjà comme des petits pains et une bouteille de champagne était au frais dans la salle de réception de l'hôtel pour fêter le succès annoncé du spectacle.

Montmorency et Jack se couchèrent tard. Le lendemain, ils aideraient l'équipe à préparer décors et costumes pour la première représentation. Mais avant ils avaient d'autres projets. Montmorency voulait rendre visite à Mary Gibson. Et Jack faire un tour à la bibliothèque.

42
Panique à Tarimond

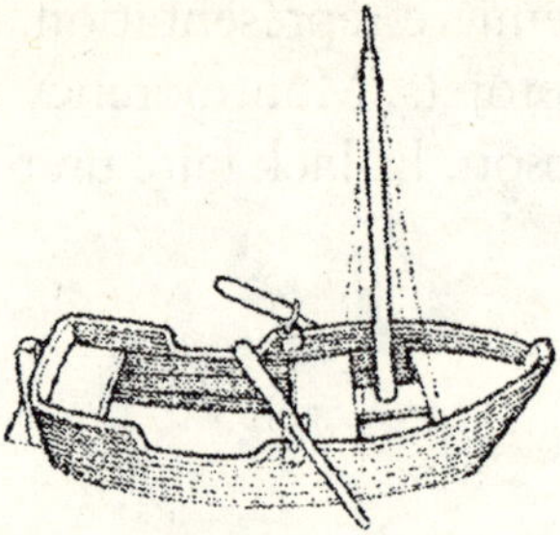

Gus, Béatrice et Vi apprécièrent grandement le calme de Tarimond après le rythme effréné des derniers mois. Paul Vannini était satisfait de son portrait du duc. Il avait eu moins de mal à saisir sa véritable nature dans ce paysage sauvage, même si la vision de cet homme massif en tenue d'apparat dans un cadre aussi spartiate était quelque peu étrange.

Évidemment, ils étaient tous très inquiets. Le fait de se retrouver loin de tout, sans téléphone, laissait le champ libre à leur imagination.

– N'importe quoi pourrait arriver sans qu'on soit au courant, soupira Vi. Je me réveille parfois au beau milieu de la nuit en me disant que Tom a des ennuis.

– Je sais, compatit Béatrice. Les fils de Gus sont très courageux, mais comment être sûrs qu'ils ne courent aucun danger ?

– Et le docteur Farcett ! On ne sait jamais, et si ses

nerfs lâchaient à nouveau ? Nous aurions peut-être dû l'emmener avec nous…

– Nous ne pouvons que croiser les doigts, intervint Gus. Vous savez ce qu'on dit : « Pas de nouvelles, bonnes nouvelles. »

– Mais ce n'est pas vrai, protesta Vi. Pas ici. À Tarimond, pas de nouvelles, c'est juste pas de nouvelles.

– Au moins, les autres peuvent dormir tranquilles. Rien ne peut nous arriver ici. Ils n'ont pas à craindre pour notre sécurité.

En contrebas, un homme essayait d'atteindre la plage avec son bateau. Il faisait nuit, personne ne l'avait vu arriver. Il appela à l'aide, mais le bruit des vagues couvrit sa voix. Il était trempé. Sa cape en lainage était imbibée d'eau glacée. Elle pesait une tonne. Il l'aurait bien jetée à la mer, mais il n'avait plus d'autre vêtement chaud. Son sac était passé par-dessus bord depuis longtemps. C'était un miracle que la barque ne se soit pas retournée. Enfin il réussit à accoster. Il fit quelques pas et, aussitôt, le sable s'engouffra dans ses bottes. Le simple fait de traverser la plage épuiserait ses dernières forces et, ensuite, il aurait encore la falaise à escalader.

Mais il apercevait de la lumière en haut. La lueur chaleureuse de la grande demeure l'avait guidé comme un phare. Il espérait qu'on lui offrirait des vêtements secs et une boisson chaude. Peut-être même le gîte pour la nuit. En titubant, il atteignit la paroi rocheuse et gravit tant bien que mal le sentier escarpé. Un bouquet d'ajoncs bruissait devant lui. Il s'y cramponna, croyant bêtement qu'il supporterait son poids. Mais il dérapa, perdit l'équilibre et tomba en arrière. Il atterrit sur les rochers en contrebas, inconscient.

Le lendemain matin, une fillette vint tambouriner à la porte en appelant Vi. Elles dévalèrent la falaise pour porter secours à l'étranger. Vi crut d'abord qu'il était mort, mais en prenant son poignet, elle sentit battre un pouls faible. Son soulagement fut de courte durée car, soudain, elle comprit de qui il s'agissait. Elle n'avait vu Malpensa qu'une fois, une éternité auparavant, en Amérique. Et encore, elle n'avait qu'entraperçu son visage dissimulé sous un large chapeau. Mais en l'observant, elle sut qu'il s'agissait bien de lui. Il correspondait à la description que Tom avait faite de l'homme qui rôdait autour de Glendarvie et de Strathgillon. Elle envoya la fillette chercher Gus et Paul.

Gus arriva en robe de chambre. Il ôta sa ceinture pour attacher les mains de Malpensa dans son dos, même si l'homme inconscient ne montrait aucune réaction. Puis ils le portèrent jusqu'à la maison où Paul le laissa tomber sur un canapé. Il semblait en piteux état, plus mort que vif.

– Il faut qu'on lui donne à manger, ou au moins quelque chose à boire, affirma Vi. Il est vraiment mal en point.

– Vous voulez le nourrir avant de le tuer ? s'étonna Gus. Pourquoi ne pas l'abattre tout de suite ?

– On ne peut pas le tuer, Gus, intervint Paul. Pas de sang-froid.

Réveillée par ce remue-ménage, Béatrice les rejoignit alors. Elle comprit instantanément de qui il s'agissait.

– Il faut le ramener sur le continent pour le confier à la police. C'est la seule solution, Gus. Ils le mettront sous les verrous. Montmorency leur a fourni la preuve de ce qu'il s'apprêtait à faire durant les funérailles de la reine Victoria. Il sera condamné à perpétuité.

Gus ne cacha pas sa déception.

– Ça me semble injuste qu'il reste en vie alors que George est mort.

– Mais il purgera sa peine. Il payera pour ce qu'il a fait jusqu'au dernier jour de sa vie. Ce serait lui faire une faveur que de le tuer. Et si tu fais cela, tu devras vivre avec la culpabilité pour le restant de tes jours.

– Bon, bon, soupira Gus, mais allons-y maintenant alors. Je vais m'habiller. Paul, préparez le bateau.

– Vous le laissez allongé là ? s'étonna Vi. Imaginez qu'il se réveille alors que Béatrice et moi, nous sommes seules dans la pièce ?

– Ne vous inquiétez pas, je vais m'assurer qu'il ne puisse pas vous faire de mal, lui promit Gus.

Il dénicha une écharpe dont il fit un bâillon bien serré, plaqué sur la bouche de Malpensa. Puis il reprit la ceinture de sa robe de chambre et lui ligota pieds et mains avec une corde épaisse. Enfin, il fila se préparer et, une demi-heure plus tard, ils se mirent en route. Ils eurent de la chance : ils atteignirent une île plus importante juste à temps pour embarquer sur un cargo qui les mena à Oban. Le soir même, leur visiteur passa la nuit derrière les barreaux. Le mal des transports l'empêchait d'ouvrir la bouche, et ce fut encore pire le lendemain lorsqu'une fourgonnette de police cahotante l'emmena jusqu'à Glasgow.

Paul et Gus suivaient derrière. En arrivant à Glasgow, le duc envoya un télégramme à l'attention d'Alexander à l'ambassade britannique de Washington. Il lui demandait de retrouver Montmorency et Jack pour leur annoncer qu'ils avaient capturé Malpensa.

43

Washington

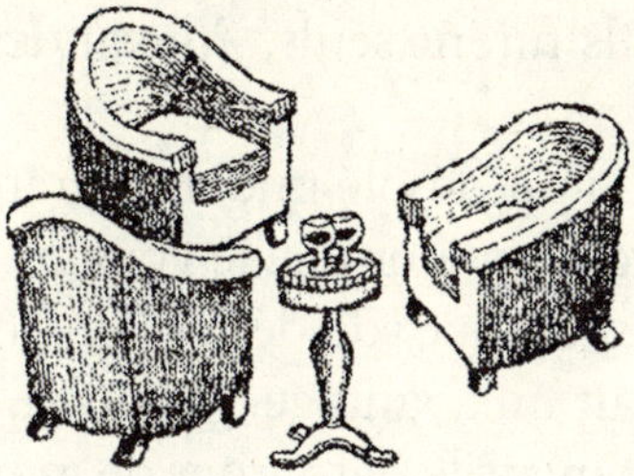

Jerrold Armitage attendait son rendez-vous confortablement assis dans un fauteuil en cuir. Il aimait beaucoup le Wilkie. Cet endroit offrait l'intimité et les services des clubs de gentlemen britanniques sans en avoir l'atmosphère guindée. De plus, il était idéalement situé, à proximité des principales ambassades, si bien que les diplomates du monde entier venaient s'y détendre. Personne ne trouverait bizarre de le voir discuter avec le jeune membre que l'ambassade britannique venait d'accueillir : Alexander Fox-Selwyn, marquis de Rosseley.

– Veuillez m'excuser pour mon retard, fit Alexander en s'asseyant dans le fauteuil qu'Armitage lui désignait, dans un coin à l'écart, loin de l'agitation du bar.

– Pas de problème.

Il héla un serveur.

– Vous désirez quelque chose à boire ?

– Juste un peu d'eau, s'il vous plaît, répondit Alex. Je préfère garder l'esprit clair.

– Une carafe d'eau, et remettez-moi la même chose, fit Armitage en tendant au serveur un verre vide où gisait une tranche de citron.

Une fois qu'ils furent seuls, Alexander s'excusa de nouveau.

– Je suis vraiment désolé que mon frère ne vous ait pas donné satisfaction. Lorsque je vous ai conseillé de le contacter, je pensais que son désir obsessionnel d'attraper Moretti serait un avantage. Jamais je n'aurais imaginé que cela pouvait le détourner de sa mission.

– Je ne vous en tiens pas pour responsable. Et puis ma colère est retombée. Après tout, qui dit que Czolgosz n'aurait pas réussi à blesser le Président même si Jack et Montmorency avaient été là ? Nous avions des agents postés aux quatre coins de la pièce et personne ne l'a arrêté.

– Ça me fait drôle de vous entendre appeler mon frère « Jack ».

– Je l'ai toujours appelé ainsi. Il a parfaitement endossé sa nouvelle identité. Il ne laisse jamais tomber le masque. Il ferait un très bon agent. S'il contrôlait un peu mieux ses pulsions.

– Vous voulez parler de sa fixation sur les anarchistes ?

– Oui, et de son addiction à l'alcool. Il n'a pas toujours les idées très claires en fin de journée.

Le serveur revint avec leur commande : une carafe d'eau et un verre de gin.

Armitage s'esclaffa :

– Ça me va bien de dire ça, remarquez ! Je devrais peut-être me mettre à l'eau, comme vous.

Il fit signe au serveur.

– Ce sera tout, merci.

– Vous conservez votre poste, finalement ?

– Oui, Roosevelt nous garde tous. Pour lui, cet attentat ne prouve pas l'inefficacité des services de sécurité. Czolgosz était un électron libre. Un marginal, même au sein du mouvement anarchiste. Nous sommes certains qu'il a agi seul. On ne peut pas arrêter ce genre de personne, à moins d'un coup de chance. Et la chance n'était pas de notre côté ce jour-là.

– En revanche, la chance a souri à mon père en Grande-Bretagne. C'est ce qui m'a retenu ce soir. Je viens de recevoir un télégramme où il m'annonce qu'ils ont arrêté Malpensa. Il est derrière les barreaux et si le juge fait correctement son travail, il devrait être condamné à perpétuité.

– Il n'a donc jamais quitté l'Europe ? Le document italien mentionnant son départ pour les États-Unis en compagnie de Moretti nous a induits en erreur !

Alexander se mordit la lèvre.

– J'ai une confession à vous faire à ce propos. Il s'agissait d'un faux. C'est moi qui l'ai rédigé.

– Mais pour quelle raison ?

– Je voulais attirer Montmorency et Frank en Amérique pour vous proposer leurs services. Comme je venais d'arriver, je pensais que cela profiterait à ma carrière de vous mettre en contact avec des gens capables de reconnaître certains anarchistes. Cependant, j'étais persuadé que Malpensa et Moretti se trouvaient réellement ici.

– Pour Moretti, on ne peut pas savoir. Jack en est convaincu. J'ai eu beau lui dire que nous avions innocenté le bibliothécaire, il est déterminé à suivre cette piste en se rendant à Paterson.

– Comment ça ? fit Alexander, perplexe. Quel bibliothécaire ? Quelle piste ?

– Montmorency m'a dit vous avoir écrit à ce sujet. Un contact les a informés qu'un homme répondant au signalement de Moretti travaillait à la bibliothèque de Paterson. Nous avons vérifié. Il est en règle. Un gars d'une quarantaine d'années originaire de Rome.

– C'est la première fois que j'en entends parler, affirma Alex. Frank et Montmorency se trouvent donc à Paterson ?

– Ils avaient l'intention de s'y rendre la dernière fois que je les ai vus. Mais je ne surveille pas leurs faits et gestes. J'avoue que ça ne me dérangerait pas de ne plus jamais croiser leur chemin.

– Je ferais bien de les y rejoindre. Il faut que je leur annonce la nouvelle, pour Malpensa.

Alex consulta sa montre.

– Oh, ciel ! Je dois déjà retourner au bureau. Nous pourrions nous revoir à mon retour de Paterson ?

– Oui, passez-moi un coup de fil. J'apprécierais que vous m'informiez de ce que la police britannique pourra tirer de Malpensa. Officieusement, bien entendu.

– Bien entendu. Et cela me serait d'un grand secours

de connaître la position de votre gouvernement sur les négociations commerciales en cours. De façon informelle.

– Évidemment.

Alexander prit congé pour aller se procurer un horaire de chemin de fer. Il souhaitait partir pour Paterson dès que possible.

44

Mary

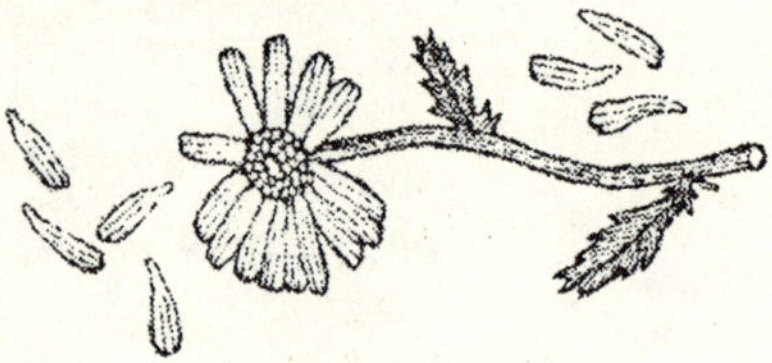

Montmorency se rendit à pied jusque chez les Gibson, angoissé à l'idée de revoir Mary, craignant qu'elle ne soit sortie et redoutant que sa mère ne soit là. La femme de chambre se chargea de son chapeau. Elle avait l'air toute guillerette. La maison, autrefois sombre et sinistre, dégageait désormais une tout autre atmosphère. Mary Gibson lui apprit bientôt pourquoi. Mme Gibson était décédée plus d'un an auparavant, et était partie se plaindre auprès de Dieu des divers désagréments qu'elle rencontrait au paradis. En tant que fille unique, Mary avait hérité de la maison et de tout ce qu'elle contenait. Elle l'avait redécorée pour s'aménager un agréable petit nid. Après le départ de Montmorency, elle pensait effectivement passer le restant de ses jours toute seule.

Ils parlèrent et pleurèrent ensemble. Mary lui donna les dernières nouvelles de Paterson. Montmorency eut un choc en apprenant la mort de Curtis Bayfield, l'homme qui possédait pratiquement toute la ville autrefois. La grippe l'avait emporté l'hiver dernier. Sa veuve, Cissie, s'était consolée dans les bras d'un autre homme d'affaires, qui importait des armes de Virginie. La grande demeure au sommet de la colline appartenait maintenant au frère cadet de Curtis, Harrison. Après une carrière dans les assurances, il avait énormément de mal à faire vivre la soierie familiale et songeait à la vendre.

Ils se promenèrent dans le jardin. Il faisait frais, comme en cette soirée où, deux ans plus tôt, Montmorency lui avait demandé sa main. Il lui rappela ce souvenir et demanda :

– Puis-je garder espoir ? Pourrai-je un jour vous convaincre de m'épouser ?

Mary détourna les yeux.

– C'est étrange, j'ai maintes fois rêvé de cet instant et pourtant je ne puis me résoudre à vous répondre oui. Il faut d'abord que nous apprenions à mieux nous connaître. Que nous discutions de choses importantes. Où nous irions vivre par exemple.

– Où vous voudrez. N'importe où. Si vous voulez rester en Amérique, je referai ma vie ici.

– Non, Montmorency, je ne veux pas que vous refassiez votre vie. Je veux tout savoir de l'existence que vous avez menée jusqu'à maintenant. Tout ce qui a fait de vous l'homme que vous êtes aujourd'hui. Je sais que vous m'avez caché des choses autrefois. Êtes-vous prêt à me révéler toute votre histoire avant que je m'engage à vos côtés pour toujours ?

– Oui, acquiesça Montmorency.

Mais elle lut dans ses yeux qu'il lui faudrait du temps pour la laisser pénétrer dans les moindres recoins de son âme. Elle aborda alors le sujet qui avait provoqué leur séparation.

– Et cet enfant. Tom. Est-il réellement votre fils ?

– Oui, Mary, c'est mon fils, cependant je l'ignorais lors de notre dernière rencontre, je vous le jure.

– Souhaiteriez-vous que je le considère comme le mien ?

Il ne sut que répondre.

– Si c'était lui ou moi, qui choisiriez-vous ?

Montmorency était choqué. Comment pouvait-elle se montrer aussi cruelle ? Elle attendait sans doute qu'il la choisisse mais, même s'il avait fait un bien piètre père jusque-là, il ne pouvait se résoudre à abandonner Tom. Il préférait renoncer à Mary.

Mais soudain elle sourit.

– Grâce à Dieu, vous n'avez pas répondu. Si vous aviez désavoué votre enfant, vous m'auriez profondément déçue. Jamais je ne vous contraindrais à un tel choix. Tom est presque adulte. Et il a déjà une mère. Si nous nous marions, je n'essaierai pas de prendre sa place. Mais j'aimerais tout de même qu'il fasse partie de notre vie, ouvertement et au grand jour, comme tout votre passé.

– Vous acceptez, alors ?

– Pas si vite. Laissez-moi un peu de temps pour réfléchir. Revenez donc me voir pour me confier tout ce que vous n'avez jamais réussi à me dire. Lorsque je serai sûre de connaître réellement Montmorency, je pourrai savoir si j'aime cet homme et considérer votre demande en mariage.

Elle le raccompagna à la porte. Elle s'était montrée forte. Son cœur mourait d'envie de crier oui, mais la raison lui dictait d'être prudente, après tous ces mois à analyser ce qui s'était passé. Montmorency s'en fut, partagé entre espoir et angoisse, priant pour être capable de confesser les aspects de sa vie dont il n'était pas fier, afin de pouvoir les laisser derrière lui, de sorte que le vrai Montmorency puisse conduire Mary à l'autel.

45

Grossière erreur

Paul et Gus restèrent à Glasgow pour savoir ce qu'il adviendrait de Malpensa. Ils racontèrent toute l'histoire à la police locale et, comme leurs allégations concernaient des crimes commis en Angleterre et constituant une menace contre la vie du souverain, les agents contactèrent Scotland Yard. L'inspecteur Howard arriva aussitôt en train, soulagé et ravi que Malpensa soit enfin sous les verrous. Il lui rendit visite à l'infirmerie du centre de détention. Il n'était pas encore en état de parler, mais Howard reconnut l'homme qu'il avait rencontré à l'auberge de Strathgillon.

Le jour suivant, le prisonnier put s'asseoir. Il semblait avoir du mal à se concentrer et son discours était incohérent. Il était question de Lord Francis Fox-Selwyn, de l'Italie et des États-Unis. Howard décida de lui accorder encore une nuit de repos. Le lendemain matin, il avait meilleure allure. L'infirmière l'avait lavé et rasé. Il était en train de boire un verre d'eau. Howard se présenta. L'homme parut impressionné qu'il vienne de Scotland Yard.

– Oh, grâce à Dieu ! s'exclama-t-il. Vous allez peut-être pouvoir me tirer de ce pétrin !

– Ce n'est pas la raison de ma visite, répliqua l'inspecteur Howard, surpris. Je suis au contraire venu m'assurer que vous demeuriez en prison. Sans doute pour le restant de vos jours.

– Mais pourquoi ? Je n'ai rien fait de mal.

– Rien ? Pour vous, menacer la vie de la famille royale, ce n'est rien ? Laisser un homme pour mort dans les égouts, ce n'est rien ? Et qui sait quels crimes vous avez commis dans votre propre pays et à l'étranger. Vous avez tiré sur quelqu'un à Paris. Je ne peux vous faire payer pour cet acte, mais cela prouve bien quel genre d'homme vous êtes. Le genre d'homme qui doit être derrière les barreaux, pour la sécurité des autres.

– Je ne comprends rien à ce que vous racontez. Je n'ai jamais menacé, tué ni blessé personne !

– Bon sang ! Comment voulez-vous que je vous croie ? Nous nous sommes croisés à Strathgillon, rappelez-vous. À l'époque, j'ai trouvé que vous en saviez beaucoup trop sur la santé de la reine et les événements prévus pour ses funérailles.

– Mais…

– Et on vous a vu à plusieurs reprises là-bas et à Glendarvie. Vous cherchiez Lord Francis Fox-Selwyn. J'ai des témoins. Ils raconteront tout. Vous n'avez aucune chance de vous en tirer, cette fois, Malpensa.

– Malpensa ?

– Oui, Malpensa, nous savons qui vous êtes.

– Mais ce n'est pas mon nom.

– Vous vous imaginiez réellement que j'avais avalé tout ce que vous m'avez raconté à Strathgillon ? Pouvez-vous me regarder dans les yeux en affirmant que vous vous appelez Max Bartok ?

– Non, c'était un pseudonyme, bien entendu.

– Eh bien, merci de le reconnaître, au moins, fit l'inspecteur Howard, sarcastique. Maintenant vous avez intérêt à coopérer, Malpensa. Nous pouvons contacter l'ambassade italienne si vous le souhaitez, bien que je tienne à vous prévenir qu'ils risquent de ne pas se montrer très compatissants. Mais vous pouvez demander le soutien de votre pays, c'est votre droit.

– Effectivement, j'aimerais avoir le soutien de mon pays ! cria le prisonnier. Et sur-le-champ ! Mais je ne suis pas italien, inspecteur Howard, je suis américain. Je m'appelle Miles Beck, agent des services secrets des États-Unis d'Amérique ! J'ai été envoyé en mission dans votre pays afin de tenter d'obtenir des informations sur la menace anarchiste pesant sur la vie de notre Président. J'étais infiltré sous une fausse identité. Évidemment, je vous ai menti à Strathgillon, mais à part une entrée par effraction, je n'ai enfreint aucune de vos lois.

L'inspecteur Howard était abasourdi.

– Vous n'êtes pas Malpensa ? Mais plusieurs personnes vous ont pourtant formellement identifié…

Il réfléchit. Tom pensait avoir reconnu Malpensa à Glendarvie, mais il ne l'avait jamais vu. Puis Howard avait continué dans cette voie après l'avoir croisé à l'auberge. Il se rappelait parfaitement leur conversation. « Bartok » en savait beaucoup trop, effectivement. Mais s'il s'agissait bien d'un agent américain, il avait dû avoir accès aux informations et mises à jour fournies quotidiennement par le gouvernement. Était-ce possible ? Avaient-ils pu commettre une aussi grossière erreur ?

Non, non, certainement pas. Ce devait être pour cette raison que Malpensa était toujours passé entre les mailles du filet. Il savait se montrer tout à fait convaincant, et même charmant, comme à Strathgillon. Mais les faits étaient contre lui. La preuve : ne s'était-il pas enfui de l'auberge juste avant les funérailles de la reine lorsqu'il avait appris que la police écossaise le recherchait ?

– Enfui ? Mais comment ça ?

– Nous avons une déposition de l'aubergiste. Elle dit qu'on vous a apporté un message et que vous êtes parti aussitôt.

– Oui, effectivement, j'ai reçu un télégramme m'avertissant que le président McKinley avait la grippe et qu'il n'assisterait pas aux funérailles de la reine. Ma mission de surveillance en Grande-Bretagne était donc écourtée, on m'a rappelé aux États-Unis. Je suis revenu quelques mois plus tard pour essayer d'étoffer notre dossier sur le mouvement anarchiste européen. Et c'est pour ça que j'ai à nouveau tenté de contacter Lord Francis Fox-Selwyn.

– Mais pourquoi lui portez-vous un tel intérêt ?

Pourquoi être allé jusqu'à de telles extrémités pour le retrouver ?

– Parce que j'ai appris qu'il avait une expérience personnelle de ce milieu. Qu'il avait vécu parmi eux et qu'il les identifierait sans mal.

– Qui vous a dit ça ? Personne n'est au courant.

– Je ne peux pas vous révéler précisément ma source, mais c'est quelqu'un qui travaille avec vous à Scotland Yard. Quelqu'un qui a été impliqué dans l'affaire de l'Hippodrome.

– L'un de mes hommes ? s'exclama l'inspecteur, sous le choc.

– Avoir des relations, c'est essentiel, dans notre métier, répliqua le prisonnier.

– Et c'est pour cela que vous vous êtes rendu à Glendarvie ?

– Oui, je voulais poser quelques questions à Lord Francis Fox-Selwyn, mais je suis arrivé trop tard. Il était déjà malade. Ensuite, à Strathgillon, j'ai attendu qu'il soit en état de me parler mais j'ai été rappelé dans mon pays.

Le récit de Miles Beck était affreusement plausible. L'inspecteur Howard essaya de se représenter où Malpensa se trouvait réellement pendant que leur attention était fixée sur la mauvaise personne. Frank (ou Jack, comme il se faisait appeler désormais) l'avait vu en Amérique fin 1899, c'était là-bas qu'il avait mis au point les attentats de Rome et de Londres que Montmorency et les Fox-Selwyn avaient déjoués. Aux États-Unis, Malpensa était en relation avec Gaetano

Bresci qui avait assassiné le roi Umberto d'Italie en juillet 1900, mais la piste s'arrêtait là. Personne n'avait plus eu de nouvelles du véritable Malpensa jusqu'à ce que Montmorency le repère à Londres, la veille des funérailles de la reine Victoria. Il était réapparu à Paris en août. C'était là qu'il avait tiré sur Jack. Donc, depuis que l'inspecteur travaillait avec les Fox-Selwyn – depuis qu'il les avait poussés à croire qu'ils étaient en danger –, on n'avait vu Malpensa qu'à trois reprises : à Londres deux jours de suite en février, et à Paris cet été. Toutes les autres fois, il s'agissait de l'homme qui se trouvait maintenant devant lui, ce fameux « Miles Beck ».

Howard fixa le mur. Quelle pagaille ! Les autorités avaient par erreur emprisonné un citoyen américain. Ils allaient avoir de gros ennuis et les agents britanniques qui se trouvaient actuellement sur le sol américain risquaient d'en pâtir. Howard avait gâché du temps et de l'argent à pourchasser la mauvaise personne. Il avait fait vivre Montmorency et les Fox-Selwyn dans le secret et la peur en leur imposant fausses identités et messages codés au lieu de les laisser paisiblement faire leur deuil en famille. Il avait sans le vouloir aiguisé leur soif de vengeance. Et pire que tout, il les avait mis en danger. Quelque part, en Europe ou en Amérique, le vrai Malpensa allait et venait librement alors que tout le monde le croyait derrière les barreaux.

46

Retrouvailles fraternelles

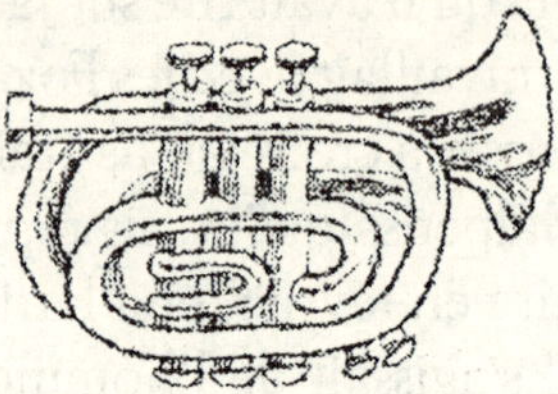

Jack se leva tard. Il avait passé la moitié de la nuit en compagnie de Fregoli à boire, jouer de la trompette et chanter, au grand dam des autres résidants de l'hôtel. Le temps qu'il s'habille, il était presque midi lorsqu'il fut prêt à partir pour la bibliothèque. Il alla frapper à la porte de Montmorency. Pas de réponse. Supposant qu'il était allé rendre visite à Mary, Jack décida de se mettre seul en quête de Moretti.

Dans le hall, il entendit une voix familière à l'accent britannique très prononcé.

– Vous devez bien avoir une chambre libre, tout de même. Ne pouvez-vous pas déplacer quelqu'un, que sais-je ?

– Désolé, monsieur, mais nous sommes complets. Nous hébergeons une compagnie de théâtre entière en ce moment.

Le visiteur toussota puis reprit, plus pompeusement encore :

– Je suis le marquis de Rosseley.

Jack se figea. Il s'agissait donc de son frère qui essayait de faire valoir son rang.

Il se précipita à l'accueil pour l'empêcher de s'humilier davantage.

– Alex, souffla-t-il en le tirant par la manche. Ton nom n'y changera rien, l'hôtel est vraiment complet.

– Je sais ! À ce que j'ai compris une troupe de cirque occupe toutes les chambres.

– Ne t'en fais pas. Tu vas venir dans la mienne.

Jack convainquit le concierge de faire installer un lit pliant dans sa chambre. Celui-ci peinait à croire que les deux hommes soient aussi intimes. Ils n'auraient pu être plus différents : l'un tellement guindé que c'en était caricatural, et l'autre presque pouilleux au point qu'on aurait pu lui refuser l'accès de l'hôtel. Jack prit le sac de son frère et demanda au groom de le monter dans sa chambre, puis il l'entraîna dans la rue.

– Qu'est-ce que tu fais là, Alex ? Je te croyais à Washington.

– Oui, mais je suis venu vous voir. Je craignais d'avoir du mal à vous retrouver. Quel coup de chance d'être tombé directement sur toi !

– Mais pourquoi es-tu venu jusqu'ici ? Pas de mauvaise nouvelle, j'espère ?

– Non, au contraire. J'ai quelque chose à vous annoncer : Malpensa a été arrêté. Il est en prison en Grande-Bretagne et ils ont un épais dossier contre lui. Il ne devrait pas sortir de sitôt.

Jack serra son frère dans ses bras. Cela faisait des

années qu'ils évitaient tout contact et Alexander tressaillit devant cette soudaine démonstration d'affection.

– Dieu merci ! s'exclama Jack. Tu sais, c'est seulement maintenant que tu me dis qu'il est derrière les barreaux que je m'aperçois à quel point j'avais peur qu'il me retrouve. Tu es au courant de ce qui s'est passé à Paris, j'imagine ?

– Plus ou moins, pas dans les détails. Comment va ton bras ?

Jack remonta sa manche pour lui montrer la cicatrice qu'avait laissée la balle de Malpensa en entrant et ressortant.

– Donc Bresci est mort et Malpensa sous les verrous. Qui sait, peut-être que les gardiens de prison britanniques lui réservent le même sort que ceux de Bresci en Italie.

Alexander haussa les épaules.

– Il n'en reste plus qu'un, enchaîna son frère. Moretti. Personne n'a entendu parler de lui depuis la mort de George. On nous a informés qu'il se trouvait ici, à Paterson, et qu'il travaillait à la bibliothèque sous le nom d'Agostino Grasso. Les services secrets prétendent que ce n'est pas lui, mais je veux vérifier par moi-même. Tu m'accompagnes ?

– Je ne peux pas, répondit Alexander. Tu as complètement changé, mais pas moi. Il m'a vu à Florence, je suis sûr qu'il me reconnaîtrait immédiatement.

– Attends-moi ici dans ce cas. Monte dans ma chambre, conseilla-t-il en lui tendant la clé. Je vais aller jeter un coup d'œil à ce fameux Grasso.

– Mais ne fais rien, surtout. Si c'est lui, je veux dire. Tu me le promets, Frank ? Reste calme.

– Appelle-moi Jack, s'il te plaît.

– Désolé.

– Non, ne t'inquiète pas, je ne ferai pas de vagues. Mais crois-moi, Alex, si Grasso est bien Moretti, il ne sortira pas de cette ville vivant.

Jack se rendit à la bibliothèque à pied. Il n'y était jamais entré du temps où il vivait à Paterson et il fut surpris de découvrir des étagères aussi bien garnies. Bizarrement, il s'était figuré que les habitants de cette ville ne lisaient pas. Les gens riches qu'il avait rencontrés étaient de complets béotiens. Il n'y avait pas pratiquement pas de livres dans leurs luxueuses demeures. Vivant parmi les pauvres, il n'avait pas su que la bibliothèque était gratuite. Il l'avait toujours considérée comme un monument, un simple repère dans la ville, sans imaginer toutes les possibilités qu'elle offrait.

Il erra dans les salles de lecture, faisant mine de consulter les rayonnages, sans cesser de chercher autour de lui le petit homme rondouillard qu'il avait connu à Florence. Le personnel semblait exclusivement féminin. Il hésita à aller demander M. Grasso, mais il craignait que celui-ci ne prenne la fuite en entendant qu'on le cherchait. Il décida finalement d'attendre encore un peu. Il prit un livre au hasard, s'assit à une table et guetta l'apparition d'Agostino Grasso.

La femme qui tenait le bureau principal n'arrêtait pas de consulter sa montre. Elle commençait à s'agiter. Elle ouvrit un tiroir pour en sortir une pomme et un paquet enveloppé de papier sulfurisé. Jack devina qu'elle avait hâte de déjeuner. Elle pianota du bout des doigts sur le bureau, regarda l'heure à la pendule murale en soupirant. Une heure vingt. Visiblement, la personne chargée de la remplacer était en retard.

Et soudain Jack le vit. Essoufflé d'avoir couru pour reprendre son poste. Il sut tout de suite qu'il s'agissait bien de Moretti.

– Monsieur Grasso, chuchota la dame d'une voix si aiguë que tout le monde l'entendit. C'est la deuxième fois cette semaine !

– Désolé, mademoiselle Petrie, je n'ai pas vu le temps passer. J'ai dû faire la queue, je voulais une place pour le spectacle de Fregoli.

– Eh bien, je suis contente que vous ayez le temps de vous divertir le soir, monsieur Grasso. Moi, je dois m'occuper de mère. Ma pause-déjeuner est mon seul moment de loisir.

– Désolé, répéta Grasso, si fort qu'elle lui fit signe de baisser le ton.

Elle fila dehors et Jack l'imita, pressé d'annoncer à Montmorency et Alexander que Moretti était à leur merci.

47

Dernier combat

Tom fut ravi que son père lui demande de les aider à piéger Moretti. Montmorency, Jack et Alexander avaient un plan. Ils avaient imaginé un stratagème pour régler le sort de Grasso sans être inquiétés. Tout reposait sur Tom. Ils allaient attendre le soir, après le début de la représentation. Tom irait voir Moretti dans la salle pour lui transmettre un message.

Tandis que les spectateurs prenaient place, Jack glissa un œil entre les rideaux, essayant de le repérer. Il était au bout d'un rang, vers le milieu de l'orchestre. Parfait. En coulisses Montmorency prit la place de son fils, afin d'aider Fregoli à s'habiller pendant que le garçon s'absenterait.

Lorsque Tom s'approcha, Moretti hurlait de rire. Il lui tapota l'épaule.

– Monsieur Grasso ?

Le bibliothécaire, surpris, se retourna et hocha la tête.

– J'ai un message pour vous de la part d'une certaine Mlle Petrie. Elle dit qu'il faut que vous veniez de toute urgence.

Comme Moretti hésitait, Tom ajouta :

– Elle a dit que c'était une question de vie ou de mort !

Moretti se leva de son siège pour suivre le garçon hors de la salle. Il chercha sa collègue des yeux, mais ne la trouva pas. Tom s'éclipsa lorsque Jack les rejoignit.

– Monsieur Grasso, commença-t-il, soulagé de constater que Moretti ne l'avait pas reconnu. Mlle Petrie m'a envoyé vous chercher. Il y a un problème à la bibliothèque. Quelqu'un a signalé une effraction, mais elle ne peut pas laisser sa mère pour venir ouvrir à la police. Nous avons besoin de vous immédiatement.

Moretti trottina derrière Jack qui marchait à grands pas. Il sortit ses clés et ouvrit les portes de l'établissement. Lorsqu'il tendit la main vers l'interrupteur, Jack l'arrêta.

– Non, ne faites pas ça, surtout. S'il y a quelqu'un à l'intérieur, il ne faut pas l'avertir de notre présence.

Ils se faufilèrent donc jusqu'à la salle de lecture principale. Elle était déserte, à peine éclairée par la lueur de la rue. Ils entendirent la porte grincer. Moretti se retourna, croyant voir l'intrus s'échapper, mais à la place deux hommes entrèrent et refermèrent derrière eux. Moretti les reconnut dès qu'il put distinguer leur visage.

– Montmorency ? Alexander ? murmura-t-il, stupéfait.

Puis il donna un grand coup de coude dans le ventre de Jack et zigzagua entre les rayonnages vers le fond de la pièce. Avant que Montmorency n'ait pu le rattraper, il ouvrit une porte et dévala une volée de marches. Les autres étaient sur ses talons, mais il avait un gros avantage sur eux : il savait où il allait. Il les entraîna dans un labyrinthe d'étagères et de placards. Ils se trouvaient dans les réserves où l'on stockait les ouvrages que l'on n'avait pas la place d'exposer. C'était infernal. Ils étaient obligés de rester en file indienne, dans l'espace réduit qui séparait les étagères. Chaque fois qu'ils le rattrapaient, il tournait dans une autre allée. En bruit de fond s'élevait un grondement qui s'amplifiait à mesure qu'il les attirait vers l'arrière du bâtiment. Il s'engouffra dans un autre escalier, si étroit et branlant qu'il ne put supporter leur poids à tous les quatre. Alors qu'ils étaient presque arrivés en bas, il se brisa en mille morceaux, se décrocha du mur, les précipitant dans le vide. Ils roulèrent sur le sol de la chaufferie.

Montmorency comprit tout de suite pourquoi Moretti avait choisi cet endroit. Il y avait une descente de charbon dans le fond. Un plan incliné débouchait au niveau du trottoir, on apercevait les lumières de la rue en haut. Moretti espérait s'enfuir par là. Mais il était toujours étendu à terre. Montmorency en profita pour se poster devant l'ouverture, lui bloquant le passage. Ça y était. Ils avaient réussi. Il était pris au piège.

– Vous avez tué George ! s'écria Alexander.

– Et vous allez nous le payer ! enchaîna Jack.

– Non, répliqua Moretti. George était un homme intelligent, mais je l'ai eu et je vais vous avoir aussi.

Il saisit un morceau de la rampe brisée et en plongea une extrémité dans les braises de la chaudière. Le bout de bois prit feu instantanément, se transformant en torche. Moretti l'agita devant lui, forçant les trois hommes à reculer tandis qu'il se rapprochait du trou à charbon. La lueur des flammes dansait sur leurs visages. Le feu se reflétait dans les lunettes de Moretti, son regard brûlait de haine.

Le plan avait mal tourné. Lorsqu'ils étaient à l'hôtel, Alexander avait convaincu les deux autres de ne pas tuer Moretti tout de suite, pensant qu'à trois, ils pourraient le capturer, peut-être le malmener un peu, mais en le gardant vivant pour qu'Armitage et ses hommes puissent l'interroger. Il se disait que Moretti serait plus utile vivant que mort. C'était un intellectuel et un homme faible. Il suffirait d'un peu de persuasion et de poigne pour lui faire livrer toutes sortes de secrets sur les projets des anarchistes. Puis il pourrait être jugé. Jugé, condamné et emprisonné, comme Malpensa, ou même envoyé à la chaise électrique.

Mais voilà qu'ils se retrouvaient piégés sous terre. Moretti avait l'avantage et les menaçait de sa torche.

Alexander se jeta sur lui pour tenter de la lui arracher, mais il n'hésita pas à lui brûler la main. Hurlant de douleur, Alex sursauta et, dans son élan, fit tomber les lunettes de son adversaire. Montmorency les écrasa dès qu'elles touchèrent le sol.

Jack sortit sa flasque, espérant que, dans la pénombre, elle pourrait passer pour une arme.

– Lâche ta torche, Moretti, ordonna-t-il en brandissant l'objet métallique dans sa direction.

Mais il refusa d'obéir. Montmorency saisit à son tour un morceau de bois et l'alluma. Il le tendit vers Moretti. Les deux torches enflammées s'entrechoquèrent comme des épées dans une gerbe d'étincelles, éparpillant des braises sur le sol. Une épaisse fumée envahit la pièce. Ils se mirent à tousser. Moretti tenta d'atteindre la descente de charbon, en esquivant Montmorency. Mais celui-ci tint bon et le força à reculer dans la pièce enfumée.

– Vous deux, allez-vous-en, ordonna-t-il en regardant Jack et Alex. Inutile qu'on meure tous asphyxiés. Allez respirer dehors afin de pouvoir revenir me chercher.

Moretti tenta de les arrêter, mais Alex se hissa d'un bond vers la sortie, la veste en feu. Arrivé en haut, il se roula par terre pour éteindre les flammes et attendit son frère. Moretti lui barrait le passage avec sa torche. Jack tenta à nouveau le coup du revolver, en vain. S'il avait vraiment eu une arme, il aurait tiré. Hélas, ce n'était qu'une flasque de teinture. Un flacon métallique rempli de produit chimique. Que Moretti venait de lui arracher des mains. Mais en faisant cela, il avait baissé la garde. Montmorency saisit l'occasion et se jeta sur lui, le plaquant au sol.

– Va-t'en, Jack ! fit-il d'une voix rauque. Je m'occupe de lui.

Il saisit la torche des mains de Moretti et la jeta à travers la pièce, vers l'escalier écroulé. Les flammes de plus en plus vives dévoraient les planches de bois, progressant vers les rayonnages de la réserve.

À terre, Moretti, presque aveugle, distinguait à peine l'objet métallique qu'il avait pris à Jack. Toussant et crachant, il tendit le bras, espérant tirer sur Montmorency dès qu'il aurait l'arme en main. Furieux, il s'aperçut que Jack l'avait tenu à distance avec une simple flasque. Il voulut jurer mais il avait le souffle court.

– Venez, Montmorency, cria Jack depuis la rue. C'est trop dangereux. Sortez de là.

– Je ne partirai pas sans Moretti, répliqua-t-il. Alex a raison, il nous le faut vivant.

Puis il fut à son tour terrassé par une quinte de toux, il n'avait même plus la force de tirer son adversaire hors de la pièce.

La gorge en feu, Moretti aurait voulu un verre d'eau, mais n'importe quel liquide ferait l'affaire. Il déboucha la flasque et engloutit son contenu, pensant boire du whisky ou du brandy.

Dehors, Alexander et Jack entendirent son étrange râle d'agonie lorsque le produit chimique lui brûla la gorge, lui arrachant son dernier soupir. Montmorency sentit qu'il cessait de résister. C'était fini. Il était mort. Mais une seconde plus tard, asphyxié, Montmorency s'effondra à son tour, inconscient.

Alexander et Jack se précipitèrent dans la descente de charbon pour le tirer de là, priant pour qu'il soit encore en vie. Ils l'étendirent sur le trottoir, Jack souffla dans sa bouche, tentant de remplacer la fumée noire qui avait empli ses poumons par de l'oxygène. Enfin, Montmorency se remit à respirer de lui-même. Juste à temps pour s'écarter de la bibliothèque dont les carreaux explosaient un à un sous l'effet de la fournaise.

48

L'incendie

– Tout le bâtiment a pris feu, remarqua Alex sous une pluie d'éclats de verre. Vite ! L'incendie va s'étendre.

Le vent soufflait fort et les flammes léchaient déjà le toit de l'immeuble voisin. La charpente de bois s'embrasa instantanément.

Jack jeta un coup d'œil dans la rue et s'écria :

– L'opéra est bondé ! Il faut évacuer les spectateurs !

Montmorency, toussant toujours, courut tant bien que mal derrière eux. Jack poussa la double porte de l'opéra puis fit irruption dans la salle. Le public riait tellement qu'il eut du mal à se faire entendre.

– Au feu ! Sortez vite ! Au feu !

Au début, les gens crurent que cela faisait partie du spectacle. Puis ils commencèrent à se lever et à essayer de se frayer un chemin vers les portes. Sur scène, Fregoli réalisa qu'il était le seul à pouvoir empêcher la bousculade. Il hurla de toutes ses forces :

– ARRÊTEZ !

Le public lui obéit assez longtemps pour qu'il puisse les ramener au calme et, malgré les cris et la panique, Jack, Alexander et Montmorency réussirent à maintenir un ordre relatif, tenant les portes ouvertes et guidant les gens vers la sortie. Ils entendirent retentir des sirènes. Les secours arrivaient. Mais le vent était violent et l'incendie se propageait rapidement, de toit en toit. Il n'était plus qu'à quelques bâtiments de là. Dans les coulisses, Fregoli et son équipe tentaient désespérément de sauver costumes et accessoires avant que le feu ne gagne l'opéra. Mais ils durent fuir au bout de quelques minutes, incommodés par la fumée et la chaleur provenant de l'immeuble voisin.

Le public s'éparpilla dans les rues de Paterson, frappant aux portes pour dire aux gens de sortir. D'instinct, ils coururent vers les chutes d'eau, espérant que le torrent les protégerait des flammes. Sur les hauteurs de la ville, Harrison Bayfield, à sa fenêtre, regardait la cité brûler. Il savait qu'il aurait dû être accablé par la tragédie humaine qui se jouait sous ses yeux. Mais il ne pouvait s'empêcher de penser au coût matériel de l'incendie. Jamais sa compagnie d'assurances ne pourrait couvrir un tel désastre.

Les pompiers parvinrent à circonscrire l'incendie, mais au lever du jour, certains bâtiments brûlaient encore. Vingt-quatre heures plus tard, leurs cendres fumantes dégageaient une odeur âcre. Des églises, des magasins et plus de cinq cents maisons avaient été détruits. En revanche les soieries Bayfield avaient été épargnées. *L'Écho de Paterson* vanta le courage des hommes qui avaient donné l'alarme, fait évacuer l'opéra et transformé le public en une armée de Bons Samaritains, prévenant chacun de la menace des flammes. Dans l'excitation des événements et croyant leur mission achevée, Montmorency et Frank se confièrent librement aux journalistes – et pour la première fois depuis des mois, Frank parla en son nom. Mais ce fut Alexander qui stimula l'imagination du rédacteur en chef et, grâce à une longue interview illustrée de nombreuses photos, le jeune marquis de Rosseley devint une véritable star à Paterson. Les journaux de New York relayèrent l'information le lendemain. Tout espoir de reprendre une vie tranquille s'était envolé.

Fregoli fut photographié en larmes devant les décombres de l'opéra, pleurant ses précieux costumes. Il confia plus tard à Montmorency qu'il n'était pas complètement perdant dans l'histoire. Cela lui évitait d'avoir à payer les frais de transport pour renvoyer toutes ses malles en Europe. Ensuite, il toucherait l'argent de l'assurance.

Miraculeusement, on ne compta qu'une seule victime morte dans l'incendie. Son corps carbonisé fut retrouvé dans la bibliothèque, sous les cendres de trente-sept mille livres. Les gens qui étaient assis à côté de lui pendant le spectacle se souvinrent qu'il avait dû sortir en urgence. Ils supposèrent qu'il était parti lutter contre l'incendie et tenter de sauvegarder ses trésors littéraires. Mlle Petrie affirma dans la presse qu'il avait été un collègue exemplaire : fiable, courtois et ponctuel. Elle semblait avoir complètement oublié qu'il avait empiété sur sa pause-déjeuner à deux reprises durant la semaine.

49

Projets d'avenir

Mary Gibson habitait à bonne distance de la zone touchée par l'incendie, aussi se présenta-t-elle aux aurores à l'hôtel le lendemain matin pour s'assurer que Montmorency était toujours en vie. Ils passèrent la journée ensemble à aider les citoyens en détresse à sauver ce qui pouvait l'être des cendres de leurs maisons. Le soir venu, elle avait pris sa décision. Ils étaient assis sur un muret, derrière l'opéra, tout maculés de suie lorsqu'elle lui en fit part :

– Je veux bien vous épouser, Montmorency. J'ai compris à quel point je tenais à vous lorsque j'ai cru vous avoir perdu à nouveau.

Elle ne s'attendait pas à sa réaction.

– Non, Mary. Vous aviez raison l'autre jour. Vous ne pouvez pas prendre d'engagement tant que je ne vous ai pas tout dit de ma vie. Je vais vous écrire mon histoire et lorsque vous l'aurez lue, vous verrez si vous voulez encore de moi.

Tom surgit de ce qui restait de l'entrée des artistes.

– Qu'est-ce que tu fabriques, mon garçon ? C'est dangereux, tu sais.

– Je voulais juste trouver un souvenir, expliqua-t-il en brandissant l'armature calcinée de l'éventail dont son père s'était servi pour se déguiser à Paris. Tout est fini, pas vrai ? On va rentrer à la maison et je ne pourrai plus travailler pour Fregoli.

– Eh bien, je pensais t'envoyer à l'école, Tom, avoua Montmorency. Je connais quelqu'un au collège de Westminster, tu pourrais suivre ta scolarité là-bas.

– Mais je ne veux pas aller à l'école, père. Je veux continuer à travailler dans le spectacle et vous aider de temps en temps, comme Frank. On peut l'appeler Frank, maintenant ?

– Oui, Tom, pas de problème. Tu es un gentil garçon. Je serai ravi que tu m'aides, même si je ne sais pas encore quel métier je ferai ni même où j'habiterai dorénavant. Mais il y aura toujours quelqu'un à qui tu seras utile. Frank, par exemple. Il faut l'aider à rester dans le droit chemin, un peu comme son oncle George l'a fait pour moi autrefois. Tu seras son George et il sera ton Lecassé. Serrez-vous les coudes, tous les deux. Il va avoir besoin de toi.

– Vous allez vous marier ? demanda Tom.

Mary rougit.

– Peut-être, répondit Montmorency. On verra. Ça te ferait plaisir ?

– Oui, je crois.

Les jours suivants, chacun s'affaira à nettoyer la ville. Mary et Montmorency créèrent un refuge pour accueillir ceux qui avaient tout perdu dans l'incendie. Frank servait la soupe populaire tandis que Fregoli donnait des représentations gratuites tous les après-midi. Le soir, il se rendait dans les villes voisines afin de récolter des fonds pour les victimes. Le désormais célèbre marquis de Rosseley introduisait le spectacle par un discours éloquent sur la tragédie qui avait frappé Paterson, avec son accent britannique si solennel. Alex ignorait qu'un télégramme l'attendait sur son bureau, à Washington. Son père le prévenait qu'une certaine Ethel allait peut-être leur rendre visite finalement. Son secrétaire l'avait lu mais, croyant qu'il s'agissait d'une vieille tante, il pensa que le message pouvait attendre son retour.

Fidèle à son habitude, Fregoli organisait fête sur fête dans sa chambre d'hôtel, qui se trouvait juste en dessous de celle de Montmorency. Frank y participait, mais Montmorency préférait rester en haut, essayant d'écrire son histoire pour Mary, malgré la musique et le bruit. Au bout d'une semaine de ce régime, Alex et Frank montèrent pour lui proposer de faire une petite pause.

– Venez avec nous, Montmorency. Il y a à boire et à manger. Ça fait du bien de se détendre de temps en temps !

– Je ne vois pas pourquoi je ferais la fête alors que j'ai fait brûler la moitié de la ville !

– Ce n'était pas votre faute. C'est Moretti qui a allumé la première torche.

– Le résultat est le même. Et je crois que c'est moi qui ai mis le feu à l'escalier.

– Vous savez à qui vous me faites penser ? intervint Alexander. À Robert Farcett, quand il s'accusait de tous les maux de la terre. Ne suivez pas son exemple. Pensez à ce que vous avez fait de bien. Grâce à ce qui s'est passé dans cette bibliothèque, des vies seront peut-être épargnées. Descendez vous amuser un peu. Portez un toast à l'avenir. Le cauchemar est terminé. Bresci, Malpensa et Moretti sont hors circuit. Nous avons vengé George.

– Finalement, le père Michael avait raison, reprit Montmorency. La vengeance n'apporte aucune consolation. George me manque toujours autant.

– Bah ! si vous ne voulez pas savourer votre vengeance, venez au moins savourer une coupe de champagne à notre sécurité retrouvée, suggéra Frank. Désormais, nous pouvons arpenter le monde sans regarder constamment par-dessus notre épaule.

– D'accord, je vais boire à cela. Mais je n'ai pas envie de descendre. Et si vous me montiez plutôt une bouteille ici ?

Frank redescendit chercher une bouteille et trois verres. Ils parlèrent de l'avenir. Alex espérait devenir un jour ambassadeur. Montmorency rêvait de s'installer avec Mary. Quant à Frank, il n'avait aucun projet.

– J'ai passé tellement de temps à essayer de survivre. Je ne sais même plus me projeter dans le futur.

– Eh bien, dans le futur immédiat, j'aimerais bien manger un morceau, intervint Alex pour éviter de verser dans la mélancolie. Voulez-vous que je vous rapporte quelque chose, Montmorency ?

– Oui, volontiers. Merci, Alex.

Les deux frères redescendirent donc. Montmorency entendit résonner des éclats de rire et de voix lorsqu'ils pénétrèrent dans la chambre de Fregoli. Il se remit au travail malgré le vacarme.

Son manuscrit détaillait déjà certains pans de son passé. Il avait raconté son enfance à l'hôpital des Enfants Trouvés où jamais il n'avait pu obtenir aucune information sur l'identité de ses parents. À l'orphelinat, on l'avait baptisé Stanley Kemp, un nom qu'il n'avait plus jamais employé depuis cette fameuse nuit où sa vie avait basculé – cette nuit où il était passé à travers une verrière et avait atterri entre les mains de Robert Farcett, plus de vingt-cinq ans auparavant.

Il avait évoqué les nombreuses années où il avait volé, au début simplement pour survivre, ensuite de façon plus préméditée, afin de devenir l'homme dont il s'efforçait d'être fier aujourd'hui. Il avait présenté sans fard ses années de dépendance et sa double vie dans les égouts. Il avait avoué avoir laissé un autre homme payer pour ses crimes afin d'échapper à la police. Il ne cachait pas sa honte, mais ne cherchait pas non plus l'absolution.

En se relisant, il se demanda comment il pouvait espérer que Mary Gibson puisse fermer les yeux sur ses défauts et accepter de l'épouser. Quelles garanties pouvait-il lui offrir que l'homme qui se tenait devant elle aujourd'hui était bien le vrai Montmorency ?

Comment pourrait-elle être sûre que l'égoïsme de Lecassé l'avait quitté à jamais ? L'énumération de ses méfaits – il n'avait pas su être digne de lui-même, de son fils, de ses plus chers amis – montrait sans doute qu'il n'était pas digne d'elle. Il ferait mieux de rentrer seul à Londres et de brûler cette liasse de papier ou de l'envoyer à Mary pour lui expliquer pourquoi il était parti.

Pourtant, on pouvait aussi interpréter ce récit autrement. Peut-être avait-il enfin réussi à se trouver. Peut-être cette soudaine envie de fuir était-elle la dernière tentative de Lecassé pour l'empêcher de s'installer dans la vie en assumant ses responsabilités. L'heure était venue de lui tourner le dos, de se réjouir d'avoir survécu à tout cela et de prendre ce récit comme un encouragement, pour lui comme pour Mary, à vivre pleinement le futur, en gardant toujours espoir.

Il reprit sa plume, pour enjoindre Mary de lui pardonner ses fautes et de bien vouloir prendre son nom : Montmorency, le seul nom qu'il porterait dorénavant.

À l'étage du dessous, la fête battait son plein. Quelqu'un jouait du trombone pour accompagner une chanteuse. Il y avait également un battement sourd, pas du tout en rythme. Un coup sec, puis un plus étouffé. Il s'arrêta brusquement. Montmorency entendit la poignée de la porte tourner derrière lui. Ce devait être Alex qui lui montait quelque chose à manger.

– Pose l'assiette sur la table, Alex, dit-il sans se retourner. Merci beaucoup.

Il n'y eut pas de réponse. Pourtant il était sûr qu'il y

avait quelqu'un dans la pièce. Du coin de l'œil, il aperçut un pan de cape noir, puis il sentit un objet froid et métallique contre sa tempe.

Montmorency s'agrippa aux accoudoirs de son fauteuil, ferma les yeux, et rassembla tout son courage.

Table des matières

Eleanor Updale

L'auteur

Âgée d'une cinquantaine d'années, **Eleanor Updale** a étudié l'histoire à Oxford et a longtemps été productrice d'émissions à la radio et à la télévision. Elle est également docteur en littérature et toujours très impliquée dans la vie culturelle anglaise, en tant que membre de diverses commissions d'éthique ou d'associations caritatives. Cette quatrième aventure de Montmorency fait suite à *Montmorency*, son premier roman, *Montmorency et le mystère de l'île maudite*, et *Montmorency au cœur du complot*, également publiés dans la collection Folio Junior.

Retrouvez d'autres aventures
de **Montmorency**

dans la collection

folio
junior

MONTMORENCY

n° 1318

Dans la nuit londonienne en cette fin de XIXe siècle, une ombre surgit du réseau d'égouts nouvellement construit... Les policiers, eux, sont perplexes, un mystérieux cambrioleur accumule les forfaits et les bijoux de grande valeur, mais reste insaisissable. Et ce Montmorency, élégant personnage qui a élu domicile dans un grand hôtel et revend bijoux et antiquités, qui est-il vraiment ? Voici les pièces d'un bien étrange puzzle...

MONTMORENCY
ET LE MYSTÈRE DE L'ÎLE MAUDITE

n° 1383

Devenu espion international, Montmorency revient d'Orient dans un état critique. Souffrant d'un mal étrange, il trouve refuge en Écosse, où vont le soigner ses amis. Mais le destin de cet ancien gentleman cambrioleur n'est pas de mener une vie tranquille… Il découvre bientôt une île où se succèdent des morts inexplicables, avant d'être rappelé à Londres pour se voir confier une nouvelle mission : démasquer de dangereux terroristes qui posent des bombes dans les grandes gares.. Un double mystère bien délicat à élucider !

MONTMORENCY
AU CŒUR DU COMPLOT

n° 1427

En cette veille de XXe siècle, Montmorency et Fox-Selwyn doivent résoudre une étrange énigme : des animaux empaillés ont été volés à un collectionneur. Mais nos espions ne tardent pas à faire une terrible découverte : un groupe d'anarchistes prépare des attentats en Europe. Y a-t-il un lien entre les deux affaires ? Pour le savoir, Montmorency et ses amis décident d'infiltrer le réseau des terroristes, au péril de leur vie.

Mise en pages : Maryline Gatepaille

Loi n° 49-956 du 16 juillet 1949
sur les publications destinées à la jeunesse
ISBN : 978-2-07-061743-2
Numéro d'édition : 155412
Numéro d'impression : 95555
Dépôt légal : juin 2009

Imprimé en France par CPI Firmin Didot